剪刀石頭布

愛麗絲・芬妮——著

吳宗璘——譯

CK
PER
SCISSORS

ALICE FEENEY

U0028414

當然，要獻給我的丹尼爾

艾蜜莉亞

二〇二〇年二月

我先生不認得我的臉。

我在開車的時候，感覺到他盯著我，我很好奇他到底看到的是什麼。對他來說，每一個人的臉看起來都很陌生，不過，一想到我嫁的這個男人，無法在嫌犯排排站的隊伍當中指認出自己的老婆，感覺還是很詭異。

我不用看他，也知道他現在臉上掛的是什麼表情。陰沉的臭臉，我早就告訴過妳的那一種版本，所以我乾脆專心開車。我必須如此，現在落雪速度變得更快，宛若在一片白茫世界中開車，而我這一台「莫里斯小旅行家」的雨刷簡直是無力招架。這台車——跟我一樣——都是在一九七八年問世。要是仔細養護，可以用一輩子不成問題，但我猜我先生應該希望我們坐的是比較新的車款。自從我們離開家門之後，亞當檢查他的安全帶已經有一百次之多，而且他的雙手緊握成拳，黏在一起，貼住大腿不放。

從倫敦北上前往蘇格蘭的這趟旅程，最多不會超過八小時，不過，在這樣的風雪之中，我不敢開快。但天色漸漸變暗，而且我們恐怕不只是迷路而已，還有其他層次的迷失。

到外頭度個週末就可以挽救婚姻嗎？當婚姻諮商師提出這個建議的時候，我老公的反應就是如此。每當他的話在我心中重複播放的時候，我的腦袋就會出現一長串的全新後悔清單。我們沒有好好過生活而浪費了這麼多的時間，讓我覺得好悲傷。當下的我們，未必是真正的自我，不過，我們對於過去的記憶會讓我們每一個人都成為騙子，所以，我才會專注未來。我的未來。某些時候，我對未來的想像中依然有他，但也有某些時刻，我心中的畫面又只剩下自己而已。這不是我的期盼，但我真的不知道到底哪一種方式最適合我們兩人。時間能夠改變關係，就像海洋可以重塑沙地一樣。

當初我們看到氣象警報的時候，他說我們應該要延後這個行程，但是我沒有辦法。我們都知道這次外出度週末是修補一切的最後機會，或者，至少是最後一次嘗試的機會，他並沒有忘記這件事。

我先生忘了我是誰，並非他的錯。

亞當有一種名叫面部識別能力缺乏症的神經系統問題，也就是說，他沒辦法看出人臉的辨識特徵，就連他自己的也一樣。他曾在路上遇過我，直接從我旁邊走過去，儼然我是陌生人一樣，而這種狀況也不止一次了。社交焦慮，也自然而然影響了我們兩個人。亞當可能會在某場派對中被朋友簇擁，但依然覺得他在裡面完全不認識任何一個人，所以，大部分的時候，我們都是兩個人在一起。共處，但卻保持距離，明明就只有我們兩個人而已。我先生讓我覺得自己像是個隱形人，原因並非只有臉盲症。他不想要小孩——他老是說他一想到不認得子女的臉就讓他受不了。

這種困擾已經跟了他一輩子之久，而我認識他之後，也已經習慣與其共處。有時候，詛咒可能是某種恩賜。

我先生可能無法看清我的面孔，但他也學到利用其他方式辨認我：我香水的味道、我聲音的特質，還有他依然習慣握住我的手的時候，那種緊扣不放的觸感。

婚姻不會辜負我們，辜負我們的是人。

我不是他多年前深愛的那個女人。我很好奇，不知道他能否看出我現在老了幾歲？或者，他是否注意到我金色長髮中夾雜的灰絲？四十歲可能看起來像是三十出頭，但我皮膚上的皺紋幾乎都不是笑紋。以前我們有好多共同點，會共同分享我們的秘密與夢想，不只是同睡一張床而已。我們還是會幫對方的話接口，但最近說出的都是錯誤的答案。

他壓低聲音咕噥：「我覺得我們一直在繞圈圈……」在那個當下，我不太確定他說的是我們的婚姻？還是我的認路能力？流露不祥預兆的灰藍色天空，似乎反映了他的心境，而且，這是我們開了好幾公里之後他第一次開口。前方路面已有白雪覆蓋，而風勢越來越大，不過，與車內醞釀的風暴相比，依然算不了什麼。

我說道：「可不可以幫我找出我列印的方向指示？再唸一次給我聽？」我努力壓抑語氣中的怒火，但依然掩藏不住。「我確定我們就在附近。」

我先生和我不一樣，他外表的減齡功力不可思議。四十多歲的他，靠著帥氣髮型、曬痕皮膚，還有沉溺半馬而雕塑出的身材，掩飾得十分巧妙。他落跑的能力一直很高超，尤其遇到要逃離現實的時候更是如此。

亞當是編劇。他出道的時候，只能仰望好萊塢伸縮梯最下方的那一根。他總是告訴大家他畢業之後就直接進入電影圈，其實這是在撒小謊。十六歲的時候，他在諾丁丘的「電震電影院」找到工作，負責賣零食與電影票。到了二十一歲的時候，他賣出了他的第一個劇本版權。《剪刀石頭布》根本從來沒有進入策劃階段，但亞當找到了一個讓他放棄這條線，反而找他改編某本小說的經紀人。

那本書賣得不好，但是電影版本——低成本的英國戀愛片——贏得了英國演藝學院電影獎獎項，一位作家於焉誕生。這與看到自己筆下的角色出現在銀幕上面並不一樣——不過，這卻表示亞當不需要繼續賣爆米花了，可以全心投入寫作。

編劇通常不會具有家喻戶曉的知名度，所以某些人可能不知道他，但我敢打賭，他們至少看過他寫的其中一部電影。雖然我們之間問題這麼多，但對於他所達到的一切成就，我還是驕傲不已。亞當．萊特在業界建立了名聲，他可以把璞玉級的小說轉化為賣座強片，而且他總是依然兢兢業業，找尋接下來的機會。我必須承認，有時候我會吃醋，不過，一想到他會帶書上床的夜晚不計其數，這樣的表現也算是正常。我的丈夫並不會背著我與其他女人或男人搞婚外情，他的外遇對象是文字。

人類是一種詭異、無法預測的生物，我寧可與動物為伴。這是我在「巴特錫流浪犬之家」工作的諸多原因之一。四腳動物通常是比兩腿動物更適合的良伴，而且狗兒不會懷恨在心，也不知道如何去討厭人。至於我為什麼在那裡工作的其他原因，我就寧可不願多想，因為，有的時候，最好還是別擦拭覆蓋我們記憶的塵埃，就讓它原封不動留在那吧。

在這趟旅程當中，擋風玻璃之後的景框送給了我們變化萬千、令人驚嘆不已的地景。各種綠色色澤不一的樹木，波光粼粼的湖水，白雪覆頂的高山，還有無數的完美無瑕空間。我愛上了蘇格蘭高地，如果這世界上還有比那更美的地方，我想我還沒找到吧。這裡的世界似乎比倫敦更遼闊，或者，也許是我變得更渺小。我在這種全然的寧寂與孤荒之中找到了平靜，一個多小時過去了，我們完全沒有看到任何人蹤，對於我的計畫來說，這是完美的地點。

左側出現洶湧海面，我們繼續北上，破浪聲響正在對我們歌唱。蜿蜒道路的寬度逐漸縮減，變成了窄道，而天空的顏色——從藍色轉為粉紅，然後是紫色，一直到現在的黑色——映襯在我們經過的每一個半封凍湖面。我們越來越深入內陸，逐漸被森林吞沒。比我們的家還高的古松佈滿白雪，因為暴風的關係而變形，宛若火柴棒一樣脆弱。車外的風聲宛若鬼吼，拚命想要把我們吹離路面，當我們在結冰馬路微微滑移的時候，我緊抓方向盤力道之猛，簡直連手指的骨頭都要從皮膚穿透而出。我注意到我的婚戒，雖然有我們也許應該要分手的種種理由，但這是提醒我們依然在一起的堅實證明。懷舊是一種危險的藥，但是我很享受比較快樂的記憶湧滿我心的那種悸動。也許我們的迷失程度不若我們感受的那麼嚴重。我偷瞄了一下坐在我身邊的那個男人，我心想，不知我們是否依然可以找到回歸本我的那條路。然後，我做出我許久不曾做出的動作，我把手伸過去，握住他的手。

他尖叫：「不要！」

一切發生得好快。某隻雄鹿的模糊雪影站在路中央，我趕緊踩煞車，車子偏向，旋轉，最後滑行停住，正好就在那頭鹿的巨大鹿角之前。牠朝我們的方向眨眼眨了兩下，然後平靜離開，宛若什麼事都不曾發生過一樣，消失在林地之中，就連那些樹木看起來也好冷酷。

我伸手找我的包包，心臟在胸膛裡怦怦狂跳。

我顫抖的手指先碰到了錢包和鑰匙，幾乎所有的東西都摸了一遍之後，最後才找到吸入器。我搖晃之後，吸了一口。

「你還好嗎？」我問完之後，又吸了一口。

亞當回我：「我早就告訴過妳了，這計畫很不恰當。」

在這趟旅程當中，我已經多次咬住舌頭不吭氣，想必現在已經全部都是洞。

我怒氣回嗆：「我不記得你講了什麼更好的提議。」

「開八個小時的車，只為了度週末……」

「我們已經講很久了，到高地來玩。」

「到月球去玩也應該很不錯，不過，在妳為我們訂太空船座位之前，我希望我們還是要商量一下，妳明明知道我現在有多忙。」

在我們的婚姻之中，忙碌一直是觸發情緒的關鍵字。亞當把他的忙碌掛在身上，儼然當成了徽章，宛若男童子軍一樣。這是他引以為傲的成績：他成功事業的地位象徵，它讓他覺得自己很重要，也讓我好想把他改編的那些小說朝他的頭砸過去。

我咬牙切齒說道：「我們之所以在這裡，都是因為你一直太忙。」現在車子裡好冷，我可以看得到自己呼出的霧氣。

「抱歉，你在暗示我們會在二月天，在暴風雪之中來到蘇格蘭，都是我的錯嗎？這是妳出的主意。萬一我們要是被哪棵倒下的樹砸死，又或是在開這台爛車的時候因為失溫症而死，至少，我就不需要一直聽妳碎碎唸了。」

我們從來不會在大庭廣眾之下像這樣吵架，只有私底下才會如此。我們兩個都很會裝，我發現大家見到的都是他們想要看到的部分。不過，一旦關起門來，萊特先生與萊特太太已經有了齟齬。

「要是我有自己的手機的話，我們現在早就到那裡了。」他開始在置物箱裡面翻找他最愛的手機，但一直遍尋不著。我先生覺得各式各樣的工具與器材可以解決所有的生活問題。

我回他：「在出門之前，我就問過你了，有沒有檢查你需要的一切物品。」

「我的確都帶了，我把手機放在置物箱裡面。」

「那就一定在那裡啊，我並沒有義務幫你打包，我又不是你媽。」

我才剛說出口就立刻後悔了，但講出的話並沒有附帶禮品收據，沒辦法退貨。亞當的母親是他不喜討論事項的冗長名單的第一名。他繼續在找手機，我努力保持耐心，但我很清楚他永遠找不到。他說的沒錯，他的確把它放在置物箱裡面，不過就在我們今天早上出門之前，我把它拿出來藏在家裡。我打算這週末要給我老公上重要的一課，這種時候他不需要手機。

十五分鐘之後，我們繼續上路，似乎是有了進展。亞當在黑暗中瞇眼端詳我印出的資料——只要是寫在紙上，而非出現在螢幕上的文字，似乎都會讓他大傷腦筋，只有書與文稿例外。

「妳必須要在下一個圓環立刻右轉。」我沒想到他的語氣這麼有自信。

過沒多久之後，我們就得完全倚賴月光引路，前方雪景的起伏狀態成了我們的線索。沿途沒有路燈，而這台「莫里斯小旅行家」的車頭燈幾乎沒有辦法照亮我們前方的路面。我發現我們的汽油又快要沒了，但是開了將近一個小時，完全沒看到加油站。現在的雪勢兇猛，除了連綿不斷的幽暗山稜線與湖面之外，什麼都沒有。

等到我們終於看到被白雪覆蓋的「黑水」路牌的那一刻，車內散發出一股如釋重負的強烈氣息。亞當以近乎興奮的語氣唸出了最後幾行指引。

「過橋，經過了某座可以俯瞰湖面的長椅之後，右轉。路面會右彎，進入山谷。如果你經過了酒吧旁邊，那麼就是開太遠了，錯過了轉進住宿地點的路口。」

我開口：「等一下到酒吧吃晚餐應該不錯。」

然而，當遠方的「黑水酒館」映入眼簾的時候，我們兩人都不說話了。雖然我在還沒有到達那間酒吧之前就轉入路面，但我們與它之間的距離其實也夠近的了，足以讓我們目睹到它的窗戶全上了封條，這棟陰森的建物似乎已經荒棄許久。

進入山谷的蜿蜒道路既壯麗也令人恐懼，路面宛若徒手敲鑿山壁而成，寬度幾乎只能容下我們的小車，而且另一側是完全沒有任何護欄的陡崖。

亞當說道：「我覺得我好像看到了什麼……」他還傾身向前，接近擋風玻璃，凝望面前的黑暗世界。我看到的只有一片黑色天空，還有蒼穹之下覆蓋一切的白色巨毯。

「哪裡？」

「就在那邊，那些樹木的後方。」

我稍微放慢速度，因為朝他指的那個方向看過去什麼都沒有。不過，我後來發現遠方似乎孤然矗立了某座大型白色建物。

他很氣餒。「只是間教堂而已……」

「沒錯！」我看到了前頭的某塊老舊木頭招牌。「我們要找的就是『黑水小教堂』，一定就是這了！」

「我們千辛萬苦開車過來……就是為了要住一間老教堂？」

「對，是小教堂改建而成的屋舍，還有，從頭到尾都是我在開車。」

我立刻放慢車速，駛離單線道馬路，轉入被白雪覆蓋的泥巴路前行，進入了山谷區。我們的右側出現了一座茅草小農舍——這是我開了這麼遠之後，除了教堂之外看到的唯一建物——然後，我們過了一座小橋，有一群羊立刻迎面而來。牠們全窩在一起，被車頭燈映照的模樣讓人毛骨悚然，而且，牠們阻擋了我們的去路。我微微加速，試著輕拍了一下喇叭，但是牠們動也不動。羊群在黑暗中的發光眼眸略顯鬼魅之氣。然後，我聽到了車子後頭發出了狂吼聲。

鮑伯——我們的黑色拉布拉多大狗——在整趟旅程當中幾乎都很安靜。在他這個年紀，幾乎都是睡覺和吃東西，可是他很怕綿羊。他還怕羽毛，我也會怕莫名其妙的東西，但是我有正當理由。鮑伯的叫聲完全無法嚇退羊群。亞當突然開門，一陣雪花立刻飛衝進入車內，在我們周邊亂飄。我看著他下車，他伸手遮擋臉龐，然後發出噓聲驅趕羊隻，最後打開了在牠們背後被羊群身體擋住的某道門。我不知道在這一片漆黑之中，亞當是怎麼看到了那道門。

他不發一語回到車上，我慢慢往前開，準備完成我們剩下的路程。泥道貼近湖邊，岌岌可危，我現在知道他們為什麼把這裡叫做黑水了。當我把車停在這座白色老教堂外頭的時候，我心情好多了。這是一趟辛苦的旅程，但是我們辦到了，我告訴自己，只要一等到我們進去，一切終會撥雲見日。

進入暴風雪之中，是對身體的一大衝擊。我把外套裹得緊緊的，但是冰冷寒風還是讓我呼吸困難，而且風雪不斷狂擊我的臉。我把鮑伯從後車廂拉出來，然後我們三個舉步維艱穿過雪地，朝哥德式風格的雙開式巨門走去。小教堂改建的住所乍聽之下似乎很浪漫，詭奇有趣。不過，現在我們站在這裡，卻有點像是我們自己主演的恐怖片開場。

小教堂的門鎖住了。

亞當問道：「主人有沒有提到什麼鑰匙盒？」

「沒有，他們只說到時候門就會打開。」

我盯著這棟雄偉的白色建築，伸手遮眉抵擋無情風雪，仔細端詳厚實的白色石牆、鐘樓，還有彩繪玻璃。鮑伯又開始吠，這舉動很異常，但也是因為遠方還有其他綿羊或動物吧？還是有亞當和我看不見的東西？

亞當問我：「也許房子後面還有另外一道門？」

我回他：「希望是這樣。看來現在需要剷雪才能挖出這台車。」

我們拖著疲憊的腳步，走到了小教堂的側邊，鮑伯領頭，拚命往前，似乎是在追蹤什麼一樣。雖然有無止無盡的彩繪玻璃窗，但我們完全找不到其他的門。而且，雖然正門那裡有戶外燈的照明——也就是我們在遠處看到的燈光——但是裡面卻一片漆黑。我們繼續走，低頭抵抗酷寒天候，最後繞了一整圈回到原點。

「現在呢？」

但亞當並沒有回話。

我抬頭，以雙手遮擋風雪，看到了他正在凝視的小教堂正面，現在，巨大的木門已經敞開。

亞當

如果每一個故事都有幸福的結局，那我們就沒有理由需要重新開始了。生活的重點就是選擇，以及學習如何在崩壞的時候進行自我修補。大家都是如此，就連那些佯裝不會這麼做的人亦然。只因為我不認得我太太的臉，並不表示我不知道她是誰。

我問道：「門之前是關著的吧？」但艾蜜莉亞沒有回答。

我們肩並肩，一起站在小教堂外面，兩人都在發抖，雪花從四面八方朝我們襲來。就連鮑伯看起來也好可憐，明明他平常總是很開心。這是一趟漫長的乏味旅程，我的頭骨下方一直出現頭痛的規律節擊，更讓狀況雪上加霜。我昨晚與某個我不該相見的人一起喝酒，還喝多了，這也不是第一次。我借酒裝瘋，在其實明明十分清醒的狀況下，做出了同樣愚蠢的事。

「我們先不要那麼快下結論……」我妻子終於開口，不過我覺得我們兩人其實都早就關不住心中亂竄的念頭。

「大門不會自己打開——」

她打斷我。「也許管家聽到我們敲門？」

「管家？可不可以再告訴我一次妳是在什麼網站訂了這地方？」

「不是在網站，我是在員工聖誕節抽獎的時候贏得了免費週末假期。」

我有好幾秒沒接腔，不過，沉默會誇大時間感，所以感覺更漫長。而且，我的臉好冷，不確定自己的嘴能不能動，但其實我可以講話。

「好我確定一下……妳是在『巴特錫流浪犬之家』員工抽獎的時候，贏得了免費週末假期，入住某間老舊的蘇格蘭大教堂？」

「只是小教堂，不過，都沒錯。是哪裡有問題嗎？我們每年都有抽獎，有人會捐贈禮物，我贏得了很不錯的獎項，可以讓我轉換心境。」

「真棒，」我嗆她，「截至目前為止確實『很不錯』。」

她知道我痛恨長途旅行，我討厭汽車，還有開車開到一半就完全靜止的感覺——我連考照都不想——所以，八個小時被困在她的破舊爛車內，完全不符合我對於樂趣的概念。我望著狗兒，尋求道義支持，不過鮑伯忙得要命，拚命想要吞下從天而降的雪花。艾蜜莉亞察覺到自己落居下風，使出她慣用的以退為進、拿來討我歡心的唱歌式語氣。最近這些日子，我一聽到這種語氣就真希望自己是聾子。

「要不要進去？勉為其難試試看吧？如果裡面真的很糟糕，那我們就直接離開，找間飯店入住，或是逼不得已睡車上嘍。」

我寧可啃自己的肉，也不要回去上她的車。

我妻子最近也會冒出相同的話，重複不斷，而且她的話語總讓我感覺像是被狠狠掐了一下或是被賞了一巴掌。我不懂為什麼你會害我火大得要命，因為何必要弄懂呢？她喜歡動物的程度超過人類，而我喜歡小說。我想，當我們開始偏好這些事物，而不是彼此的那一刻起，真正的問題就浮現了。我們之間關係的條款似乎是被遺忘了，不然就是在一開始的時候沒有讀仔細。我們剛認識的時候，她也不是不知道我明明就是工作狂，或者，就像她喜歡的那種說法，寫作狂。每一個人都有成癮症，而所有癮頭的渴望其實是同一件事：遠離現實的某種逃遁之道。而我的工作恰好正是我最愛的毒品。

同樣的東西，但要弄得感覺不一樣，這是我在著手新劇本的時候提醒自己的話。我覺得大家需要的就是這個，為什麼要改變包贏方程式的元素？光是看書的前幾頁，我就可以判斷它能否改編成影視劇本——這是我的一大優點，因為太多人送書給我，根本無法逐一讀完。不過，不能只因為我工作表現優異，就表示我這一輩子就得都做這一行。我還想發表自己的故事，但好萊塢對於原創性已經興趣盡失，他們只想要把小說改編成電影或是電視影集，就像是把酒變成水一樣，同樣的東西，但要弄得感覺不一樣。不過，這條規則也適用於人際關係嗎？要是我們在婚姻裡扮演同一個角色的時間拖得太久，對於這種故事感到厭倦而放棄，或是在還沒有走到終點前已經心不在焉，是不是成了必然？

「你說好不好？」艾蜜莉亞打斷我的思緒，她正在仰望詭異小教堂頂端的鐘樓。

「女士優先，」我還是有紳士風。「我來拿車子裡的包包。」我渴望要好好把握在我們進去之前，能夠獨處的最後幾秒。

我花了許多時間，努力不要觸怒別人：製作人、執行製作、演員、經紀人，以及作家，再加上臉盲症攪局，我想，要是說我如履薄冰的本領是神級層次也並不為過。我曾經在某場婚禮與一對夫婦聊天，十分鐘之後才發現他們居然就是新郎與新娘。她並沒有穿傳統的禮服，而他看起來就像是他諸多伴郎的複製品。

但我還是成功混過去了，因為討大家歡心是我的工作的一部分。說服某位作家相信我，讓我將他們的小說改編為劇本，搞不好比勸服新手媽媽將第一個小孩交給陌生人照顧更來得困難，但這是我的專長。遺憾的是，我似乎已經忘記要如何討妻子的歡心。

我一直沒有告訴別人有關面部識別能力缺乏症的事。首先，我不希望那成為我的標籤，而且，老實說，要是有人知道真相的話，他們就只會想聊這個話題而已，我不需要也不想要別人的憐憫，而且我也不喜歡搞得自己像怪胎的那種感覺。大家似乎不明瞭，對我來說，沒辦法辨識人臉也是稀鬆平常的事。這只是我基因程式的小毛病，沒辦法修好的那一種。我不能說我可以安然處之，試想一下，沒辦法認出自己親友的感覺是什麼？或者，不知道自己老婆的臉是什麼樣子？我超討厭與艾蜜莉亞約在餐廳會面，但自己卻坐錯桌，只要能夠由我作主，我都寧願選擇外帶。有時候，我甚至不認得自己在鏡子裡的那張臉。不過，我已經學到要如何與之共處，就像是當生命的莊家發給你沒那麼好的牌的時候，我們總是會想辦法面對一樣。

我覺得，我也已經學到了如何與沒那麼完美的婚姻共處。但大家不都是這樣嗎？

我並非失敗主義者，只是純粹老實而已。成功關係的關鍵不就是這樣嗎？需要妥協？難道真的有完美婚姻存在嗎？

我愛我的妻子，我只是覺得我們對彼此的愛意不若以往。

「差不多都拿了……」我跟過去，上了小教堂的台階，兩手提的東西之多，就算外出度假好幾個晚上也綽綽有餘。她怒氣沖沖盯著我的肩膀，彷彿那個部位冒犯了她。

「那是你的電腦包嗎？」其實她早就十分清楚答案是什麼。

我也不能算是初犯，所以其實我沒辦法對自己的錯誤進行解釋或找藉口。我猜艾蜜莉亞擺出了大富翁入獄卡的臉色。這樣的開場並不妙，看來我這個週末沒辦法寫作或經過大富翁的起點。如果我們的婚姻是一場大富翁遊戲，那麼只要我每次不小心落入我妻子的飯店，她一定會對我收雙倍費用。

「你明明答應我不工作的……」她使用的是那種我現在已經很熟悉的失望嗚咽語氣。我的工作可以支付我們的房子與假期，她對此倒是從來不曾抱怨。

當我一想到我們所擁有的一切——在倫敦的豪宅、順遂的生活、銀行裡的存款——我想到的都是同一件事：我們應該會感到幸福才對。不過，我們所欠缺的那一切就比較難以領悟了。與我們年紀相當的朋友們幾乎都有老邁的父母或是年幼子女需要操心，但是我們只有彼此而已，沒有父母，沒有兄弟姊妹，沒有小孩，只有我們兩個。周遭缺乏可以愛的對象，一直是我們的共通點。我爸爸離開我的時候我超小，根本對他沒有任何印象，當我還在念書的時候，母親就離世了，至於我妻子的童年，根本就與《孤雛淚》一樣，她還沒出生就成了孤兒。

鮑伯再次對小教堂的門狂吠，解救了我們。真奇怪，因為他從來不曾這樣，但我很感謝他現在出來攪局。很難想像他以前是隻小小狗，被丟在鞋盒裡，直接扔在垃圾桶之中。自此之後，他慢慢長大，成了我這輩子從未見過的最大號黑色拉布拉多犬。最近他的下巴長出了一叢灰毛，而且行走速度也變得比以前緩慢，不過，在我們這個三口之家當中，只有狗兒能夠付出無條件的愛。我很確定大家都覺得我們對待狗兒的方式儼然把他當成了自己的小孩，只是他們很客氣，沒有說出來而已。我總是說，沒有真正的小孩，我並不在意。無法有小孩可以定名，那就要去定義一個截然不同的未來。而且，對於自己明明知道沒辦法擁有的東西還充滿了想望，又有什麼意義呢？現在要生小孩也太遲了。

我通常沒感覺自己已經四十歲了。有時候，我還得動一下腦筋才知道自己現在的歲數，還有，我是在什麼階段從男孩轉化為男人。我的工作讓我覺得自己年輕，但我的妻子卻讓我覺得自己蒼老。找婚姻諮商師是艾蜜莉亞的提議，而這次的旅行就是她們搞出來的計畫。「叫我帕蜜拉」，這位所謂的「專家」，認為找個週末外出度假也許可以修補我們的關係。我猜這表示我們待在家共度的所有週末與夜晚完全無效就是了。每個禮拜去找某個完全沒有任何關係的陌生人，透露我們生活中最私密的部分，花費的成本不只是額外的金錢而已。因為錢還有其他一些原因，我只要一與那女人見面就會一直喊她帕咪或是帕姆，「叫我帕蜜拉」不喜歡這樣，但我也不是很喜歡她，所以這樣一來就算是扯平了。我太太不希望別人知道我們之間出了問題，但我懷疑也許有人發現了。大部分的人都會注意到牆上的字[1]，雖然未必每次都會研究它到底在說什麼。

找個週末外出度假真的可以挽救婚姻嗎？當「叫我帕蜜拉」提出這建議的時候，這是艾蜜莉亞的疑問，我的答案是不可能，所以這就是為什麼我先擬定出自己的計畫，過了許久之後才答應她的原因。不過，我們現在到了這裡……爬上小教堂階梯……我不知道自己能否熬過這一關。

就在準備要跨進去之前，我停下腳步。「妳確定真的要這麼做嗎？」

「是啊，怎麼了？」她的語氣彷彿是聽不到狗兒吼吠與強風狂嘯。

「我不知道，感覺就是不太對勁……」

「亞當，這又不是你喜歡的哪個作家寫的恐怖故事。這是真實的人生，也許是風把門吹開的吧？」

她喜歡怎麼說都不成問題。不過剛才那道門不只是關上而已，明明是鎖住的，我們兩個都心知肚明。

我們進入了上流人士稱其為靴室的衣帽間，我放下全部的袋子，雙腳周邊出現了一灘融雪。石板地似乎很古老，後牆有內嵌式儲物空間，還有拿來放鞋的鄉村風木質小隔間。此外，還有一排排拿來掛外套的鉤，全部空無一物。我們並沒有脫掉沾雪的鞋子與外套，除了這裡就和外頭一樣冷之外，還有，我們似乎還不確定是否要留下來。

其中一面牆佈滿了鏡子，全都是小鏡，面積跟我的手一樣大。形狀與面積不一，鑲有繁複金屬框，靠著生鏽的釘子與麻繩隨意掛在牆上，看來至少有五十組自己的鏡像回瞪著我們。簡直就

❶ Writing on the wall，意指不祥之兆。

像是努力修復婚姻的我們，一路行來的所有版本集結在一起，俯視著我們成為了什麼樣的人。我心底其實暗暗竊喜自己沒辦法看清楚。要是自己能夠看得到的話，我不確定自己是否會喜歡那樣的畫面。

這裡室內設計的獨特之處不只這個而已。有骷髏頭和兩頭雄鹿角被當成了戰利品，固定在最遠處的純白牆面上頭，還有四根白色羽毛從想必原本是眼洞的地方冒出來。看起來有點詭異，但是我太太湊前細看，研究得很入迷，彷彿在參觀藝廊一樣。角落有一張老舊的教堂長椅吸引了我的目光，看起來很老舊，佈滿了灰塵，彷彿已經很久沒有人出現在這裡了。就第一印象而言，這裡實在不算什麼好地方。

我還記得艾蜜莉亞與我剛在一起時的情景，那時候的我們，完全合拍——我們喜歡一樣的食物、一樣的書，而且我享受到我此生最美好的性愛，我在她身上所能看到的一切或是看不到的一切都很美好。我們兩個有太多共通之處，我們對生活有一樣的想望，或者，至少我以為我們曾經如此。最近，她似乎渴望別的事物，也許是別人吧。因為，改變的人也不是只有我而已。

艾蜜莉亞說道：「你不需要為了刻意凸顯灰塵就在那裡畫畫吧……」我盯著她所說的那個圖畫，教堂長椅上面有一個幼稚的小型笑臉，我先前並沒有發現。

不是我畫的。

我還來不及為自己辯護，外頭的巨大木門砰一聲關上了。

我們同時轉身，但是除了我們之外根本沒有人。整棟建築似乎在顫晃，牆上鏽釘掛的那些小鏡在微搖，狗兒發出了嗚咽。艾蜜莉亞盯著我，雙眼睜得好大，嘴巴成了一個渾圓的O狀。我的腦袋想要擠出合理解釋，因為這方法一向行得通。

「妳剛剛覺得風把門吹開了……也許現在門關上又是因為風。」我說完之後，艾蜜莉亞點點頭。

我十年前娶的那個女人絕對不會相信有這種事。

不過，在最近這些日子當中，我妻子只聽得進去她想聽的話，只看得到她想看到的情景。

石頭

年度詞彙：

迷情。名詞。因為痴戀某人，而拚命執念渴求對方也產生相同感覺的不由自主狀態。

二〇〇七年十月

親愛的亞當：

我們初次見面的時候，就激盪出了某種情愫。

我不確定那是什麼，但我知道你也感受到了。

「電震電影院」是我們第一次的約會地點，但狀況特殊。我們兩個都是自己一個人去看電影，但是我不小心坐到了你的位子，我們開始聊天，在電影結束之後一起離開。大家都覺得我們瘋了，這種急如旋風的戀情不會持久。不過，證明大家看走了眼，總是讓我覺得超爽，你也是，我們有諸多共通點，這就是其中之一。

我必須承認，搬進來與你同居，其實不太符合我的期待。要是與某人住在一起，就很難隱藏自己比較陰暗的真實面貌，而且，當我還只是你住所訪客的時候，你掩藏雜亂的功力比較厲害。我把玄關重新命名為「小說街」，因為裡面有好多疊搖搖欲墜的文稿與書籍，我們必須側身才能通過。我知道閱讀以及寫作是你生活中很重要的一部分，不過我們恐怕需要找大一點的地方，而不是老舊諾丁丘聯排房屋的某間地下室套房，因為我現在也住在這裡。不過，我還是開心得要命。在我們這樣的管弦樂團之中，我已經習慣擔任第二小提琴，而且我也坦然接受在這種關係中永遠必須有三方共處：你、我，還有你的寫作。

這就是我們第一次大吵的原因，記得嗎？我早該知道不該亂翻你的書桌抽屜，但我其實只是要找火柴而已，就在那個時候，我找到了《剪刀石頭布》的文稿，第一頁有你的姓名，乾乾淨淨的泰晤士新羅馬列印字體。當時只有我一個人，而且又足足喝了一整瓶紅酒，所以在那個晚上，我把它一口氣全看完了。從你回家時的那種表情判斷，大家都應該看得出來我讀了你的日記。

不過，我想我現在明白了。那份文稿並不只是一個賣不出去的故事，它像是棄兒。《剪刀石頭布》是你自己的第一部劇本，但一直沒有辦法登上銀幕。你已經和三名製作人、兩名導演，還有某名一線演員合作過，這麼多年來，你苦心寫出一個又一個腳本，但是它卻從來沒有進入策畫階段。你最喜歡的故事卻被人這樣遺忘，被留在某個書桌抽屜裡任其凋零，一定讓人傷心欲絕。不過，我確定它不會永遠留在那裡，自此之後，我成了你第一名正式的讀者——這是我引以為傲的角色——而且你的作品真的是越來越棒。

我知道你比較想看到自己的故事搬上電影銀幕，不過截至目前為止，一切都還是為別人作嫁。你花這麼多時間閱讀他們的小說，純粹因為某個地方的某人覺得它們也許可以搬上銀幕，還是讓我不太習慣。而我眼睜睜看著你消失在某本書之中，就像是兔子進入魔術師的帽子裡面一樣，我也學到要坦然接受你有時候會變得有點由我耽溺，多日不會浮出水面。

所幸，書籍也是我們的共通點，但我們喜好各有不同，這說法應該很公允。你喜歡恐怖題材的故事，驚悚與犯罪小說，但這完全不合我胃口，我一直認為，會寫出陰暗變態小說的人一定是哪裡出了嚴重狀況。我喜歡好看的戀愛故事。但我努力研究你的作品——不過，你寧可待在自己的幻想世界，而不是待在這個與我一起的世界，有時候還是讓我很傷心。

我想，這就是當你說我們不能養狗的時候，我之所以這麼氣急敗壞的原因。自從我們認識之後，我除了支持你與你的工作之外，我什麼都不是，但我有時候會擔心，我們的未來其實不是只與你有關而已。我知道在「巴特錫流浪犬之家」工作不像編劇那麼炫，但我喜歡我的工作，讓我很開心。公寓超小，而且我們的工時都很長，我一直告訴你，我可以帶這隻狗跟我一起去上班，畢竟你也總是把工作帶回家啊。

我每天都看到一堆被棄的幼犬，但這隻不一樣。當我一看到那團美麗的黑色毛球，我就知道是他了。是什麼樣的禽獸，會把一隻小小的拉布拉多幼犬放入鞋盒丟進垃圾桶，讓他在那裡等死？獸醫說，他出生最多才不過六個禮拜而已，我怒火爆發。某個本來應該要好好愛你的人卻拋棄了你，我知道那是什麼感覺，沒有比這個更殘忍的事了。

我想要隔天就把小狗帶回家，但你說不可以，這是我們認識之後我第一次心碎了。我以為我還有時間可以說服你，不過第二天下午，巴特錫的某位櫃檯人員進入我辦公室，告訴我已經有人領養了那隻狗。我的工作就是評鑑未來的狗主人，所以我步向走廊的另一頭，與他們會面，我暗中希望他們不適格，在我的監督之下，要是狗兒們沒有辦法得到真正的愛，我絕對不會讓他們進任何人的家門。

我一進入等待室的時候，第一個看見的是那隻小狗，孤零零站在冰冷的石地板中央，真是一坨黑漆漆的小不點。然後，我注意到他戴的紅色小項圈，然後是骨頭狀的銀色名牌。不對勁，我根本沒有見到可能會成為飼主的人，所以他們根本不需要大費周章，搞得這隻狗已經像是他們的一樣。我從地上一把抱起這隻小狗狗，仔細觀看那塊閃亮金屬狗牌上面的字：

妳願意嫁給我嗎？

我差點不小心把狗摔在地上。

我不知道當你從門後面走出來的時候，我的臉上露出了什麼樣的表情，我知道我哭了。我記得我似乎有一半的組員都在觀察窗那裡盯著我們，他們也眼眶泛淚，而且露出了燦爛笑臉。每個人都知情，只有我不知道！誰知道你這麼會掩藏秘密？

抱歉我沒有馬上答應你。你單膝下跪的時候，我想我嚇了一大跳，當我看到那個藍寶石訂婚戒——我知道那是你母親的東西——我激動萬分，無法控制情緒。而且，每個人都盯著我們，我完全不知所措。

「我覺得在做出所有的人生重大決定時，最好要靠剪刀石頭布的遊戲。」我在逗你，因為我對你的創作有信心，就像是我深信我們的關係一樣，我覺得我們對於這兩者都不該放棄。

你露出微笑。「好，如果我輸了，那就表示妳答應了嗎？」

我點點頭，握緊手指準備出拳。

我的剪刀切斷你的布，每次我們玩遊戲的時候都是這樣，所以這其實不算是在下賭。只要是我贏了，你總喜歡覺得是你在禮讓我。

我們剛開始談戀愛的那幾個月，我老是笑你使用太多過長的字彙，而你也會回擊，取笑我根本不懂那些字詞的意思。

你第一次吻我之後，對我說道：「我不知道這算是迷情還是愛？」我回家之後，還得翻字典查那個字。你有時候會突然冒出的怪字，加上我們字彙量的不平等關係，開啟了我們睡前的「今日詞彙」的傳統。你通常比較厲害，因為有時候我也會讓你贏。也許我們可以開始玩「年度詞彙」？今年的字詞應該就是迷情——

一想到這個字，依然會觸動我心。

我知道你認為詞彙很重要——這很合理，想想你選擇哪一行就知道了——不過，我最近有了體悟，詞彙充其量就只是詞彙而已，一串字母的組合，以某種特定順序排列而成，很可能是依照我們出生時被分派到的那一種語言。現代人使用詞彙態度隨便，打個簡訊或推特就送出去了。大家寫下它們，假裝有看，然後予以扭曲，錯誤引用。使用這些詞彙、根本不用這些詞彙，或者圍繞著這些詞彙，進行撒謊。他們偷竊了詞彙，然後就拋棄了它們。最恐怖的是，他們遺忘了詞彙。只有當我們想起詞彙的意義所帶來的感覺時，詞彙才具有價值。我們不會忘記吧？是不是？我喜歡這麼想，我們所擁有的已經不只是詞彙而已。

能夠找出你藏在書桌裡的秘密劇本，我好開心，而且我知道它為什麼對你來說意義重大，超過了你所寫過的任何作品。《剪刀石頭布》宛若是我對你靈魂的驚鴻一瞥，那是你還沒有準備好要對我展現的部分，不過，我們不該對彼此或是自我隱藏秘密。你寫出了某個男人每年在結婚紀念日寫信給妻子——即便在她死後亦然——的黑色離奇愛情故事，這也啟發了我要開始寫信，寫給你，一年一次。我還不知道我是不是要拿給你看，不過，也許哪一天我們的子女會看到我們如何書寫自己的愛情故事，而且自此之後過著幸福快樂的日子。

你未來的妻子

親親

亞當

我把小教堂的門狠狠關上。我不是故意的，也不知道會發出這麼大的碰響。我不知道我為什麼不直接承認是自己失手，反而怪罪給風勢。也許我對於老婆每隔五分鐘就交代我要做什麼，一直感到很厭煩。

靴室裡還有另一道門，就在那一道掛滿小鏡的牆中間。鮑伯開始對它猛抓，在木頭上留下了爪痕。他先前出現異常狂吠，如今這舉動也是從所未見。

我遲疑了一會兒，還是抓住了門把，拉開之後，另一頭露出了幽暗長廊。我們三個朝遠方的另一道門走去，白牆之間迴盪著我們踩踏在石板的腳步聲。我們穿越走廊之後，我只看到一片漆黑。不過，等到我的手指頭摸到某個電燈開關，打開電源之後，我發現我們身處在某間狀似正常的廚房。面積很大，但依然看起來舒適親切，要不是因為有穹頂天花板、裸露木樑，以及彩繪玻璃，絕對猜不出這裡曾經是小教堂的某個區域。

廚房主角是一座奶油色的大型「阿加」牌廚具，圍繞周邊的全是看起來昂貴的櫃子，正中央有一張看起來頗為堅實的木桌，四周放有修整過的教堂長椅。這是大家會在雜誌上看到的那種廚房，只不過這裡的每一處表面都佈滿了厚重的灰塵。

桌上有東西吸引了我的目光，我趨前細看，發現是一張留給我們的打字便條紙。

親愛的艾蜜莉亞、亞當，以及鮑伯：

千萬別拘束，就把這當成自己的家吧。梯台末端的臥室已經為你們整理好了。冷凍庫裡有食物，地下室有酒，如有需要，後頭外面的儲木間可以找到其他的柴火。

我們盼望你們住得開心。

艾蜜莉亞說道：「好，至少我們知道自己來對了地方。」她開始轉動自己手指上的訂婚戒，只要她一開始緊張，就會出現這動作，以前讓我覺得她很可愛的小動作之一。

我問道：「字條裡的『我們』是誰？」

「什麼？」

「我們盼望你們住得開心。妳說過妳在某次抽獎的時候贏得這次的週末度假，但這地方的主人是誰？」

「我不知道……我只是接到一封電郵通知我贏得了獎項。」

「誰寄的？」

艾蜜莉亞聳肩。「管家把路線指引寄給我，還有一張小教堂照片，背景是黑水湖，看起來很美，我迫不及待想要讓你在白天看到——」

「好，但她叫什麼名字？」

她聳肩。「我不知道，你為什麼覺得這人是女的？雖然你從來不動手，但是男人也可以負責打掃。」

她對我放冷箭，我沒有理會她，我早就知道最好的應對方式就是置之不理，但就連我太太也不能否認這一切就是有哪裡不太對勁。

「我們都來這裡了……」她伸出手臂摟住我，這種擁抱的感覺很怪，彷彿我們平常疏於練習一樣。「就好好享受一下吧，反正只是過兩個晚上，日後就會成為我們告訴朋友的好笑題材。」

我看不到別人的表情，但是她有辦法，所以我盡量保持平和，堅持強調我們其實已經沒有朋友了，我們會一起見面的人都不是朋友。我們的社交圈已經扭曲，變得有些方正，她過她的，我過我的。

我們繼續探索一樓的其他部分，基本上就是分隔為兩大空間：廚房，還有一個看起來比較像是圖書館的大客廳。除了彩繪玻璃的區域之外，訂製的木頭書櫃佔滿了整座牆面——除了偶爾冒出的彩繪玻璃窗——所有的櫃架都塞滿了書。全都排得整整齊齊，依照顏色分類，可能是哪個吃飽沒事幹的人動手搞出的花樣。

客廳中各據兩側的是設計繁複的螺旋木梯，還有巨大的石材壁爐，因為煤灰與老舊而發黑，容積超大，人坐進去真的不成問題。爐柵已經準備好了，放置了報紙、火種，以及木柴，旁邊還有一盒火柴。我立刻點燃它——這地方冷死了，我們也冷得要命。艾蜜莉亞從我手中取走火柴盒，點亮了哥德式壁爐架上方的教堂蠟燭，還有她找到散落屋內各處的其他防風燈，現在的景象與感覺都舒適多了。

凹凸不平的石材地板——想必這就是當小教堂的功能依然還是小教堂時的原貌——地面鋪滿老舊的地毯，而壁爐兩側的格紋沙發看起來頗得大家的喜愛，十分破舊。座椅與靠墊都有凹痕，彷彿就在我們到達之前沒多久，曾經有人坐在那裡。

正當我準備要放鬆的時候，某扇窗戶那裡傳出詭異的敲打與摩擦聲響。鮑伯狂吠，我看到狀似枯瘦之手的形影正在猛拍玻璃，我的心跳速度突然變得微微飆升，但那只是樹而已。光禿禿的如骨樹枝被外頭巨風狂吹，頻頻刮掃建物。

艾蜜莉亞說道：「我們何不放點音樂呢？也許可以把暴風雪的聲音蓋過去？」我乖乖從我打包的袋子裡拿出旅行用喇叭。我在手機裡挑選的音樂品味比她的好多了，但我後來想起手機並沒有在車內，我盯著我的妻子，心想這是不是某個測試。

「我沒手機。」我真希望我可以看到她的表情。

我不喜歡講臉盲症的事，就連在她面前也一樣。

我們的特質，幾乎鮮少是由自己作主選擇。有時候當我看著別人的臉，他們的五官會開始旋轉，宛若梵谷的畫作。

她說道：「我覺得你幾乎都與你的手機黏在一起，外科醫生要幫你動分割手術一定很辛苦。

也許你不小心放在家裡算是因禍得福吧。你不需要整天盯著螢幕，讓你可以休息一下也是好事。」

今天早上，我看到她在我們離開之前把我的手機從置物箱拿出來。只要是長途旅行，我一定放在那裡——要是在坐車或計程車的時候看螢幕，會讓我想吐——她也知道這一點。我親眼看到她拿出來，然後把它放回屋內，然後，我聽著她沿途撒謊，一直到這裡還是不改口。

結婚這麼久了，我很清楚，不要幻想自己的太太沒有秘密——我確定她有——但我從來不知道她會有這種行為。當她沒有吐實的時候，我不需要看清她的面孔也心知肚明。當自己的所愛之人在撒謊的時候，自然可以感覺得到。而我還不知道的是，她究竟為什麼要撒謊。

艾蜜莉亞

亞當繼續對爐火加柴，而我一直盯著他。他的行為舉止異常，而且神色疲憊。鮑伯也一樣無精打采，趴在地毯上面，他們肚子餓的時候就容易發脾氣。我們有充足的狗糧——亞當老是說我比較花心思照顧狗兒，而不是他——不過，這也沒有辦法解決我們到底能吃什麼的問題。我應該為這趟旅程多打包一點東西，不該只準備餅乾與零食而已。我本來打算去採購的那間商店因為暴風雪之故而提早打烊，而我打算去「黑水酒館」吃晚餐的腹案也徹底失敗——那間破爛酒吧看起來已經荒棄多年。

「廚房裡的那張字條寫冷凍庫裡有食物，我們何不去看看有什麼？」我沒等亞當回答，自己先走回廚房。

櫥櫃裡空空如也，我也沒找到冷凍庫。

冰箱裡幾乎什麼都沒有，連插頭都沒插。是有一台咖啡機，但沒有咖啡或茶，也看不到任何湯鍋或平底鍋。我倒是找到了兩個盤子、兩個碗、兩個酒杯，還有兩副刀叉，但就這樣。這間房子這麼大，但什麼都只有兩份，似乎很詭異。

我聽到亞當在隔壁的活動聲響，他在播放我們剛認識時喜歡聽的某張專輯，我覺得自己的心情變得柔軟多了，當時的我們還是一對佳偶。有時候我先生會讓我想起工作時遇到的那些流浪狗——我們必須要好好保護、避免受到現實世界侵擾的人，這應該就是他之所以可以花這麼多時間埋首小說中的原因吧。能夠讓某人對你深信不疑，這就是能夠給予他們最美好的禮物之一，它不但免費，而且所帶來的結果無比珍貴。我努力奉行這條規則，不只是個人生活，也包括了我的工作。

上個禮拜，我為了一隻名叫伯提的可卡貴賓犬面試了三名飼主候選人。第一個是將近五十歲的金髮女子，家居環境很安全，她有很好的工作，照片看起來人模人樣，但親眼見到的時候落差很大。我們約好了時間，唐娜遲到了，她坐在我的小小辦公室裡面的時候，完全沒有展現絲毫歉意，她身穿泡泡糖粉紅色慢跑裝，伸出同色的美甲一直在戳手機。

「會需要拖很久嗎？我跟別人約了吃晚餐……」她講話的時候幾乎沒抬頭。

「好，我們的做法一直是要好好認識可能的未來新飼主。不知道您可否告訴我為什麼有興趣領養伯提？」

她的臉皺成一團，彷彿我剛剛講出了某個複雜算式，要逼她解題。

她嘛嘴。「伯提？」

「那隻狗……」

她笑了出來。「對哦，抱歉，等等我把他帶回家之後，我要把他改名為蘿拉。現在大家都養可卡貴賓犬對吧？IG裡到處都是。」

「唐娜，我們不建議對年紀比較大一點的狗兒換名。還有，伯提是男生，把他的名字改為蘿拉就像是我叫妳弗烈德一樣。等到我們聊完之後，我會帶妳去見伯提，看看你們兩個相處的情形。不過，恐怕妳今天沒有辦法帶他回家。還有好幾個步驟才會進入領養流程，我們這樣才能確保一切適合。」

「我收養他不成問題。」

「我們是要為狗兒找到適合飼主。」

「可是……我已經買了寵物親子裝。」

「親子裝？」

「對，在拍賣網站上買的，《魔鬼剋星》的道具服。一件是我穿，還有一件是蘿拉的迷你狗兒版，我的IG追蹤者一定超愛！效果一定很好吧？」

我拒絕了唐娜的申請案，後面那兩個來看伯提的人也是相同下場——雖然其中有一個揚言「要找我的上司談一談」，而另外一個則拐彎抹角罵我髒話。在我的監督之下，要是狗兒們沒有辦法得到真正的愛，我絕對不會讓他們進任何人的家門。

心碎與愛一樣，具有多種變體樣貌，但恐懼卻總是一樣，而現在的我害怕好多的事，我並不會不好意思承認這一點。我覺得我這麼害怕失去——或是離開——我先生的真正原因，其實是因為我已經沒有別人了。我一直不知道擁有一個真正的家會是什麼感覺，而且我比較擅長的是認識陌生人，而不是結交真正的朋友。偶爾有幾次機會，我覺得自己遇到了我可以信任的人，我就會緊緊抓住機會，死纏不放。但我的判斷可能失準，在我生命歷程之中，曾經悄然離開了許多人，我不該如此：當初應該要立刻奔逃離開才是。

我從來沒見過我的父母，我知道我爸爸喜歡老車，也許這就是我也偏愛老車——儘管亞當一直抱怨我那台老舊的「莫里斯小旅行家」我卻不肯更換——的原因。我發現很難信任新的事物、新的地方，或是新的人。我爸爸在我出生之前，賣掉他的古董MG雙門跑車，換成一台全新家庭房車。新的未必是好的，在我母親準備分娩前往醫院的途中，煞車失靈，某台卡車直接衝撞他們那台車的駕駛座，兩人當場死亡。在對向行駛的某位醫生——也不知道是怎麼辦到的，讓我在馬路邊呱呱墜地。他叫我「奇蹟寶寶」，還為我取名艾蜜莉亞，因為他超愛那位傳奇女飛行員。艾蜜莉亞．艾爾哈特喜歡四處亂跑，我也是在不同的寄養家庭之間不斷逃跑，直到十八歲才定下來。

「我猜這裡很少有人住，冷得要死，而且到處都是灰塵，」亞當從我後面現身，嚇了我一大跳。「抱歉，不是故意要嚇妳。」

他真的嚇到我了。

「我沒被嚇到……」

我明明就是被嚇到了。

「……只是開車累了，而且完全找不到東西吃。」

亞當走向廚房角落的某道拱門。「妳有沒有查看這裡？」

「有，但是鎖住了。」我回話的時候沒抬頭，亞當老是覺得他懂得比我多。

「也許只是門把有點緊而已。」就在這時候，那道門發出咿呀聲響開了。

他打開了電燈開關，我走過去，發現門後面似乎是食物儲藏室。不過櫃架裡塞滿工具，而不是食物。整齊排放的一盒盒釘子與螺絲、螺帽與螺栓，各種尺寸的扳手與錘子，而後牆則掛了一堆鋸子和斧頭。此外，還有一組我不認得的詭異形狀小型工具，像是迷你版的鑿子、圓弧刀，還有配備相襯木柄的圓鋸鋸片。在這個潮濕陰暗的空間當中，只有一顆從天花板懸垂而下的電燈泡，勉勉強強照亮了底下的一切，不過，絕對不可能沒注意到角落的那個大型冷凍庫。它的尺寸比我整個人還巨大——可能會在超市裡看到的那一種——而且，它跟冰箱不一樣，聽到它發出的低鳴聲響，我已經知道它有插電。

我遲疑了一會兒之後才打開蓋子，但其實不需要擔心。

這個冷凍庫裡面塞滿了貌似自製的單人份冷凍食品。每一個鋁箔紙盒與紙蓋都貼上了標籤，上面有精心手寫連體字。想必這裡一定有一百多份的單人晚餐，而且選項琳瑯滿目：千層麵、波隆那義大利麵、烤牛肉、牛肉派、香腸麵包布丁……

我問道：「要不要吃雞肉咖哩？」

亞當回我：「不錯啊。現在我們只需要弄點酒，幸好，我應該是已經找到了地下室。」

他在那一堆工具裡發現了某支手電筒，開始探照石地板。我這時才驚覺我們腳下其實是某些老舊墓碑。有些死者曾經長眠於此，而某人認為應該要對他們永誌不忘。不過，經過多年的踩踏，那些刻記的姓名早已磨損得一乾二淨。

「就在這裡……」亞當把手電筒對準了某道老舊的木製地板門。

我全身顫抖，不只是因為這裡有一種無以名狀的冷。

紙婚

年度詞彙：
捉弄。複數名詞。秘密或欺瞞的行為或花招，愚蠢或大膽的態度，淘氣。

二〇〇九年二月二十八日——我們的一週年結婚紀念日

親愛的亞當：

這是我們的第一個結婚紀念日，我遵守諾言，我要寫一年一度的秘密信給你，就像是你最愛的劇本裡的角色一樣。我深信《剪刀石頭布》終有一天會成為好萊塢的一大強片，就算我永遠不會讓你看到我所寫的這些信，但等到我們年紀漸長的時候，可以回顧我們之間的真實情景，這個念頭依然讓我眷戀不已。

對我們來說，過去這十二個月，儼然像是是搭乘雲霄飛車。在閏年的閏日結婚是我的主意，而前往蘇格蘭度蜜月則是你的構想。如果這世界上還有比那更美的地方，我想我還沒找到吧。我希望我們以後可以經常造訪蘇格蘭。我升官了，而有人找你為英國廣播公司的某個特別節目改編《聖誕頌歌》生出現代版本，我知道其實你意願不是很高，但是你拿到的佣金卻解決了燃眉之急。你的兩次試播片都失敗了，寫作生涯陷入瓶頸。你總是說大家都會遇到這種事，但顯然你不覺得會輪到自己頭上。

我一直努力想要幫忙——閱讀有關寫作與劇本的相關書籍，自學說故事的技巧——你一直請我閱讀你寫出的文字，我真心享受自己彷佛也成為這過程當中的一部分，也樂意當你的第一個讀者。我也開始對你的文字進行一些編輯，就只是在草稿的某些地方添加註記，你似乎通常幾乎是偶爾感謝我。我只是希望可以多幫一點忙，我對於你，還有你所撰寫的故事很有信心。

嫁給一個編劇，不像大家想像的那麼光鮮亮麗，住在諾丁丘的某間套房也沒那麼炫。我們夫妻生活的早晨幾乎都一樣，如果是尋常的日子，你會親吻我的臉頰，起床，穿上你的睡袍，煮點咖啡，烤吐司，然後坐在你套房角落的小書桌前面開始工作。你的工作似乎要花很多時間在夢遊盯著筆電螢幕，偶爾敲打一下鍵盤。你喜歡一大早開始工作，不過，熬夜書寫。但我不介意。我已經知道你不太容易會感覺無聊，而工作是你偏好的良方。

如果是尋常的日子，我會在我們的床上燙我的制服——我們沒有燙衣板，一方面是沒有空間，而且也並不是真的有此需要——然後，我會趁衣服還散發熱氣的時候穿上它，把一些你剩下的咖啡裝入我的熱水瓶，抓了鮑伯，跳上我的破車，準備通勤上班，在「巴特錫流浪犬之家」的每一天都是「帶寵物上班日」。

不過，今天並不尋常。

這是我們的第一個結婚紀念日，是週末，當我一醒來看到某條消息，立刻精神大振。

「他死了！」

「誰死了？」你搓揉雙眼，驅趕睡意。

你的聲音比平常低八度，只要前一晚喝了太多紅酒就會出現這種反應。你最近喝得比以前多，而便宜酒精似乎只是加重了你目前熬夜寫作的困境，但我們負擔不起好酒。我們本來就經濟拮据，如今更是吃緊，所以這消息讓我們都醒過來了。

我把我的手機湊到你面前，讓你可以看到標題。

「亨利．溫特。」

「亨利．溫特死了？」你立刻坐起身子，對我的專注力恢復了一半。

我早就知道亨利．溫特是你最喜歡的作家，你經常講他與他的作品，還有你多麼盼望可以看到它們搬上銀幕。這個老作家以不喜出名而聞名，幾乎從來不接受訪談，而且二十多年來的模樣都一樣：沒有笑容的老頭、一頭蓬亂過長的白髮，還有我從所未見的湛藍色雙眸。在網路上可以找到的那幾張少數照片當中，他總是穿著花呢外套佩戴啾啾領結。我覺得那是一種偽裝：在這樣的外表之下，他隱藏了某種人格。我並沒有像你一樣，對這個人或他的作品充滿興趣，不過，這並不會改變他是有史以來最成功作家之一的事實。他的謀殺懸疑作品與恐怖驚悚小說暢銷全球，已經賣出了上億本，而且他是文學界的巨人，但卻是不友善的那一種。

「不，亨利．溫特還活得好好的，」我超想加一句「可惜了」，但還是忍住。「那男人會活到一百歲，死的是他的經紀人。」

我等待你出現我預期的那種反應，但你卻只是在打哈欠。

「你為什麼要因為這條新聞叫醒我？」你閉上雙眼，準備要再次鑽回被窩裡，三十多歲的年紀很適合你，有了成熟的帥勁。

我說道：「你明明知道為什麼。」

你不再假裝不在乎，但是卻搖搖頭。「他一直不肯答應讓自己的作品進行影視改編，從來沒有。而他經紀人死了也不會改變這一點，就算真的有所不同，亨利．溫特也不會願意讓我為他生出作品的影視版本，畢竟他這一生拒絕了所有的人。」

「好，他抱持那種態度，你不會有機會，我同意，不過，現在守門員離場，難道不值得一試嗎？也許不喜歡改編的人是他的經紀人？某些作家對他們的經紀人一直言聽計從。想像一下吧，要是他真的答應了呢？」

你的頭髮蓋住了雙眼——你一直忙於寫作，沒時間去理髮店——所以我沒辦法從你的眼神看出你的思緒。但我不需要，我們都知道要是你能夠讓亨利．溫特首肯改編他的其中一本小說，那麼你的作家生涯將會徹底翻轉。

我說道：「我覺得你應該要叫你的經紀人安排會面。」

「我的經紀人對我興趣缺缺，我幫他賺的錢還不夠多。」

「才不是這樣。寫作是變化無常的產業，但你是英國演藝學院電影獎得主——」

「都是多年前的事了……」

「再加上和許多名人共事過的履歷——」

「我已經很久都沒有被提名……」

「而且還有一連串的成功改編作品，試一試也沒差吧？」

「又有什麼好處？如果亨利．溫特的經紀人剛死，那麼這個可憐的人應該很傷心吧，時機不恰當。」

「看來這個月沒辦法付房租了。」

對於你非常崇拜的某些作家，你所流露而出的天真態度，讓我困惑不已。你是我見過全世界最聰明的人之一，不過，透過美化的角度看待所有的作家，你很容易就被耍得團團轉。能夠寫出好書，並不會讓某人成為好人。

我感覺得出來，要是我不改變策略，這將是一場我無法打贏的戰爭。所以我打開我床邊櫃的抽屜，拿出了一個牛皮紙小包裹。

我把它放到床上。你開口問道：「這是什麼？」

「你自己打開看看。」

你小心翼翼拆開細繩，彷彿是想要留住包裝紙一樣。我們兩個小時候都沒什麼自己的東西，我想，類似我們這樣的人，多少會抱持「湊合將就」的心態進入成人階段。找錢支付婚禮費用是今年的另一項挑戰，與地點無關——登記處的那一排排椅子幾乎都沒人，因為我們雙方都沒有家人，只有幾個住在倫敦的好友。我好喜歡你母親的藍寶石訂婚戒，貼合度完美——彷彿本來就一直是我的一樣——我永遠不會脫下來，不過，我們還是得買婚戒，還有西裝與禮服。結婚好花錢，而且，當你沒什麼錢的時候，就連銅板看起來也都美得不得了。

「那是紙鶴……」你把它舉高，迎向光源，我自己主動解釋，你也可以省事不用多問了。「第一年結婚紀念日的傳統禮物是紙，上個禮拜，有人在『巴特錫流浪犬之家』門口丟了隻名叫『摺紙』的貴賓犬，讓我得到了靈感。我看網路影片自學自己動手做，我挑的是紙鶴，這是幸福與好運的象徵。」

你說道：「真的是……好美……」

「它的意思是帶來好運。」

我知道只要你了解它的含義，你就會更喜歡它，你是我遇過最迷信的男人。其實，看到你會向喜鵲敬禮、避免從梯子下方走過去、看到有人在室內撐傘就會臉色大驚，都讓我覺得樂不可支，你好可愛。運氣，無論是好運，或是變體的壞運，你對待的態度都是極其嚴肅。

當你把小小的紙鶴放入皮夾的時候，我露出微笑，不知道你是否會永遠把它留在那裡？希望是這樣，我喜歡這樣的期待。當然要是找到了更幸運的物品，那就另當別論。

「我沒有忘，」你說道，「我只是不知道我們要今天慶祝，理論上，今天不是我們的結婚紀念日，一直要等到二〇一二年的時候才會出現。」

「是嗎？」

「哦，我們是在二〇〇八年二月二十九日結婚，今天是二十八號，要隔三年才會出現下一個閏年。」

「我們那時候可能已經死了。」

「不然就是離婚了。」

「不要講那種話。」

「抱歉。」

你最近很忙。你忘記了，我覺得也沒什麼好意外的。而且，你只是個男人，忘記了週年紀念日是你天生性格的一部分。

我說道：「你只需要之後補給我就好了。」

然後，你把手伸入我的睡褲裡。我想，我不需要寫下來，之後你會記得我們所做的一切。我沒有告訴你，但我已經許下了願望，要是我們明年在這個時候有了寶寶，那你就會知道我的願望成真。

我知道你這個週末得工作——雖然，今天明明是我們的結婚紀念日——而就算在最完美的狀況下，套房也很難一次容下我們三個，所以我留你在家寫作，讓鮑伯睡覺，然後我自己到市中心消磨一整個下午。我很享受獨處，所以你也必須一個人，我的心裡也不會有疙瘩。我在科芬園附近散步了一會兒，然後在國家肖像館待了兩個小時，我喜歡研究那些面孔，這是我們無法一起共事的活動。你沒有辦法認得任何人的臉，所以你要是出門，心情就會有點低落。

我回家的時候，我們的小小地下室公寓已經點滿了蠟燭，逼得你還得先拆除煙霧警報器的電池。

那張咖啡桌——我們家裡沒有足夠的空間放餐桌——已經擺放了兩個盤子、兩組餐具、兩個酒杯，以及一瓶香檳。我們最喜歡的印度外帶菜單斜靠在上面，旁邊還有一個註明要給我的信封，你和鮑伯盯著我打開了它。

結婚紀念日快樂！

他說好。

這是外頭的字，而裡面的那三個字就比較令人意外了。

我問道：「什麼意思？」你臉上的笑容加上眼神裡的光采已經告訴了我答案，我只是不敢相信而已。

「你面前的這個人，將是有史以來第一個受到亨利．溫特信賴，能夠改編他小說的編劇……」你露出了宛若小男生剛踢進致勝那一球的燦爛光芒。

「你是說真的嗎？」

「幾乎一向如此。」

「那就讓我們開香檳吧！」

「我覺得是妳的幸運紙鶴讓我得到了這工作。」你開了軟木塞，把它倒入白蘭地酒杯——我們沒有香檳杯。「我的經紀人打電話給我，真的是突如其來，他說亨利．溫特想見我。我一開始以為我在做夢——夢境就是妳今天早上剛剛講出的那個構想——但並不是，這是真的！我在今天下午與他見了面。」

我們舉杯互碰。你啜飲一小口，而我則是灌了一大口。

「然後呢？」

「我的經紀人給了我北倫敦的某個住址，他說我必須要在一點整到達現場。外頭有一道巨大的鐵門，我必須按對講機才能進去，然後，有名女子——我猜應該是管家什麼的吧——帶引我繞來繞去，進入了某間書房。就像是置身在亨利．溫特的某個犯罪小說場景一樣，我覺得搞不好燈光會突然熄滅，某人拿起燭台攻擊我。不過，就在這個時候，他走進來，真實世界裡的他比我預期的矮了一點，但他真的穿著花呢外套，還戴了藍色啾啾領結。他倒了兩杯威士忌——後來又倒了好多杯——然後，我們就這麼聊開了。」

「他請你幫他寫小說劇本嗎？」

你搖頭。「沒有，從頭到尾他隻字未提。」

這句話微微澆熄了我的興奮之情。

「我們只是在聊他的小說，每一本都不放過，他問了很多關於我……還有關於妳的問題。我把妳做給我的紙鶴給他看，那是他唯一露出微笑的時刻。整個下午感覺非常超現實，儼然像是我編出來的情節，但我的經紀人在我離開的半小時之後打電話給我，他說亨利想找我改編他的第一部小說《分身》，他還說要是亨利喜歡的話，我就可以賣那部劇本！好一場命運的捉弄！」

「自從二次大戰結束之後，就沒有人說捉弄了，」我逗他，「也許這可以成為今日詞彙？甚至是年度詞彙?」

然後,我哭了。

你以為那是喜極而泣,至少,部分是歡喜的淚水。

「我深深以你為傲,」我繼續說道,「你等著看吧,現在一切就此翻轉。等到你完成亨利.溫特第一部改編作品之後,一定會有許多電影公司敲門求你為他們寫劇本。」我知道這樣的預言將會成真。然後,我們再次舉杯互碰,我喝光了我的香檳。

我們喝光了那瓶酒,然後以我最喜歡的方式進行慶祝——同一天做兩次!結果,好幾份文稿被壓壞了,但我們家空間不大,臥室裡很難盡興。就許多層面看來,今晚算是我們共度的最美好一夜。而現在的你睡得很熟,而我相當清醒——我們一向就是這樣——這是我們結婚之後,我第一次有了一個絕對不能讓你知道的新秘密,我知道萬萬不能讓你知道的秘密。我們以機會之線與運氣的縫針編織我們的生活,沒有人希望得到一個千瘡百孔的將來。但我擔心,要是你知道亨利.溫特之所以只信賴你為他改編作品全是因為我的關係,我們兩人之間可能就完蛋了。

我想,現在也不能把這封信給你看,也許將來有機會吧。

你是我唯一的愛
你的妻子
親親

艾蜜莉亞

亞當打開那扇搖搖晃晃的木板門，露出了下方的石階，他完全沒有任何遲疑，直接行動。

「要小心！」我在他後頭叮嚀他，他哈哈大笑。

「別擔心。我覺得許多老舊的小教堂都有地下室。而且，還會有什麼更恐怖的狀況？除非那是某座秘密地窖，藏有上一批住客的腐屍。至少，這樣一來可以解釋為什麼會有那股臭氣。」

我站在原地，但豎耳傾聽他的腳步聲，一直等到他消失在我的視線範圍之外。手電筒閃了幾下，然後就熄滅了。

一切陷入沉寂。

我這才發現自己一直屏息，不敢呼吸。

然後，亞當破口大罵，底下冒出了一道光。

我問道：「你沒事吧？」

「嗯，手電筒沒光的時候，我撞到了低矮的天花板，應該是需要換新電池了。但我找到了電燈開關，我要開心向妳宣布，下面沒有鬼也沒有滴水嘴獸，只有塞滿了酒的酒架！」

亞當出現的時候，姿態宛若洋洋得意的探險者，他面帶微笑，手裡還拿著一瓶沾滿灰塵的紅酒。我好不容易找到了開酒器——我們兩個都不是喝酒的行家，但我們喝了一小口，一致認同西班牙斗羅河產區二〇〇八年份的紅酒風味絕佳。有些人說婚姻就像是紅酒，越陳越香，不過我覺得關鍵因素其實是在葡萄。當然，某些年份就是比較來得順口，我要是行有餘力也會想要收藏。

我喝了一杯，開始用餐，心情也開始放鬆下來。冷凍雞肉咖喱經過微波爐爆熱之後，居然出奇好吃。當我們待在那個比較像是圖書館的客廳，坐在壁爐前面喝紅酒的時候，我可以感受到自己沒那麼緊繃了。舒心的嘶嘶與劈啪聲響具有催眠效果，火焰似乎在跳躍飄晃，在這個充滿書本的空間之中投射出各式各樣的幽影。

外頭的暴風雪繼續逼催，雪花依然飄落不止，狂風正在哭嚎。不過，坐在壁爐前的沙發也夠暖的了。鮑伯已經在我們腳邊的地毯上打呼，也許是因為旅途的勞累，或是紅酒發揮了功能，但我覺得出奇……滿足。我的指頭朝亞當手的方向一路點過去——我不記得我們上次碰觸彼此是什麼時候的事了——但我的手卻突然停下來，彷彿恐懼被燙傷一樣。感情就像是彈鋼琴一樣，要是沒有練習，很可能就會忘記如何演奏。

我可以感覺到他盯著我，但我依然低頭看著自己的雙手。不知道在他眼中的我是什麼模樣？模糊的五官？熟悉卻輪廓難辨的某人？對他來說，我是不是就跟別人沒兩樣？

如果娶了一個你已經忘記面貌的人，十年是一段漫長時光。

我對於這次外出度週末的事，並沒有完全向他坦白。我有許多事都完全瞞著他，有時候，我覺得他其實知情。但我告訴自己，這是不可能的事。我們試過了晚上出去約會，還有婚姻諮商，不過，花更多的時間在一起，未必等於能夠縮減疏離的時光。接近懸崖的時候，不可能看不見底下的巨石，就算我丈夫不知道事情的全貌，但他很清楚這個週末是修補破碎關係的最後一搏。

他不知道的是，萬一狀況不符合預期的計畫，那麼我們當中只有一個人能夠回家。

亞當

吃完晚餐之後，我們靜靜坐著不說話。我本來以為冷凍咖哩會很難吃，但並非如此。而紅酒更是好喝，我可以再來一杯。我發現艾蜜莉亞的手擱在沙發上面，與我的手十分靠近。我突然有一股強烈衝動想握住她的手，我也不知道自己是怎麼了——在我們的婚姻當中，感情已經於許久之前就不告而別。正當我準備要牽她的手的時候，她卻把手縮回去放在自己的大腿上頭。

我盯著巨大壁爐裡的火焰在飛舞，思路遊晃他方，惦念起其他的事，大部分是工作。過去這十年來，我已經將亨利．溫特的三部小說改編為電影劇本，每一部都讓我很驕傲。能夠讓那些劇本拍板定案，真的是我職涯的轉捩點，但我已經很久沒有跟那個人說話了。我不知道為什麼會在此時此刻想起他，很可能是空間的關係吧，這裡比較像是圖書館，而不是客廳，他一定會很喜歡這裡。

現在的我卡在諸多計畫之間，對於我經紀人所提的一切，似乎都無法讓我眼睛一亮。我不禁在想，現在是否應該再次重拾自己的創作之路。我已經動念了一陣子，但我猜自己已經信心全失，也許現在正是適當時機——

「要是你最近不打算做什麼的話，也許可以重新檢視自己寫的劇本……」艾蜜莉亞打斷我的思緒，她彷彿可以聽到我的心聲一樣。我討厭她老是可以讀透我的想法，女人到底是怎麼辦到的？

我回她：「現在時機不對。」

「你花了多年時間寫的那一部呢？也許值得拿出來再研究一下吧？」

她連我最喜愛的那部劇本名稱都不記得。我不知道我為什麼會對這種事情不爽，但這真的把我惹毛了。她以前對我工作的興趣濃厚多了，而且似乎是真心關切我的寫作。這些日子當中，她的冷漠所造成的傷害力超過了正常範圍。

「我的經紀人說有一部新的八段結構式驚悚小說，應該會合我的胃口，又是一部以小說改編的劇本。但還有一部舊的小說……」我回頭張望那些書架。「搞不好這裡就有一本。」

「我們說好的，這個禮拜不工作。」她氣急敗壞，聽不出我的幽默感而動怒。

「我只是開玩笑，而且是妳自己先提起這話題的！」

「還不都是因為我可以聽到你在想什麼。你明明就坐在我旁邊，還一直擺出那種心不在焉的臉色。」

我看不出她是擺出哪種臉色，但我痛恨她的語氣。艾蜜莉亞就是不懂，我得要一直努力研究某本小說，不然現實世界就會顯得太嘈雜。我最近似乎不管講什麼都會惹她不高興。要是我太安靜，她不爽，但要是我張嘴，卻又覺得自己像是在地雷區亂竄，我永遠贏不了。我也沒有把我和亨利．溫特之間的事告訴她，因為這是她無法明瞭的另一件事。亨利與他的作品對我來說不只是工作而已，他成了父親形象的代理人。我懷疑他應該是沒有這種感受，不過，真實的感覺並不需要以雙方共同認知作為基礎。

狂風把彩繪玻璃震得咯咯作響，只要對於能夠蓋住我心中最喧鬧思緒的聲音，我都心存感激，我不想要她聽得到那些心事。我的雙手還是需要找點事——我再也不想抱她，少了手機的手指頭感覺變得很累贅。我從口袋裡取出皮夾，找到了夾層之間的那隻皺巴巴的紙鶴。這個可笑的老舊紙鶴總是會帶給我好運，還有慰藉。我把它拿在手中，也不在乎艾蜜莉亞盯著我看。

我說道：「我隨身帶著這隻紙鶴已經好久了。」

她嘆氣。「我知道。」

「我第一次與亨利．溫特在他的倫敦豪宅見面的時候，還把這紙鶴給他看。」

「我記得那一段。」

她的語氣聽起來百無聊賴又悲傷，害我也產生了一樣的感覺。我也聽過她所有的過往故事，但也沒有哪個特別動人。

如果人更像是書本就好了。

要是你看某本小說看到一半，發現不喜歡了，隨時可以棄讀，找一本新的就是了。電影與電視影集亦是如此。不會有道德評斷，沒有罪惡感，也不會有任何人知道，除非你自己選擇告訴他們。但要是與人在一起，就必須有始有終，遺憾的是，並非每個人都能從此過著幸福快樂的生活。

現在的落雪轉為帶雪的雨水，憤怒的豆大雨滴重擊窗面，然後沿著玻璃潸然而落，宛若淚水。有時候我很想哭，但是卻沒有辦法。因為這不符合我妻子對我的印象。我們都必須為自己的生活故事挑選角色，而她把我派配為她的先生。我們的婚姻是一場公開的試鏡，我不確定我們兩人是否都找到了自己應該扮演的角色。

她的臉是一團什麼都看不清楚的糊影，五官宛若怒海渦流，我覺得我旁邊坐的彷彿是陌生人，而不是我的妻子。我們在一起一整天，害我現在覺得有空間幽閉症。我需要空間，一點點獨處的時間，我不知道她為什麼要這麼……令人感到窒息。

艾蜜莉亞從我指尖搶下那個紙鶴。

她說道：「你花了太多時間活在過去，而不是專注未來。」

她把我的幸運物丟入火中，我趕忙大叫：「等等，不要！」

我立刻從格紋沙發跳起來，衝了過去，為了搶救紙鶴差點燒傷了手。有一角燒焦了，不過其他的部分完好無缺。就這樣，這是最後一幕戲。以前也許不確定，但現在我很篤定，我現在進入倒數計時階段，等待這一切劃下句點。

棉婚

年度詞彙：

咆哮之地。名詞。當某人心情低落時的避難所或聖地，可供咆哮的私密的房間或洞穴。

二〇一〇年二月二十八日——我們的兩週年結婚紀念日

親愛的亞當：

又一年過去了，又一次結婚紀念日，而且是超棒的一年！自從你賣掉亨利．溫特的改編劇本之後，你的工作比以前更忙碌了。標下那份一百二十頁劇本的好萊塢電影公司所支付的酬勞，已經超過了我十年的收入。真了不起，而且我為你感到開心，但也覺得好傷感，我們現在看到彼此的時間已經不若以往那麼多，現在的你似乎不怎麼再需要我，抑或是我對你文稿提供的反饋，但我能夠理解，我真的可以。

在過去這十二個月當中，你改變了很多，但遺憾的是，我並沒有。我們依然沒有寶寶，不過，你遵守諾言，在我們結婚紀念日的時候要抽空出去玩——最近這幾個月當中，發生了不可思議的事——所以我們可以外出度週末了。你找了某位鄰居照顧鮑伯，告訴我要打包行李，還要帶護照，但不肯對我說我們到底要去哪裡。

當我們一離開公寓，準備要外出度週末慶祝結婚紀念日的時候，你招了一台黑色計程車。我以為那台計程車可能會帶我們去聖潘卡拉斯車站……或是機場，不過，我們在倫敦整日無休的塞車車陣穿梭了三十分鐘之久，最後到達了漢普斯特德村某條住宅區的街道，這是你最喜愛的倫敦區域之一。也許是因為亨利．溫特在這裡有房子吧。這裡超級奢華，但我覺得像我們這樣的人並不需要帶護照才能造訪，所以我很好奇你為什麼要叮嚀我帶護照。

你付錢給司機，還給了他豐厚的小費，然後我們帶著自己的行李踏上了人行道，你把手伸入口袋。

「那是什麼？」我在打量你手中那個尺寸迷你但包裝完美無瑕的禮物，緞帶繫得實在太美了，我猜你可能是請人代勞。

你笑容燦爛。「結婚紀念日快樂！」

「我們應該要等到星期天才可以交換禮物……」

「哦？真的嗎？那我就收回來嘍。」

我一把搶下那個漂亮禮物。「我現在已經看到了，所以就不妨直接打開吧。我希望是純棉品，那是婚姻撐了兩年的傳統禮物。」

「我覺得應該說是慶祝，而不是撐了兩年，我沒想到我娶的人標準這麼高。」

「對，你娶的老婆就是這種人。」我小心翼翼拆開了包裝紙。

裡面是一個絲絨小盒——很像是拿來放珠寶的那一種——而且盒子是我最喜歡的顏色，土耳其藍。我猜可能是耳環，但當我打開盒蓋的時候，卻發現是鑰匙。

你問道：「要是妳可以在這條街上挑一間房子入住，妳會選哪一間？」

我抬頭盯著我們站立位置前方的那間獨棟維多利亞雙立面老屋，紅色磚牆佈滿了應該是紫藤與常春藤的交錯植被。老虎窗的某些玻璃被砸爛了，還有些上了封條。完全符合了待修屋的定義——破爛，但是美麗——而且，我實在很難不注意到外頭的「已售出」招牌。

「你是說真的嗎？」

「幾乎一向如此。」

我覺得我像是收到巧克力工廠鑰匙的小孩。

大門與那個絲絨盒同色，都是土耳其藍，最近才剛剛油漆完成，與這間屋子的其他部分截然不同。當鑰匙打開門的那一瞬間，我哭了，我不敢相信我們長久以來連付一間破爛小套房的房租都很拮据，如今卻擁有了一棟真正的房子。

屋內的場景就如同在街上看到的外觀一樣破敗，整個空間瀰漫潮氣，地板木條脫落不見，壁紙斑駁，老舊的配件滿佈灰塵與蜘蛛網。天花板的洞有鬆垮電線垂落而下，我猜那以前應該是有燈泡，而且，某些牆壁還有塗鴉，但我已經愛上它了。我在寬敞明亮的各個房間不斷遊晃，裡面都一片空蕩蕩，但充滿了各種可能性與潛力。

「你要自己裝潢？」聽了我的問題，你哈哈大笑。

「不，我覺得妳應該可以勝任，我想是需要花一點工夫……」

「只有一點嗎？」

「但要是買別的房子，我們就負擔不起了。」

「我愛這裡。」

你問道：「是嗎？」

「對，你的禮物只是一雙襪子。」

「喂，驚喜感都被妳破壞光了……」

「至少我的禮物是棉製品。」

「哪一年是磚婚？那我們可以等到那個時候……」

我的焦慮藏不住，破壞了我們的興致。「我們真的負擔得起嗎？」

你微笑，企圖掩飾你的謊言遲疑，但我還是看得出來。你總是喜歡仔細評估答案之後才說出口，不要太超過，也不要太保守。

「對，今年過得很不錯，我有點太忙了，沒辦法好好享受，但我覺得我們可以開始過自己一直夢想的生活了，妳說是不是？我想我們可以花時間慢慢翻修……某些部分就自己動手。把它變成我們自己的咆哮之地，把這裡當成我們永遠的家。」我暗暗記下「咆哮之地」這個字，準備等一下查字典。你繼續說道：「如果妳覺得一樓沒問題，那麼妳就應該要看一下樓上……」

我的手一路撫摸老舊木欄杆，雙腳小心翼翼——不想因摸黑而踩到破爛的台階扭傷腳踝。這裡幾乎所有表層都佈有更多的蜘蛛網、灰塵，還有髒污，但我已經可以看到它有朝一日展現何其美麗的風姿。而且，我這個人從來就不怕勞苦。

我跟在你後頭，經過梯台，終於進入某間寬敞的臥室。我忍不住倒抽一口氣，放聲驚呼，我看到了那佈置得好精美的床——這是屋內唯一的家具——地上有個冰桶，裡面放了香檳。

「床單是百分百的埃及棉。妳看，我沒忘吧。結婚紀念日快樂，萊特太太。」然後，你摟住了我。

我問道：「其他的臥房呢？」

「哦，我覺得我們應該要努力添丁增人氣，妳說是不是？」

我們在這裡待了三天，只有外出散步與覓食。謝謝你給了我一個美好的週末，讓我度過一個非常開心的結婚週年紀念日，也感謝你成為我的一生摯愛。我打算利用我所有的空閒時間翻修這間房子，妝點每一個房間，讓它成為我們兩個夢想的永恆之家，我很難想像還有比當下更幸運的時刻。

你是我唯一的愛
你的妻子
親親

艾蜜莉亞

我很難想像還有比當下更痛苦的時刻。

我不是故意要把那紙鶴丟入火中，我只是……理智斷線。那不是我的錯，一開始是他把我惹得這麼火大。我看著他把它塞回到他的皮夾裡，然後他盯著我，雙眼之中除了憤恨之外什麼都沒有。

「抱歉，我不知道我為什麼會做出那種事……」但亞當沒接腔。

有時候，我覺得自己就像是每天工作時看到的那種棄犬，我先生就這麼一直埋首在寫作之中，拋下了我，徹底遺忘。我的工作每逢這個時節，總是特別難熬。

在聖誕節的時候買了小狗的那些人，通常在情人節左右發現自己不想照顧牠們一輩子。這個禮拜，有一隻名叫「幸運」的德國牧羊犬被送了進來，很遺憾，他的名牌上面並沒有地址，我很想追出棄養他的主人到底是誰，讓警察逮捕他們。「幸運」被拴在某根電線桿旁邊，當時下著大雨，他嚴重營養不良，餓得半死，全身髒兮兮都是跳蚤，而且全身濕透。獸醫說他之所以會出現那種傷口，只有一種原因，就是長時間經常遭到鞭打。這隻可憐的老狗一點都不「幸運」，而且亞當一直放在皮夾裡的那隻紙鶴也一樣，純粹就是迷信的無稽之談。

他說道：「我不知道妳為什麼一直這麼愛生氣。」

他講出這種話讓我更火大。

「我不是在生氣，」我的語氣聽起來就是在生氣。「在這段關係中一直努力的人只有我，我只是覺得厭煩罷了。我們再也不聊天，這就像是跟室友住在一起，而不是丈夫。你從來沒有問我今天過得怎麼樣，或是我的工作，或是我的感受。只有問晚餐吃什麼？或者是我的藍色襯衫在哪裡？或者是妳有沒有看到我的鑰匙？我不是家庭主婦，我有自己的生活，也有自己的工作。你讓我覺得自己不可愛，沒有人愛，成了隱形人，而且……」

我很少哭，但我忍不住了。

亞當最近幾乎很少表露感情，彷彿他已經不記得該怎麼做了，不過，接下來他做出最古怪的行為——他抱住了我。

他低聲說道：「對不起……」我還來不及詢問他是針對哪一個部分道歉，他已經先吻了我，真正的吻。雙手托住我的臉頰，當我們剛在一起、我們還沒有被生活逼得漸行漸遠時的那一種吻法。

我發覺自己雙頰發紅，彷彿是被陌生人親吻，而不是我的先生。

為自己著想，我不太會產生什麼罪惡感，這一點我很厲害，而且，在某種封閉狀態之下，也鮮少會冒出罪惡感這樣的情緒。有時候，我覺得自己需要退出幕前的生活，就像大家住飯店退房一樣。簽下我必須簽署的一切，交還我現今生活的鑰匙，然後找到某個新的地方，某個安全處所。不過，也許依然有些什麼值得我駐留下來的情愫吧？

亞當說道：「真是漫長的一天，我想我們都只是有點累了。」

我回他：「我們可以到樓上去，找到臥室，早一點睡覺好嗎？」

「要不要先再喝一杯酒？」

「好啊，我把這些盤子拿出去，把酒帶過來。」

我不知道他如果還想要繼續喝的話，為什麼要把它留在廚房裡，但我並不介意自己去拿酒。這幾個月以來，現在已經是我們最親密的狀態。音樂沒了，我聽到風嘯穿過了它在小教堂牆面找到的所有裂縫，石材地板好冷，簡直像是在咬我穿了襪子的雙腳一樣。我匆匆想要回到另一個房間的溫暖懷抱，不過，彩繪玻璃上的某個東西吸引了我的目光。我定睛細看，似乎非常獨特。不是宗教背景，而是不同色澤的一串臉孔。

其中某張臉在移動，我嚇得愣住了。

然後，我開始尖叫，因為窗戶裡的那張白色面孔是真人。外頭有人，而且緊盯著我不放。

亞當

我衝入廚房，開口問道：「怎麼了？」

我先聽到了有東西砸碎的聲響，接下來是艾蜜莉亞在尖叫，我看得出來，那瓶紅酒從她手中滑落而下，石材地板到處都是玻璃碎片，我緊抓鮑伯的項圈以免他走到那裡。「怎麼了？妳還好吧？」

「不好！外面有人！」

「什麼？在哪裡？」

她伸手指過去。「那邊的窗戶……」

我走過去，凝望那一片漆黑。「我什麼都看不到。」

「他們現在不見了，我一尖叫他們就跑了……」她開始撿拾碎玻璃。

「我去外面看一下。」

「不可以！你瘋了嗎？我們在鳥不生蛋的地方，誰知道外頭會是誰？靠！」

她摸到某塊酒瓶碎片而割傷了手指，我一看到鮮血就好想吐。我可以為了影視劇本寫出各式各樣的恐怖情節，但要是在真實生活中遇到，我就成了膽小鬼。

我抱著艾蜜莉亞，把她緊摟懷中，距離已經近得可以聞到她的髮香。熟悉的洗髮精氣味撩動了幸福時光的記憶。我看不到美麗的臉孔，但我一直覺得自己具有體察內在美的本能。當我回憶我們初識的那個夜晚，我依然可以清晰想起有關她的一切細節，以及我有多麼渴望、多麼需要更加了解她。遇到與人相關的種種情事，我總是信賴自己的直覺，而且我幾乎很少出錯。在剛認識對方的那兩三分鐘之中，我就可以判斷此人是好是壞，而且時間與人生通常證明我是對的，幾乎一向如此。

「我來清理……」我走到一旁，在我打開的第一個櫃子裡拿出了畚箕與掃把。

她問我：「你怎麼知道在那裡？」

我遲疑了一會兒才講出答案。「就是隨便猜猜。妳還好嗎？需要吸入器嗎？」

艾蜜莉亞有氣喘，有時候，最奇怪的事情會造成她氣喘發作。她曾經在某家商店櫥窗看中了一件粉紅色的外套，注意了好幾個月之久，為了它特地存錢。她買下了它，穿了一次，第二天發現價格砍了一半，真的害她氣喘發作。艾蜜莉亞一直是錙銖必較的人，雖然她已經不需要如此，依然改不過來。

「我好希望這是一個完美週末，」聽起來她快要哭出來了。「感覺已經完全不符原來的計畫……」

「好，這地方是有點鬼祟，我們喝了一點酒，而且都很累了，這會不會是出於妳的幻想？」我使用的是那種專門對付小孩，或者不喜歡自己作品改編成劇本的那些難搞作者的語氣，不過，雖然她還沒有爆發，我看得出來自己這種舉動並不恰當。

「不是！媽的那不是我的幻想。那裡，真的有，一張臉。就在窗戶外面，盯著我看。」

「好啦，對不起！」我把碎玻璃全倒入垃圾桶。「長什麼樣子？」

「就是一張臉！」

「是男人的臉？還是女人的臉？」

「我不知道，一切發生得太快……我告訴你了，我一尖叫，對方就跑了。」

「也許是那個神秘管家？」艾蜜莉亞只是盯著我，但並沒有回答我的問題。「嗯？」

「也許我們應該打電話通知管家，講出有人待在屋外？」

「妳覺得有差嗎？」但她聽不進我的話，已經開始在找她的手機。

她找到了。「太好了……」

「有訊號嗎？」

「一格都沒有。」

鮑伯似乎聽膩了我們的對話，走出了廚房，經過走道，前往我們一進來的靴室。

當他開始對著老舊的小教堂木門咆哮、齜牙咧嘴、頸毛豎起的時候，我們才發現他溜走了。

自從我們到了這裡之後，這已經是我們的老狗第三次做出異常行為。

我開始穿外套。「就這麼決定了，我要到外頭去看一下。」

「拜託千萬不要出去……」艾蜜莉亞輕聲細語，彷彿擔心有誰會聽到我們的對話一樣。

「別傻了，」我把狗鍊扣入狗兒的項圈。「我有鮑伯保護我，老弟，你說是不是？」

鮑伯不再亂叫，而且一聽到自己的名字就開始搖尾巴。

她說道：「鮑伯是全世界最遜的護衛犬，牠怕羽毛！」

「沒錯，但對方不知道那一點。如果外頭真的有人，我會嚇跑他們，到時候我們可以再開一瓶紅酒。」

當我一打開門，雪花立刻吹飛進來，冷風逼得我無法呼吸。鮑伯變得氣呼呼，咆哮狂吼，拚命往前衝，我差點拉不住他。外頭一片漆黑，一開始的時候幾乎什麼都看不到。不過，當我們眨眼，逐漸適應這片黑暗之後，我們頭皮發麻，終於明白狗兒為什麼如此激動。就在外頭，距離我們不過幾公尺之外的地方，有好幾雙眼睛正瞪著我們。

皮婚

年度詞彙：
雅賊。名詞。偷故事的人，偷書賊。

二〇一一年二月二十八日——我們的三週年結婚紀念日

親愛的亞當：

我猜大部分的夫妻都是獨自慶祝結婚紀念日——也許是挑間餐廳的雙人座——但這不適用在你我身上，今年不是如此。今晚，我們與數百個陌生人共度我們的結婚紀念日，感覺像是所有的人都盯著我們。

我從來沒遇過像你這麼痛恨派對的人，然而你最近似乎參加了不少次。我並不是說你有反社會人格，而且我真心能夠理解你為什麼這麼害怕。當你完全認不得任何一張臉的時候，超過數人以上的聚會就會出問題了。所以，一場倫敦塔橋的電影界派對——裡面有數百個認為你理應知道他們是誰的自以為是的傢伙——想必對你來說就像是被蒙住雙眼，進入了充滿自負之心的地雷區。

「萊特先生，請直接進來吧⋯⋯」門口那位小姐語氣輕快，臉上掛著燦爛微笑，手裡拿著一個狀似繽紛繚亂的夾板。

我剛才盯著她，發現她一直仔細核對每個人的姓名，在以顏色分類的清冊上劃槓註記，但是對你就沒這個需要了。大家都知道你是誰——剛剛躋身圈內，想要爭取一席之地的新人。編劇是一種在最後階段勝出的產業。這些人在你不順遂的時候根本不會多瞄你一眼，不過，現在你有了大製作鉅片在手——多虧了亨利．溫特的小說——大家又想當你的朋友了，至少現在是如此。

你開始找我參加這些盛大的派對、活動，頒獎典禮，其實是因為我可以向你低聲說出現在是誰來找我們，讓你不會因為認不出應該要認得的人而陷入尷尬。我不介意，我還相當享受——這一點我和你不一樣——而且偶爾好好打扮一下也很有趣，弄個頭髮，再次穿上高跟鞋。每天的工作與狗兒為伍，不太需要那樣的裝扮。

現在，我們已經培養出一套很順暢的程序。聽你講製作人、執行製作、導演、演員，以及作者這麼多年，我已經想像出他們的樣貌，但我現在認識了他們在真實生活中的面容，我們會在類似這樣的夜晚與你那個領域的人士閒聊，我與他們幾乎沒什麼交集，但是我發現聊書本、電影，以及電視劇就足以從容面對——大家都愛好看的故事。

我很期待第一次進入倫敦塔橋裡面好好見識一番，而有機會享受免費香檳與米其林主廚設計的豪奢小點心更是一大款待。不過，當我一看到亨利．溫特的名字出現在賓客名單之中，我就很怕進去。從那一刻開始，顯然我們與陌生人一起度過結婚紀念日的真正原因，就是因為你想要見到亨利，說服他再給你一本書。你已經問了兩次，我告訴你不要開口乞求，但是你老是以為自己最懂就是不肯聽，想要過著輕鬆的生活，靠寫作將會是一條艱難之路。

當我們抵達的時候，倫敦塔橋燈光大亮，映襯著倫敦的夜空，派對早已進入高潮，我們上方傳來低沉的音樂節拍與笑聲，與底下幽暗泰晤士河的輕柔潮聲正在互相較勁。當電梯載我們飛速到達頂樓的時候，我看得出來，這將是一個迷人的夜晚。這裡的空間比我想像中的小，差不多就是一條擠滿了電影人的長廊。某名帶著香檳托盤的服務生擠了過去，我很樂意為他減輕兩杯的負擔。為了以防萬一，我早上還先驗孕，我知道沒有不能喝酒的理由。現在我已經不會告訴你每個月到來的壞消息，而你也不問了。

你對我輕聲細語。「結婚紀念日快樂……」我們舉杯互碰，你喝了一小口香檳。我喝了好幾口，所以我的香檳杯已經是半空狀態。我發現酒精可以幫我消解自己的社交焦慮，每次參加這種聚會的時候，我都還是會出現這種狀況。這裡的每一個人都知道你是誰，你現在在唯一需要努力的就只有為自己設下的前程目標。不過，我一直不覺得自己與這些人很投契，也許是因為我真的與他們格格不入，我偏好與狗兒在一起。我又喝了一小口香檳，然後，我開始履行自己在那裡的任務，仔細掃視整個空間，找尋你的雙眼所看不到的一切。

我們今天早上互相交換了紀念日禮物。我給了你一個真皮方包，上面有你姓名字首的黃金色刻字。這麼多年來，我一直看著你拿醜陋的包包裝你的珍貴文稿，所以這禮物應該是很適合。你送給我一雙我曾經很欣賞的及膝真皮靴，我覺得我年紀都這麼大了——三十二歲——可能不適合穿這種東西，但你顯然不同意。今晚是我第一次穿上，我發現你在前往派對的計程車上一直盯著我的腿，被渴望的感覺真好。

我們走向擠滿派對賓客的那條走廊，我對你附耳說道：「有人來了……」

你問道：「好人？壞人？還是醜人？」

「壞人。上個月想要叫你改編那本犯罪小說的製作人……你拒絕她之後，態度變得嗤之以鼻的那一個。麗莎？琳達？還是莉茲？」

「莉琪．帕克斯？」

「對。」

「媽的，每個派對都有狗屎。她喝醉沒？」

「已經很茫了。」

「她有沒有看見我們？」

「絕對有。」

「靠。那女人把作家當成了工廠，把他們的作品當成了焗豆罐頭。她想要改編的作品根本不是她買下的書，她是忙個不停的雅賊……」

「紅色警戒。」

「莉琪，親愛的，妳好嗎？妳看起來真美……」你使用的是針對小朋友或是做作之人才會擺出的那種口吻。我希望你永遠不會用那種語氣對我講話，要是你做出這種事，我一定會生氣。

你們彼此互碰臉頰給飛吻，看到你的作為，讓我大開眼界，彷彿你身上有個我之前從來沒有看過的開關。你在派對上成了截然不同的自我版本，人見人愛的那一個：散發魅力、機智、受到大家歡迎，是眾人關注的焦點，完全不是我認識的每天鑽進他的全新又相當可愛的寫作小屋裡面，那個氣質害羞沉靜的男人。我喜歡你的各式各樣的版本，但我偏好的是我的亞當，只有我看得見的真正的那一個。

「有人來了……」我再次低語，我剛吃了一個完美烹調的扇貝，上頭滴有一抹豌豆濃汁，擺盤的容器是某塊小貝殼，以銀色小湯匙入口食用。

你問道：「現在這個是誰？」

我認識這一個。「納森。」

我望著你握他的手，然後你們開始聊工作的事，你在專心聆聽。主辦派對的這位電影公司老闆，是那種總是到處尋訪支持的人。他的目光一直朝自己或你的肩後張望，想知道他能否或應該找誰繼續攀談。他是那種習慣向他人的成功徵稅，總是從別人身上汲取一點什麼來增強自己功力的人。你把我介紹給他認識，在他的目光之下，我覺得自己彷彿瞬間變得有些畏怯。

他問道：「妳的工作是？」

這是我痛恨的問題。不是因為答案，而是因為其他人對這個答案的反應。

「我在『巴特錫流浪犬之家』工作。」我還勉強擠出了笑容。

「哦天哪，妳真是太幸運了。」

其實這對我來說並不幸運，一講到動物的時候，就可以看到世界上有這麼多人如此殘酷或不負責任，我決定不要解釋背後的緣由。我也覺得對於他高高在上的語氣最好就是置之不理。我得到的領悟是要永遠保持禮貌：要是燒毀了某座橋，就過不去了。所幸對話與賓客一直在流動，因為在這種場合就是如此，我們發現終於有了自己獨處的機會。

你低聲問道：「有沒有他的蹤影？」

我不需要問你講的是誰。「恐怕是沒有，我們試試另一邊好了？」

我們走到了第二道走廊，這是在這座名橋之上連結兩棟塔樓的通道，俯瞰燈光點得燦亮的泰晤士河與倫敦，真是壯麗。

你又問了一次。「妳現在看到亨利了嗎？」當我說找不到的時候，你的神情好哀傷，彷彿像是被心目中的女神放鴿子的小男生一樣。

在這一整晚當中，準備朝你撲來、等待機會向你打招呼的人，已經成了一條隱形的排隊人龍：想要與你共事的製作人、後悔當初對你不友善的那些執行製作，還有希望能夠成為你的那些作家。我的腳開始痠痛，所以，當你說出要提早離開的時候，我好開心——也好驚喜。

你叫了一台黑色計程車，當我們一進入後座之後，你就開始吻我。你的手摸到了我的新靴子的上緣，然後悄悄深入我的大腿之間與裙下地帶。我們才剛進家門口，你就在玄關處脫光了我的衣服，只剩下我的那雙靴子。在剛修繕好的階梯上做愛是一種全新的體驗，我依然聞得到油漆氣味。

後來，我們在床上喝威士忌，暢聊那場派對還有我們今晚遇到的所有人：好人、壞人，以及醜人。

我問道：「你對我的愛還是跟當初結婚時一樣嗎？」

「幾乎一向如此……」你講完之後還露出大膽燦笑，因為這是你最愛的口頭禪之一，你看起來好帥，讓我也只能哈哈大笑。

我對你的愛也幾乎都是如此。不過，我並沒有提到今晚我看到了亨利·溫特好幾次，他身穿他的正字標記花呢外套，啾啾領結，皺紋密佈的臉龐掛著一抹詭異表情。他看起來比他的那些作家照老多了。那一頭濃密的白髮、藍色雙眸，還有慘白的皮膚，看起來有點像鬼。我並沒有告訴你，你最愛的作家一直朝我們的方向死盯不放，渴望想要引起你的注意。

三年過去了，有了好多的秘密。

你是不是也有什麼事瞞著我？

你是我唯一的愛
你的妻子
親親

艾蜜莉亞

當小教堂大門外的那些綿羊咩咩叫個不停的時候，亞當哈哈大笑。他把依然像是發瘋一樣狂吠的鮑伯拉進屋內的時候，我也忍不住露出了微笑。

一開始的時候，我們看到了那好幾雙眼睛朝我們的方向死盯不放，簡直就像是某部恐怖電影裡的場景。不過，亞當的手電筒立刻揭露了真相，潛伏在小教堂外頭、充滿好奇心的唯一鄰居，其實是我們剛才開車經過泥道時巧遇的那一小群綿羊。牠們很可能是一路跟著我們過來，希望有人可以餵牠們。在一片漆黑之中，牠們的身軀與我們抵達時那片覆蓋萬物的白色雪毯融為一體，所以我們只能看到牠們的雙眼。

亞當脫掉外套。「日後我們一提起這段往事，一定會哈哈大笑。」

我倒是沒這麼篤定。

我一直穿著外套——我好冷——我盯著他拿了一根老舊的巨大鑰匙鎖門。我以前從來沒見過這東西，但我好累，也許本來就一直放在那裡，只是我沒注意到而已。我好久之前就開始規劃這次旅行，等不及想要外出度假，根本就是把他逼來這裡，不過，現在的我超級想家。

亞當自承有隱士性格。當他窩在自己的寫作小屋與筆下的角色在一起，暫時消失在腦中的幻想世界當中的時候，他最開心了，有時候他很難找到歸返的路。我敢發誓，要不是因為我，我們絕對不會去任何地方。他對於我們的家深感自豪，我也是，但那並不表示我們永遠不能離開那裡。位於漢普斯特德村的那間獨棟維多利亞雙立面豪宅，與他自小生長的國宅區是天差地遠，但亞當不會告訴別人他的那一段過往，他不只是重新撰寫自己的歷史，他根本就是直接刪除。

我對這種高檔的倫敦富人區只有若即若離的歸屬感，不過，他如魚得水，雖然他十六歲就輟學在電影院工作，野心太大，而通過的會考課程項目太少。但大家都喜歡勇於嘗試的人，而且亞當永遠學不會要如何放棄。與我們相隔兩棟的鄰居是某名劇場導演，右邊是主播，榮獲奧斯卡提名的女演員是我們左側的隔壁鄰居。感覺好可怕：遛狗的時候會擔心不知道遇到誰。我跟我的丈夫不一樣，我與我們那些白手起家的鄰居們幾乎沒有共通之處。我對於努力躋身上流社會的人完全沒有意見——我一直覺得生活就是爬得越高，風景越好。不過，有時候他的成功讓我覺得自己是個廢物。亞當是真正的高手，反觀我依然比較像是初稿，還沒有完成的作品。

接下來，他親吻我的前額，好輕柔，宛若父母在關燈前親吻子女額頭道晚安一樣。最近他多次讓我覺得自己似乎不夠好，但也許這是我在投射自己的不安全感，也許他依然真的在乎我。

他說道：「妳不需要感到尷尬……」我真擔心剛剛是不是說出了自己的心事。

「什麼？」

「幻想窗戶出現人臉，而且還砸毀了那瓶上好紅酒。」他對我微笑，我也努力回笑，他繼續說道：「妳只需要放鬆罷了。」

每當我丈夫告訴我要放鬆的時候，通常都只會造成反效果，我不發一語——要是我提起那件事，他也不會當成一回事——但我覺得我看到窗戶的那張面孔並非我的幻想。我跟他不一樣，我生活在現實生活之中，二十四小時都是如此。我很確定自己看到了什麼，幾乎百分百篤定，而且，被人監視的那種感覺，似乎一直揮之不去。

蘿蘋

當那女人一看到她的時候，蘿蘋立刻就閃離小教堂的窗前，但已經太遲了。那女人開始尖叫，蘿蘋馬上拔腿狂奔。

黑水已經許久沒有訪客到來。一年多了，她從來沒有看過任何的不速之客，偶爾出現的登山客則另當別論——似乎帶著所有的現代工具設備，居然還是迷路——山谷裡總是充滿了野鹿與綿羊，但就是沒有人。這裡太偏遠，人跡罕至，大多數的觀光客都不會造訪，就連當地人也知道要避而遠之。就她記憶所及，黑水湖以及旁邊的小教堂一直很有名，但不是很好的那種名聲。

所幸蘿蘋喜歡獨處，她也不怕鬼，她比較擔心的反而一直是活人，這正是自從訪客們與他們的狗兒到達之後，她一直對他們緊盯不放的原因。

蘿蘋知道有暴風雨即將來襲，所以，當他們開車經過位於泥道底端，她居住的那間茅草小農舍的時候，她嚇了一大跳。她不覺得有人會瘋狂到在這種天候狀況下走海岸線或是冒險走山區小道。蘿蘋沒有電視，但是廣播電台已經發布了好幾次的天氣警報，而且，不需要是氣象學家也可以觀察窗外動靜，這幾天都是多雲，而且氣溫酷寒，大雪來襲之前的天氣一向如此。蘿蘋住在高地區已經有幾年的時間了，所以她知道不能相信蘇格蘭的天氣，它有自己的節韻，完全沒有規則可言。當暴風雪即將來襲的時候，所有的當地居民都會花時間預做準備，採行必要的預防措施，因為他們從過去經驗得知，這很可能表示必須陷困在屋內好幾天之久。腦袋正常的人不會挑這種季節過來，除非他們想要主動與這世界的其他地方完全斷聯。

蘿蘋躲在自己農舍的湊合式窗簾後頭，透過窗戶向外偷看，當訪客的車子越來越接近的時候，她怔怔不動。那是一台薄荷綠的舊款車，看起來像是博物館裡面的東西，根本不能上路。他們居然能夠一路開來黑水，真的是奇蹟或是謎團吧。到底哪一個是正確答案，蘿蘋覺得很難說。

她望著他們繼續沿著泥道前往小教堂，然後把車停在湖畔——很不安全的地方。當時外頭一片漆黑，風速變得強勁，雪勢越來愈大，但訪客們似乎對於危險完全不以為意。

她從農舍出來，只需要步行一小段距離即可到達小教堂，所以她乾脆跟蹤他們，以保持等距的方式進一步仔細觀察。

蘿蘋盯著他們下車，看到那隻黑色大狗從後車廂跳出來，覺得很開心。她一直很喜歡動物，但需要朋友的時候，綿羊並不是最好的選擇。雖然他們相隔了有好幾公尺之遠，但她覺得那男人似乎很疲倦，不開心，話說回來，長途旅行通常會讓人產生這種反應，他們兩人看起來都飽受摧折。

蘿蘋站定，動也不動，看著這對夫妻帶著狗兒走向小教堂，卻發現大門鎖住了，而且沒有人在那裡歡迎他們。他們似乎冷得要死，一臉挫敗，需要有人放他們進去才行。

負責開車的是那名女子，蘿蘋對她的一切都看得目不轉睛：一身時尚打扮、金色長髮，還有精巧妝容。蘿蘋已經好幾年沒添購新衣，穿著重點都是為了保暖與舒適。她衣櫥裡所有衣服的材質都是純棉、羊毛，或是花呢。大部分的時候，她都是同一種打扮，長袖T恤，下身是她的老舊工裝吊帶褲，加上為雙腳保暖的針織襪。蘿蘋現在是一頭長髮，髮色已經轉灰，打結太嚴重的時候，她就自己動手剪掉。她的玫瑰紅色澤的雙頰是因為冷風，而不是腮紅，而且，她發現自己根本想不太起來自己會做出那種打扮、過著那種生活是什麼時候的事了。

蘿蘋看著他們走進去，然後，她繞過小教堂，透過彩繪玻璃偷瞄裡面。她真希望自己可以聽到他們在說些什麼，但是風聲卻從她耳邊偷走了他們的話語。她的層疊式穿著派上了用場，但她沒辦法對低溫免疫，好奇心亦然。雖然自從先前的住客離開之後裡面積了一堆灰塵，但訪客們似乎很快就把那裡當成了自己的家。他們點燃了為他們準備的蠟燭與壁爐，熱了一些食物，喝了一點酒。狗兒趴在地毯上，而且這對夫妻還差點手牽手。從外頭看來，真是一幅相當浪漫的場景，不過，大家都知道，外觀可能會騙人。

他們看起來完全不害怕。

她不知道這是不是因為他們在一起的緣故。在不需要獨自面對一切的狀況下，這世界似乎看起來就沒那麼可怕了。不過，生命是一場充滿各種選擇的遊戲，蘿蘋的某些選擇出了問題。現在她認了，雖然招認的對象只有她自己而已，因為現在她沒有可以講話的對象。看到這對夫婦在小教堂裡面開始放鬆心情，她知道他們也做出了不當的選擇，而且，來到這個地方，很可能是不當選擇列表當中的第一名。

艾蜜莉亞

亞當問道：「怎麼了？」這是我丈夫經常開口，但其實不想知道答案的問句。

「沒事。現在呢？」我們站在靴室，互瞪彼此。我在牆面上的某些迷你鏡瞄到了自己的映影，趕緊別過頭去。對我來說，這地方有點太像是《愛麗絲夢遊仙境》了，現在就只差一隻白兔而已。

亞當說道：「我本來想要再喝杯紅酒，但妳失手摔破了那瓶酒，破壞了我的計畫……」

「哦，你說地窖裡放滿了酒，我們可以再開一瓶就是了……」

「是啊，沒錯，這次換妳下去。」

「什麼？」

「等到妳發現根本沒什麼好怕的時候，妳就不會恐懼了。」

我不確定我是否同意他的邏輯，但我的確有女性主義者的風骨，只要是我先生能做的事，我也不成問題。所以，雖然我根本不想要進入地下室，我還是會下去。這是為了某種堅持，也是為了拿到我現在超級需要的酒。

我發現當我們走向廚房的時候，亞當關上了我們後頭的每一道門，像是要防止什麼東西跑出去一樣，但我很確定，他只是努力讓溫熱留在裡面而已。我們到了食物儲藏室，他打開地板門，那股陰濕霉味立刻朝我撲襲而來。

我問道：「那是什麼味道？」

他聳肩。「濕氣吧？」

我從來沒遇過味道那麼濃重的濕氣。

我說道：「把手電筒給我。」

「現在電池已經完全沒電了，但底下有電燈開關，妳到達底層之後，在妳右手邊就摸得到了。」

他扶住地板門，我開始步下石階。這裡沒有欄杆可供手扶，所以我只能一路摸牆走下去。這裡不只是冷，而且還很潮濕，黏滑可能是更準確的形容詞。我的手指摸到開關，天花板的醜陋日光燈燈管亮了，散發出詭異的綠光，燈管的低鳴聲反而出奇令人安心。

亞當說的沒錯，裡面沒有鬼或滴水嘴獸，但這地方真的感覺陰森森。這裡的一切都是古老石材建造而成——牆壁、天花板、地板——而且這裡實在太冷了，居然還能看到自己呼出的白氣。我算了一下，共有三個生鏽的鐵環嵌在牆面裡面，我只能努力不要去想它們到底是什麼用途。我看到遠處的酒架，趕緊衝過去看個仔細，我迫不及待想要回到樓上。某些酒瓶的塵垢與積灰實在太厚了，根本無法看清楚酒標寫什麼，但我還是挑了一瓶看起來像是梅貝克的紅酒。

然後，燈光全滅。

「亞當？」

我上方的地板門砰一聲關上了。

「亞當！」我大叫，但他沒有回應，我眼前只看得到一片黑暗。

蘿蘋

蘿蘋從不怕黑，也不怕暴風雪，或是黑水小教堂裡的怪事。不過，她與這兩名訪客不一樣，她總是做好了萬全準備。

今天稍早的時候，她進城完成了每個月一次的大採購，買足了一切所需品。這趟穿越山谷與高山的行程，來回不過一個多小時，購物一直不屬於蘿蘋喜歡的活動，一講到與人互動的技巧，她就有點落漆。長期獨居，很可能會讓人產生那種變化。她早已學會與自己生命的孤單情態共處，但她依然擔心最近有時偶爾必須張口的時候，從嘴裡冒出的那些怪聲，所以她覺得自己還是閉嘴比較好。

害羞與不友善並不是同一件事，但很遺憾，大多數的人都不明瞭兩者之間的差異。她那台老舊的荒原路華曾經風光一時——有點類似它主人的命運——但至少駕馭它很容易，而且很可靠，即便在最可怕的各種天候也一樣。所謂的「城鎮」，其實只是最近的那個村莊而已，位於荒涼西蘇格蘭海岸，名為山谷果林的寧靜之地。裡面其實就只有幾戶人家，還有一間「本地雜貨店」。這間商店——面積是郵局的兩倍大——就連在風調雨順的時候，貨架上也只有必需品。一知道有暴風雨來襲的時候，大家都會開始瘋狂採購，而且現在幾乎都沒有任何貨品了。新鮮蔬果早已被搶光，麵包與衛生紙也是。大家為什麼需要囤積這些東西？讓她覺得匪夷所思。

蘿蘋迅速搶下最後一品脫包裝的鮮奶，拿了一些起司、火柴、蠟燭，還有六罐義大利細麵圈罐頭。她家中已經至少有二十罐亨氏焗豆罐頭，塞滿一整個櫥櫃的台爾蒙柑橘罐頭，以及足以讓一整個小學都喝飽的一箱箱保久乳。她的食物選項與暴風雪一點關係都沒有，蘿蘋本來就喜歡罐頭食品，而且她買的數量總是很充足，然後她會在家中一字整齊排開，這樣一來她就可以知道自己不會馬上餓死。

她把櫃架上最後幾罐嬰兒食品放到自己的購物籃裡面。收銀台後方的女子愣了一會兒之後，開始逐一掃商品條碼——她一直就是這樣——在那種目光的沉重壓力之下，蘿蘋覺得自己彷彿也變得有些畏怯。她在這間商店購買嬰兒食品已經很久了，到底是從什麼時候開始，根本沒有人記得，但大家都很清楚，最好不要詢問什麼寶寶的事，每一個人都知道她沒有寶寶。

收銀員名牌上面的名字寫的是：派蒂❷。再加上這個女人的面孔，不禁讓蘿蘋想到了生漢堡肉，害她一陣噁心。派蒂年紀五十多歲，身穿邋遢衣物與紅色圍裙的她，看起來比實際年齡更蒼老。她有一頭小男孩式的凌亂金髮、灰黃色的皮膚，如豆小眼底下有黑眼圈。蘿蘋發現這女人也不知為什麼總愛狂飲，似乎只讓她的雙下巴垂肉更加明顯。派蒂是那種耽溺在惡毒八卦與自艾自憐之中的人，蘿蘋不想對這個老是在評價她的女子進行評價，她只想要徹底遠離粗魯或是不友善的人，而她就曾經目睹派蒂出現過這兩種行為。

這女人把自己的尖酸刻薄當成徽章，她就是會留下一星書評的那種人。

蘿蘋本來想要打招呼——她知道這是「正常人」的行為。不過，要是有什麼和善試紙，那麼顯然派蒂每次都無法通過測驗。所以就算蘿蘋有時候想要主動小聊一下，只是想測試自己是否還有會話能力，但派蒂卻是她根本懶得講話的對象。

等到蘿蘋回到農舍的時候，已經沒電了，裡面又黑又冷。這房子沒什麼了不起——小小的石屋、兩個房間、茅草屋頂，還有一間室外廁所。但這是她的地方，這些日子以來也幾乎等於是個家了。這棟農舍是兩百多年前徒手打造而成，當那間小教堂還有原始功能的時候，這裡提供給照顧教堂的神父所使用。厚實白牆的某些石材已經崩裂，露出了深色的花崗岩磚，而過了兩百年之後，當初建造工人們的指印依然清晰可見，這總是讓蘿蘋大受激勵，不會有人完全消失，我們總會留下一些自我的殘餘部分。

蘿蘋的母親有時候會睡在這間農舍裡。多年前的事了，當時蘿蘋只是個小孩子，而且……當時家中狀況截然不同。她母親有一把鑰匙，只要覺得自己想逃離或躲避的時候，就會來到這裡。她是快樂的女子，卻被困在悲慘境地之中。她喜歡歌唱、烹飪、縫紉，而且具有把一切——包括她自己——弄得美美的絕佳能力，就算是這間悲慘的小農舍也不例外。蘿蘋會跟著她來到這裡——不管是哪一次的爭吵，她一定站在母親這一邊——然後她們會一起坐在壁爐前面，不發一語安慰彼此，等待下一場婚姻風暴來襲，這個地方成了她們兩人的破敗庇護所。

❷ Patty，意思為漢堡排。

她們在裡面營造出舒適氣息，有自製的窗簾與靠墊，以蠟燭點光，拿毛毯取暖。不過，蘿蘋多年之後回來，什麼都沒了，就像是蘿蘋的母親一樣，什麼都不剩，只剩下某段記憶的塵埃。

茅草比農舍牆壁新一點，而且有洞，不過，等到天氣暖和一點的時候，就可以進行修補。終究會變暖的，一向如此。蘿蘋年紀漸長，這是她學到的生命體悟：無論她多麼盼望回到過往，世界依然持續運轉，一年接著一年過去。這成了她經常懸念心中的疑問：為什麼人們總是要等到那個當下過去之後，才學會到必須要活在那個當下？

蘿蘋沒什麼家具。她的床是路邊找到的木板條拼湊而成，不過，靠著層層疊疊的毛毯與自製靠墊，居然出奇舒適。在有壁爐的那個房間——也就是她為了取暖而經常消磨時光的地方——有張小桌子，某隻桌腳搖搖晃晃，還有從格倫科某處垃圾場挖回來的老舊真皮扶手椅。對於蘿蘋來說，能夠擁有自己的物品，遠比它們的樣貌或來自什麼地方重要多了。當蘿蘋回到這裡的時候，手邊沒什麼東西，只有一個裝滿她最喜歡物品的行李箱。蘿蘋拋下了其他的一切。

這間小屋裡所有的盤子、餐具、咖啡杯、酒杯都是借來的——某些人會說偷拿吧——來自她在高地造訪的各大咖啡館與酒吧。當蘿蘋把那些髒兮兮的東西偷偷塞入自己包包裡的時候，她並不覺得這是小偷行為，因為她總是有留小費。還有一次，她在某間茶館偷了留言本，但也不知道自己為什麼要這麼做，也許是因為那些友善的手寫筆跡讓她覺得自己沒那麼孤單。蘿蘋收集她需要的一切，以免把錢花光。她並沒有得到她想望的一切，但這兩者截然不同。她的現金僅供緊急狀況使用，而現在當然事屬緊急。

短期之內是不會有電的，她點了一些蠟燭，然後又在爐柵裡起了一小堆火取暖。接下來，她把某罐焗豆罐頭綁好，放在火焰上方。遇到冷天氣的時候，熱食很重要，這也不是蘿蘋第一次在暴風雪中為自己煮食。等到吃完罐頭之後，她會把它洗乾淨，在鐵罐表面挖兩個眼睛與笑臉，然後把它當成燭台。在她這個小小的家之中，到處都有鐵罐臉，有些是笑臉，有的悲傷，還有的是憤怒表情。

她戴上兩隻不一樣的隔熱手套，從火團上方取下罐頭，直接從鐵罐裡舀豆子吃，這樣省時間，而且也不用清洗。她吃完自己的晚餐之後，開了一瓶嬰兒食品，把裡面的東西舀到某個碗內，她知道等到他餓的時候，自己就會過來吃了。

蘿蘋安歇在老舊真皮扶手椅裡，她戴著室內露指手套，但是雙手依然冰得要命。她又加了一根柴火，然後在她的開襟羊毛衫口袋裡找尋木頭菸斗，緊緊握住它，簡直把它當成了老友一樣。其實這本來不是她的東西——也是向某人借的物品。有時候，光是觸摸的感覺就很足夠，但今晚不行。她把它從口袋裡拿出來，還有小小的圓形菸絲鐵盒。那是拉特雷牌菸斗，產於蘇格蘭，就與她一樣，典型的黑天鵝。

她打開鐵盒，捏了三坨菸絲撒進去，就像是他在她小時候教導她的方式一樣。感覺像是在築鳥巢，然後一口氣把它燒毀。顫抖的雙手不慎遺落了幾根菸絲，落在她的大腿上面，動也不動。當她劃火柴的時候，她注意到自己的乾燥皮膚與啃得亂七八糟的指甲，所以她暫時閉眼，在自我面前躲避自我，趁這個時候盡情享受她渴望了一整天的菸斗味道與尼古丁濃烈氣息。

蘿蘋眺望遠方的小教堂。從她的窗戶望出去，她可以看見裡面依然有燈光。小教堂跟她的農舍不一樣，還有電力，因為屋主承受過太多次的蘇格蘭暴風雪之苦，所以在多年前安裝了發電機，但反正對他們也沒有多大幫助。她在等待的時候，專心聆聽廣播電台。蘿蘋是等待的高手，耐心是許多生命問題的解答。雖然菸斗空了，爐火已經燒光，她還是坐在那裡，靜靜等待。她聆聽廣播電台的各種人聲——宛若老友一樣熟悉——他們正在報新聞，這場暴風雪已經引發了好幾起交通意外。蘿蘋很好奇訪客們是否知道自己幸運逃過一劫，好不容易安全無恙抵達這裡。她再次瞄向窗外，看到小教堂一片漆黑，她心想訪客們的好運恐怕要開始逆行了。

也許好運會一次用光光，只有時間可以給出答案。

然後，蘿蘋聽到聲響，後頭黑暗空間裡的小巧腳步聲。嬰兒食品的碗空了，被舔得乾乾淨淨，這讓她很欣喜，朋友就是朋友，無論什麼形式都一樣。

艾蜜莉亞

我覺得我瘋了，我居然有這樣的念頭，但我真的覺得地下室裡面不是只有我一個人而已。我在黑暗中眨眼，轉身，但是我看不見任何東西。在我的想像畫面之中，這些牆壁逐漸向我靠攏，而且我聽到有人在黑暗中低聲呼喚我的名字。

艾蜜莉亞，艾蜜莉亞，艾蜜莉亞。

我的呼吸節奏馬上開始失控。我覺得我胸口好緊，彷彿有個重物壓在我的肺部，我開始覺得有雙隱形的手掐住我的脖子，因為我的喉頭開始緊縮。

亞當在黑暗中呼喚我。「妳還好嗎？」

「不好！出了什麼事？」

然後，我上方的木板門開了，但我依然什麼都看不見。

「我不知道，應該是停電。燈光熄滅的那一刻，我失手鬆開了木板門，抱歉。妳想辦法找路，走上台階吧。」

「我……沒辦法呼吸！」

他不只聽到我講的話，還聽到我在吐納之間的刺耳聲響。

他大吼：「妳的吸入器在哪裡？」

「不知道……包包裡。」

「包包在哪裡？」

「不記得了。廚房……餐桌吧？」

「妳留在那裡等我……」難道我有其他選擇嗎？

打從我小時候開始，就一直有氣喘問題——被老菸槍撫養，住在市中心的公寓裡，應該是雪上加霜吧。我待過的那些寄養家庭當中，並非每一個父母都會善待小孩。最近我的氣喘問題不大，但還是會有造成突然觸發的各種狀況，被困在黑漆漆的地下室似乎就是其中一種。我慢慢前進，想要找到出去的台階，不過我的手指卻只摸到濕答答的牆壁，還有某個冰冷的鐵環，不禁讓我打哆嗦。真希望手電筒有電，或是自己的手機在身邊。我想到了圖書館裡的那些蠟燭，現在手裡要是有一根該多好，不過，我想起先前點蠟燭時使用的火柴盒，依然在我的口袋裡。

第一根點燃的火柴幾乎立刻熄滅——畢竟是老舊火柴盒。

我以第二根火柴的亮光努力辨識方位，但是我依然看不到階梯，而且我已經很難吸入足夠的空氣。

我點燃的第三根火柴暫時照亮了牆壁的部分面積，我看到了表面留下的刮痕，看來似乎是有人，或是什麼東西，曾經拚命想要爬離這裡。

我努力保持冷靜，記得要好好呼吸，但是火焰燙傷了我的指尖，我趕緊把最後一根火柴丟到地上。

一片黑暗。

然後，我又聽到了，有人在低聲叫我，就在我的後方。

艾蜜莉亞，艾蜜莉亞，艾蜜莉亞。

我的呼吸節奏變得太淺弱，但是我無法控制，我覺得我快要昏倒了。我無論朝哪一個方向細看，眼前都只有一片黑暗，然後，我聽到了刮擦聲響。

亞當

我耽擱了好久才終於找到艾蜜莉亞的吸入器。她氣喘不常發作，久久一次，但我一直覺得最好要為最壞的狀況做準備。生命形塑我產生那種思維方式，萬一遇到狀況的時候，我可以比較從容應對。找我太太的手提包，本來就不容易——就連她自己也一樣——而要在某間陌生的建物裡摸黑猜測她可能會放在哪裡，更是一件耗時的難事。我知道她沒時間了，等到我終於摸到手提包，在裡面找到了吸入器，趕緊衝回地板門那裡。鮑伯已經在刮抓木板，我聽到了艾蜜莉亞在哭泣。

我說道：「妳要找到階梯……」

「不然你覺得我……在幹什麼？」

她沒辦法呼吸。

「好，我下去。」

「不要！千萬不要，你會……摔倒。」

「妳不要再講話了，專心注意自己的呼吸，我馬上就過去。」

我靠著觸覺緩慢前行，一次出一腳，只碰觸一個台階，艾蜜莉亞的恐慌呼吸聲在黑暗中引我向前。我發現她站錯邊了，貼靠在出口對面的牆壁，然後，我把吸入器交到她顫抖的雙手之中。

她搖了幾下，我聽到兩次抽吸聲。電力恢復了，地下室的螢光燈管閃爍，恢復生氣，地下室浸沐在一片鬼光之中。

我說道：「這裡一定有發電機……」但是艾蜜莉亞沒有回我話，只是緊抓住我不放，我伸出雙臂摟著她，我們就這麼在一起，許久不放手，我心中湧起一股奇怪的感覺，我要好好保護她。

我應該要有罪惡感才對，但並沒有。

艾蜜莉亞

在我等待呼吸恢復正常的時候，他緊緊抱住我，我就隨便他了。我想到了我們在第一次進行婚姻諮商的時候，顧問詢問我們的問題。「叫我帕蜜拉」——這是亞當給她取的綽號——每次講話的時候，似乎都很清楚自己到底在說些什麼，不過，當我發現她自己離婚過兩次的時候，我必須承認自己對她的信心出現了些許動搖。對你來說，婚姻的意義是什麼？我還記得她以愉快聲調提問時的情景，我也還記得亞當的答案，婚姻如果不是中樂透，那就是穿上了拘束衣。他覺得這種話很有趣，我不以為然。

他親吻我的前額，很溫柔，彷彿擔心我會崩潰一樣。不過，我比他想像的更堅強，也比他想像的更聰明。這一吻的感覺缺乏熱情，充其量就是在哄慰而已。

「不然我們把這瓶酒帶到床邊吧？」他拿起那瓶梅貝克，握住我的手，帶領我離開地下室。有時候，在還沒確定自己不會迷失方向的時候，最佳策略就是讓別人誤以為你會一直跟在他們後頭。

圖書館客廳的正中央有一道螺旋木梯，通往當年還是小教堂的二樓陽台。我猜這是原始的木作，看起來就是如此，而且踩踏的每一階都發出了相當誇張的吱嘎聲響。鮑伯帶頭往前衝，步伐急快，他簡直像是知道自己要去哪裡一樣。

當我們經過那些白色石牆的時候，我忍不住盯著掛在上頭的那些照片。從階梯底端開始，出現了一連串的黑白人像的相框，一路蜿蜒到頂端，宛若以影像呈現的家族系譜圖。某些照片幾乎已經完全褪淡，因為日照與時光而失去了色澤，不過，比較新的那些照片——也就是比較靠近二樓的位置——狀況良好，甚至還有種熟悉感。不過，我不認得照片裡的那些面孔，而且問亞當也沒有意義，他連在鏡像中的自己都不認得了。我發現有三個相框被移走了，原來懸掛的地方留下三個未褪色的長方形，還有鏽色的釘子。

到了階梯中段的時候，出現以鐵棒固定的紅色地毯——與樓下的冰冷石板截然不同——然後，階梯通往某道狹窄的梯台。我們面前一共出現四道門，全部關得緊緊的，而且看起來完全一模一樣，只不過其中有一道門不太一樣，它的門把上掛了「危險勿近」的紅色警示牌。門前放置了一個格紋狗籃，旁邊還有一張打字的便條紙，就像是我們剛到的時候，在廚房裡發現的那張一樣：

狗不能進臥房。

拜託。

希望你們住得愉快。

那一句「拜託」感覺是後來加上去的，而且還換了新的一行，獨立成句，感覺有那麼一點以退為進的味道，但也許是我過度解讀吧。鮑伯聞了聞那張狗床，搖尾巴，一臉滿足坐在那裡，彷佛把那當成了他自己的地盤。我的狗兒不像我有分離焦慮的症狀，而且——他跟我不一樣——他不論在哪裡、不論在任何時間，都可以睡得著。

亞當問道：「好，有照顧到狗兒。先前那張字條是不是有提到為我們準備好了其中一間臥房？」

「對，但是我不記得是哪一間。」

「只有一個方法可以知道答案。」

他試了每一道門，全部都鎖住了，最後一道門終於開了，發出了足以與階梯巨響媲美的誇張吱嘎聲響，再加上外頭的狂嘯惡風，任何人都會被嚇得緊張不安。

「這地方真的得多加使用潤滑油……」亞當講話的時候順手開了燈，我跟他進入房內。眼前的景象讓我嚇到了。

這間臥房就跟我們家的一樣。不是完全複製——家具不一樣——但床上有相同的枕頭、毯子，以及披巾。而且牆壁油漆色澤完全相同：法羅巴爾牌的「錢鼠呼吸」色號。那是我在兩年前重新裝潢時給他的意外驚喜，我後來永遠忘不了亞當有多麼痛恨那個顏色。

我們兩個站在那裡，死盯好一會兒。

我低聲說道：「我不懂我到底看到了什麼……」

「我覺得這有點像是我們的……」

「有點？」

「嗯，我們倫敦的家沒有彩繪玻璃……」

「真的太奇怪了。」

他說道：「我們也沒有老爺鐘……」這倒是真的。放在房間角落的那個狀似古董的鐘根本格格不入，而且我覺得它的滴答聲響格外刺耳。

「亞當，我是認真的，難道你不覺得這有點詭異嗎？」

「可以說對，也可以說不對。他們也許只是跟妳在同一個地方找到了裝潢靈感。妳當初不就是因為拿到某間公司的五折拍賣折扣，而買下了我們臥房裡的一切東西嗎？妳愛上了他們小冊子裡面的某張臥室照片，果真買下了裡面的所有物品。我對那筆信用卡帳單記得非常清楚。也許，這個地方的主人也做了一模一樣的事？」

他說的沒錯。我的確看到了某本小冊子裡的某張臥室照就立刻愛上了它，而且，雖然標價的數字很可怕，但我真的幾乎買下了裡面所有的東西。我覺得重新裝潢這間小教堂的主人和我擁有相同的品味，也不是說完全沒有這種可能。雖然這裡一切物品的表面都有一層灰，但打點得很精美。這也讓我注意到這臥室跟屋內的其他地方不一樣——乾淨無瑕，我甚至還聞得到家具的簇新氣味。

我說道：「這裡好乾淨……」

「當然是好事吧？」

「其他房間都佈滿灰塵，而且——」

「也許我們應該要把家中的桌燈換成這種東西？」亞當打斷我，點燃了床邊的某個古董風格燭台。他口袋裡有火柴盒，彷彿本來就知道這裡會有燭台一樣。當燭光開始搖曳，在房內投射出陰影的時候，不禁讓我覺得眼前的畫面宛若從《聖誕頌歌》借來的佈景，亞當舉起其中一個燭台。「它們的底部還黏有價格標籤，看起來是很古典，但一定是新的。」

「這一切感覺……好不真實，彷彿我們身在自家生活的某部電影裡面，有人以廉價的仿真複製品妝點出這樣的佈景。」

「我覺得很酷。」

「我覺得可能會引發火災。」

我打開了另一道門，發現了一間浴室，跟我們家的完全不一樣。一切都是真正的古舊品，牆上與地面還留有斑痕，我猜那裡曾經是爪腳浴缸的位置。這就和樓下的洗手間一樣——沒有浴缸，只留下一個顯然曾經擺放過浴缸的空位。牆壁磁磚與水槽都長了黴菌，當我打開水龍頭的時候，傳出了奇怪聲響，但什麼也沒有。

亞當的聲音從臥室傳來。「我猜水管可能凍住了。」

「太好了，我本來想要洗個熱水澡。」我走出來，現在臥室唯一的照明只剩下燭光，感覺舒適多了，我發現他已經開了酒，而且倒了兩杯。我這次想要好好享受，所以走到窗前拉起百葉窗，一想到先前外頭可能有人在監視我們，還是讓我有點發毛。窗戶下面有一個老舊的電暖器，但摸起來冷冰冰，難怪我覺得這麼冷。

「我想到了其他方法可以保持溫暖……」亞當摟著我的腰，開始親吻我的頸項。我已經好久沒和我先生上床了。

這與我們剛在一起的時候是天壤之別——當時的我們，雙手根本捨不得離開對方的肉體——但我想大多數的夫妻都是如此。一想到要脫光自己的衣服，就讓我充滿了恐懼，我的身材已經不若以往。結婚都這麼久了，這種想法聽起來一定很愚蠢吧。

「我只是想去沖個澡，」我從過夜包裡拿了衣物，回到浴室。「你在等我的時候先檢查床下面有沒有鬼。」

「然後呢？」

「再等久一點。」

現在我們之間有關起的門相隔，我心情變得比較平靜，比較能夠掌控自我。對於要與我先生發生親密關係之所以這麼緊張，我假裝不知道到底是什麼原因，不過，這只是我對自己撒的白色小謊之一而已，就跟大家一樣。我赤腳站在這間陌生浴室的冰冷磁磚上面，盯著鏡中的女子，然後，脫去其他衣物的時候，我別開了目光。我為了這趟旅程特別購買的全新黑色真絲蕾絲睡衣並沒有辦法讓我變成別人，但也許可以撩動他的情慾。希望自己嫁的男人對我有慾求，難道錯了嗎？

我打開浴室的門，想要在步出的時候盡量展現性感風情，但我其實不需要費心，臥室裡一片空蕩蕩，亞當人已經不見了。

亞當

「勿近」的這種警語標誌，不就是挑動大家想要一探背後的玄機嗎？而且危險事物一直格外對我有吸引力。

我知道艾蜜莉亞在浴室的「沖個澡」總是會拖很久，而且等待讓我覺得不耐。所以我喝了一小口的酒，走到外頭的梯台，看看鮑伯是否想要跟我一起來，但他已經熟睡，而且還在打呼。

就是在那一刻，「危險勿近」的標誌吸引了我的目光，我忍不住試了一下懸掛牌子的那個門把。當然，不會有什麼真的那麼危險的東西潛伏在後。這裡的其他門都上了鎖，不過，當我轉動門把的時候，門卻開了，我不知道自己會看到什麼，但我覺得自己期待的是某種更驚心動魄的畫面，而不是一道通往上層的木頭窄梯。鮑伯已經睜開了一隻眼睛，朝我的方向低吼，不過，好奇心會殺死貓，不會殺死狗或人，現在我真的真的很想知道梯頂到底是什麼。

那裡沒有光，所以我從臥室裡拿了一根蠟燭，然後拾級而上，一次一個階梯，吱嘎作聲。我覺得在這一片漆黑之中有東西碰到了我的臉，我以為是細小的手指，但只是蜘蛛網。我猜也已經很久沒人清理屋內的這個區域了。我本來以為禁區樓梯頂端的門一定會被上鎖，但是並沒有。當我一打開的時候，一陣狂風吹熄了蠟燭，差點害我摔倒。

鐘樓。

接觸到外頭的極地空氣，簡直像是被人掌摑臉頰一樣，不過從小教堂頂端俯瞰而下的景致令人嘆為觀止。我覺得我可以看到下方的整個世界——山谷、湖水、遠方山脈，豐潤的滿月照亮了一切。雪勢已停，終於，雲朵散開，露出了以星光妝點的黑色夜空。這個鐘——看起來比從地面上仰望的時候巨大多了——周邊圍繞了四堵及膝矮牆。這裡沒有安全扶欄，鐘樓周邊似乎也沒有足夠的站立空間。不過，為了飽覽無死角的三百六十度景觀，還是值得冒險一試。

當我抬望夜空的時候，我覺得這簡直是太不可思議了，原來那裡一直存有如此神奇的事物。我們一直忙著低頭，卻忘了要仰望觀星。這讓我覺得好感傷，我想到了自己在生活當中恐怕已經錯失的一切，但我打算要開始改變。

我從口袋裡拿出手機準備拍照——我太太以為我還放在倫敦家中的那支手機。當我看到她在我們離開之前，偷偷從汽車置物箱裡面取出手機藏入屋內的時候，我覺得好噁心。當她騙我手機還在家裡，而且還因為這件事罵我的時候，我的心情變得更惡劣。她行為鬼祟已經有好幾個月之久，現在我知道這並非出於我的想像。

艾蜜莉亞最近去找了某名財務顧問，她見過對方之後才把這件事告訴我。她說我花了太多的時間擔憂過往，她希望為未來做更好的準備，我一開始的時候沒注意到她指的是她的未來，不是我們的未來。兩個禮拜之前，在她誤以為我喝醉的時候，準備好了以我名字投保的壽險單，要求我簽名，這種事還會有其他解釋嗎？

她手裡拿著筆，當時已經是晚上十一點，我第二天還有一堆工作。「我只是覺得我們到了必須要提前規劃的年紀……」

「我才四十歲而已。」

「萬一你出了什麼事呢？」她堅持。「光靠我的薪水，沒辦法支付漢普斯特德村的大豪宅，鮑伯和我就會無家可歸。」那隻狗兒在當下一聽到自己的名字，立刻看著我，彷彿這件事也與他息息相關。

「妳不會無家可歸，最壞的狀況就是，妳可能得要換小一點……」

她搖搖頭，把筆送到我面前。我簽了文件，因為我太累了，懶得和她爭執，因為我老婆是全世界最難以拒絕的女人之一。

也許是因為她一出生時就父母雙亡，或者是因為她工作的時候幾乎天天都會遇到的所有悲傷事件，艾蜜莉亞對於死亡的考慮比我多，實屬正常，或者，應該說很健康，尤其她現在似乎心心念念的都是我死掉的事。

我太太正在密謀什麼吧，這一點我很確定，我只是不清楚是什麼。

而且我並沒有中年危機。

這是她最近對我的指控。

我想每個人都會到達開始質疑自己達成了什麼人生成就的年紀，就算他們先前做出的是正確抉擇，亦是如此。但我也相信我的工作——講故事——非常重要。故事教導我們過往，豐富我們的當下，而且可以預測我們的未來。話說回來，當我死掉之後，我曾經寫過的文字，將會是我依然留存於世的一切。

在我的職場領域中，演員與導演享盡一切光環，而我的工作幾乎都是在改編他人的小說，但當你看到我負責的電視劇或電影時，你所聽到的對話都是我的字詞，我的創作。去年有人找我改編的那本小說，我根本連看都沒有看。我做出決定——要改編的這個故事反正就是屬於我的了。那齣劇的製作人說她比較愛我的版本，更甚原著，我開心死了，但就只有那麼一下子而已，而之後她要求變動，因為這些人的工作就是這樣，所以我弄好了，給出第二份文稿，然後，導演要求更動，因為那是他們的工作。時間快轉到幾個月之後，甚至連其中一個演員也要求更動。因為他們當然比我更懂得角色，雖然這些角色明明是從我的腦袋裡生出來的也一樣。所以，雖然我可以發誓我的第三版或第四版文稿遠比他們的最終版好太多了，但我還是乖乖修改，因為我要是不這麼做的話，一定會被開除，然後會被其他蠢蛋奪位，因為這一行的運作方式就是如此。

我的生活就跟我的工作一樣，一直都有人想要改變我。一開始的時候是我的母親，當我父親離開之後，她為了要撫養我，讓我們有地方可以住，在醫院一天做雙班。我們住在南倫敦某個國宅區公寓的十四樓，我們擁有的不多，但一定足夠。要是我趁她工作的時候看太多電視，她總是會罵我——我的眼睛會變成正方形——不過，如果不想惹是生非，其實也沒有什麼其他事情可做。她比較喜歡看到我讀書，所以我就乖乖聽話，在我十三歲生日的時候，她送了我十三本書，全部都是我兒時喜歡的作家的特殊紀念版作品，我到現在都還留著，放在我寫作小屋的某個小書櫃裡面。她在我最喜歡的史蒂芬．金小說的初版版本裡留了一張字條：享受他人的生命故事，但千萬不要忘記過你自己的生活。

三個月之後，她死了。

我十六歲的時候輟學，因為我別無選擇，但是我一直抱持堅定的決心，一定要讓她以我為傲。自此之後，我所做的一切，都是為了要努力成為一個不會讓母親想要動念改變的人。

我也交過一堆拚命想要改變我的女朋友，但是她們辦不到，等到我遇到我的妻子之後才終於變得不一樣，這是我生命中有史以來第一次遇到愛我的原貌、完全不想要改變我的人。我終於可以當自己，寫出自己的故事，不用擔心被拋棄或是被替換。也許這就是我如此愛她的原因，至少一開始的時候是如此。但是婚姻會對人造成改變，無論他們喜不喜歡都一樣。當你已經打破雞蛋將蛋液做成了蛋餅，就再也不可能讓它恢復成原狀。

我努力拋卻心中的負面想法，專注觀賞眼前的美景。站在這麼高的地方，讓我想起小時候住在十四樓的情景。在我無法入睡的那些夜晚——公寓隔牆薄如紙——我會盡量推開臥室的窗戶，仰望夜空。我記得最清楚的是飛機——我從來沒有坐過。我以前會數飛機，想像那些乘客一定是夠聰明、夠幸運、夠有錢，才能夠飛往某一個對我而言是完全不同的地方。我覺得自己被困住了，早在那時候就有這種念頭。這裡的景觀跟倫敦公寓區並不一樣，放眼所及完全沒有建物，看不到任何生靈，而且萬物被白雪所覆蓋，一切浸沐在月光之中。待在這裡的我們處於真正的孤獨狀態，這正是艾蜜莉亞的期盼。

大家在許願的時候，還是應該要小心一點。

我的妻子具有別人都看不到的另一面，因為她是隱藏的高手。光憑艾蜜莉亞在動物慈善機構工作這一點，並不表示她就是聖人。這也不表示她沒幹過壞事，其實恰恰相反，我的妻子個性相當陰暗。她也許可以騙倒其他人，但我知道她到底是怎樣的人，也知道她的能力。這就是我最近感情破產的原因——我對她所剩下的愛已經全沒了。

我從來沒想過自己會是那種背著老婆偷吃的男人。

但我真的做出這種事。而且不知怎麼搞的，居然被她發現了。

我想，那種情節聽起來讓我像是個壞人吧，不過，這個故事裡也有一個壞女孩，有時候，兩個壞人湊在一起就成了醜聞。而且，與不該上床的人上了床，我也不是唯一的那一個，聖人艾蜜莉亞也一樣。

艾蜜莉亞

「亞當？」

我站在梯台，手中拿著蠟燭，呼喊他的名字，但是他沒有應答。鮑伯抬頭瞪我；我打擾他睡覺，他很不高興，然後，他望著「危險勿近」的那塊警示牌，嘆了一口氣。有時候我覺得我們的狗兒比我們所認知的更聰明。不過，後來我想到自己經常看著他追逐自己的尾巴繞圈圈，我覺得他就跟我們其他人一樣，因為生命而感到困惑。

我從來就不是什麼循規蹈矩的人，所以我沒有理會那牌子，逕自打開了門，面前露出一道狹窄木梯，通往頂端的另一道門。我走了幾步，碰到蜘蛛網的時候差點失手掉了蠟燭。我拚命撥開臉上的黏絲，但依然覺得好像有東西正在我皮膚上慢慢爬行。

「亞當？你在上面嗎？」

「對，這裡景色超美，帶酒和兩條毯子上來吧。」我突然鬆了一口氣，這種反應讓我自己嚇了一大跳。

五分鐘過後，我們兩個依偎在小教堂的鐘樓，他說的沒錯，景觀超美。這裡空間不大，我好冷——雖然有毛毯披在肩頭也一樣——但紅酒發揮了作用，亞當一看到我在發抖，立刻摟著我。

他低聲說道：「我不記得上次看到滿月是什麼時候的事。」

「或者，這麼多的星星，」我回他，「天空真是清朗。」

「沒有光害。妳能不能看到最亮的那一顆星？就在月亮的左邊？」他伸手高指天空，我點點頭，看著他移動手指，彷彿在書寫字母W。「那五顆星構成了仙后座，卡西歐佩亞。」亞當腦袋裡塞滿了零碎知識，有時候我覺得這正是他心中沒有空間考慮我們，或是考慮我的真正原因。

「可以再講一次誰是卡西歐佩亞嗎？」

「卡西歐佩亞是希臘神話裡的某位皇后，因為虛榮與傲慢而失勢。」我先生比我知道更多的事，他飽覽群書，遇到與常識相關問題的時候，他就會有一點愛現。

不過，要是有測驗情緒智商的智力測驗，我的分數一定每一次都可以贏他。當他在講這些星星的時候，語氣中聽得出一絲優越，我覺得這並不是我的憑空幻想。

我最近花了一點時間在清東西，整理了某些舊物，找到了某個裝著婚禮紀念物的美麗盒子。那就像是婚姻的時光膠囊一樣，我當初小心翼翼挑選，然後藏好，等待將來的我把它挖掘出來。裡面有某些朋友與巴特錫同事的賀卡、蛋糕頂端的樂高新郎新娘裝飾品，還有一個幸運物六便士銀幣。亞當迷信成性，堅持在我們的大日子——其實相當的小——我必須要有幸運物，我們一致認為他母親的藍寶石戒指可以作為我的幸運物，它符合了婚禮迷信中的傳承物以及藍色物品。

在這個盒子的底部，我找到了裝有我們手寫誓詞的信封，那些承諾美好的決心讓我哭了，讓我想到了我們以前的模樣，還有我覺得我們會永恆不變的那種樣貌。不過，承諾碎裂或缺角之後，就失去了價值，宛若佈滿灰塵、遭人遺忘的古董一樣。我們的過往幸福回憶，總是會被我們當下的悲傷真相不時打斷，處處留下句號。

我不知道是否所有人的婚姻終究都會走上同一條路。也許生活破壞了愛只是遲早的事。但話說回來，我想到了每年情人節新聞會出現的那些老夫婦，在一起六十年依然非常相愛的那一種，在相機前面露出滿口假牙的燦笑，就像是十幾歲的小情侶一樣。不知道他們的存愛秘方到底是什麼，為什麼從來沒有人和我們分享？

我的牙齒開始打顫。「我們回去屋內好嗎？」

「親愛的，妳說什麼都好。」亞當喝醉的時候就會喊我「親愛的」，我這才發現酒瓶幾乎已經全空了，而我其實只喝了一杯而已。

我想要轉身走回門口，但是他一直抱著我。底下的風景本來很壯觀，如今看起來卻充滿了不祥感，要是我們哪個人摔下鐘樓，我們兩個必死無疑。我沒有懼高症，但是我怕死，所以我推開了他。當我做出這舉動的時候，我不小心撞到了鐘，力道並沒有大到讓它發出聲響，只是晃了幾下，就在這時候，我聽到了古怪的喀嗒聲，接下來是一陣刺耳的高頻噪音，我愣了一會才搞清楚眼前的景象與聽到的聲音。

蝙蝠，一大堆蝙蝠，從鐘肚裡飛出來，撲向我們的臉。亞當踉蹌後退，站在矮牆旁邊的危險位置，他在自己面前揮舞雙臂，想要驅趕蝙蝠。他腳步踉蹌，一切似乎都變成了慢動作。他張嘴，眼睛瞪得好大，目光慌亂，他往後倒，同時也伸手想要抓我，但我似乎愣在原地不動，蝙蝠一直在我們的頭部附近亂飛，讓我心生恐懼而驚呆。我們彷彿被困在為我們量身訂製的恐怖片之中，亞當重摔撞到了牆，大叫，因為有部分牆磚崩落而下。我從恍神狀態中突然清醒過來，抓住他的手臂，硬是把他從邊緣地帶拉回來。過了幾秒之後，老舊磚頭碰地，發出了巨大聲響，當蝙蝠飛往遠方的時候，那股巨響似乎在山谷裡不斷迴盪。

我救了他，但他並沒有謝我，也沒有展現出絲毫的感激之意。我先生露出了我先前從沒有見過的神情，讓我覺得好恐懼。

亞當

她差點害我摔下去。

我知道艾蜜莉亞也很害怕，但是她差點害我摔下去，這種事我不能就這麼忘了或原諒她。我們離開了，我不管現在有多晚，或是路上有沒有雪都一樣。我不記得我們到底有沒有討論過，反正我們要離開這裡就是讓我很開心。雖然我不想承認——不管對自己或對別人都一樣——我被困住了。被困在車裡，被困在婚姻裡，被困在這樣的人生當中。十年前，我以為我無所不能，要成為什麼樣的人物都不成問題，世界似乎充滿了無限可能性，但到了現在，不過就只是一連串的死巷而已。有時候，我只是想要……重新開始。

前方路面一片黑暗，沒有路燈，我知道我們沒剩下多少汽油。艾蜜莉亞不跟我講話——她已經一個多小時沒開口——不過，靜默讓我鬆一口氣。現在，我們已經放棄了週末度假，我現在唯一還掛念不下的就是天氣，雪勢已停，但是還有大雨，雨滴不斷敲打引擎蓋，發出討厭的敲打聲。我們應該要放慢速度，但我覺得自己不要多嘴比較好——沒有人喜歡由副座乘客指導開車。自從我們離開之後，沒有看到任何一台車或建築物，何其詭異，我知道現在是深夜，但即使是路面看起來也很離奇。景色幾乎沒有任何的變化，彷彿我們一直在繞圈圈走不出去。所有的星星都消失了，天空似乎變得更為幽黑，我也發現我越來越冷。

我轉頭望向艾蜜莉亞，她是面目難辨的糊影，臉上的五官不斷在打旋，宛若一片怒海。我覺得坐在我旁邊的彷彿是某個陌生人，而不是我的妻子。悔恨的臭氣宛若廉價的空氣芳香劑在車內瀰漫，我們兩人有多麼痛苦，不可能裝作不知道。面對婚姻的時候，湊合將就的方式未必每次都能行得通。我想要開口，但是話語卻卡在喉嚨裡，我連自己要說些什麼都不確定。

然後，我發現遠方出現某名女子的形影，正在過馬路。

她一身紅衣。

一開始的時候，我以為是一般外套，不過，當我們距離越來越近，我看得出來她穿的是紅色和服外套。

雨勢越來越大，雨滴在柏油路面彈跳，那女子全身濕透，衣服緊貼皮膚，她不該出來才是，不該走在馬路上頭，她手裡似乎握著什麼，但我看不清楚。

我大喊：「慢一點！」但是艾蜜莉亞不肯聽我的話，似乎反而在加速。

「慢一點！」我又喊了一次，這次更大聲，但是她的腳已經開始催油門。

我望著車速表，本來是時速一百一十公里，飆升到一百三十公里，然後是一百四十五公里，最後指針已經完全失控，我雙手摀臉，彷彿想要保護自己，避開眼前的景象，然後，我看到我的十指佈滿了血。如子彈一樣大的雨滴敲打車子的急速聲響震耳欲聾。當我抬頭的時候，我看到雨水已經變成紅色。

現在，那女子幾乎就站在我們面前。

她看到我們的車頭燈，以手遮蔽雙眼，但並沒有閃開。

當她撞到引擎蓋的時候，我在尖叫。然後，我一臉恐懼看著她從碎裂的擋風玻璃前彈拋，進入空中，她的紅色真絲和服外套宛若破爛的斗篷，在她的背後不斷飄飛。

艾蜜莉亞

「醒一醒！」

我喊了三次，輕輕推他，終於，亞當睜開了雙眼。

他盯著我。「那女人，她……」

「什麼女人？」

「那個紅衣女子……」

又來了，我早就知道。

「身穿紅色和服外套的女子？亞當，她不是真的，記得嗎？那只是一場夢罷了。」

他看著我的那種神情，就像是害怕的孩子望著父母一樣。他的臉已經完全沒有血色，佈滿了汗珠。

「你沒事，」我握住他濕黏的手。「沒有身穿紅色和服外套的女子，你跟我在一起，你很安全。」

謊言會傷人，但也有療癒效果。

我們剛剛從鐘樓下來之後，他幾乎就不跟我講話了。我不知道這是因為差點因牆碎而跟著摔落的驚恐？還是因為蝙蝠？或是喝了太多紅酒？但他脫了衣服，爬上這張陌生的床——看起來就像我們家裡自己的床——直接入睡，什麼話都沒有說。

亞當做這種惡夢已經有一陣子了，不過發生的頻率實在太高，而且內容幾乎都一樣，差別只是目睹意外的視角不一樣而已。有時候，夢境中的他坐在車裡，有時則是走在街上，或者，有時候的夢境是他在某棟國宅高樓建築的十四樓窗戶，看到了這起慘劇，雙拳拚命重捶玻璃。做了這些惡夢之後，他永遠沒有辦法立刻認出我是誰——他有臉盲症，這對我們來說也很正常——不過，有時候他把我誤認為別人。我總是得要花好幾分鐘的時間才能夠讓他冷靜下來，讓他相信我不是那個人。無論他入睡或是驚醒，他的夢境總是讓他無法安寧。他的心不是在尋寶，而是在尋索更幽暗的底蘊。遭埋葬的悔恨的微小碎塊有時候會從裂縫中鑽出來，但記憶最沉重的部分通常會沉落，而不是浮出水面。

我真希望我知道該怎麼出手阻止。

我本來想要像往常一樣，撫摸他肩膀的雀斑，或是以手指梳理他斑白的頭髮，但是我沒有，因為我聽到了敲鐘聲。

臥室角落的老爺鐘發出令人毛骨悚然的曲調，然後是夜半十二點的敲鐘聲，宛若倫敦大笨鐘的見習生一樣，就算我們沒有完全清醒，現在也都被嚇醒了。

「抱歉我吵醒妳了……」他的呼吸速度依然比平常來得快。

「沒關係，就算你沒叫醒我，那個鐘也應該會吵醒我們。」然後，我做出平常的舉動：拿出我的記事本與鉛筆，盡快在夢境結束之後寫下一切，因為那不只是一個夢——或是惡夢——那是一段記憶。

他搖搖頭。「今天晚上就不用了……」

我在心中默默記錄他的情緒，逐一勾選熟悉的模式：恐懼、悔恨、哀傷，以及罪惡感，每一次都一樣。

「不，我們還是要寫下來……」我已經在筆記本找到了某張空白頁。我一直覺得，我可以清空他的痛苦記憶，然後以比較美好的回憶——有關於我們的點點滴滴——取而代之。最近，我就沒那麼篤定了。

亞當嘆氣，整個人後靠在床上，趁著夢境迅速消逝之前，趕緊將記得的部分全都告訴我。

惡夢的開場方式都一樣：身穿紅色和服外套的女子。

雖然她身穿那種衣服，但她不是日本人。亞當發現自己很難描述她的臉——他在做夢的時候就與在真實生活中一樣，很難看清人的五官——但我們知道她是四十出頭的英國女子，大約與我現在年紀相當。她長得很漂亮，他總是記得她的鮮紅色唇膏，與她的和服外套一模一樣的色澤。她跟我一樣也有金色長髮，但是她的比較短，及肩長度。

今晚，他並沒有說出她的名字，但我們都很清楚是誰。

夢境中的事件順序有時候會發生改變，不過紅衣女子卻一直都在，雨中的車也是。這就是亞當沒有買車也不開車的原因，他從來就不想學開車。

惡夢中還有個十幾歲的男孩，他嚇得要死。

亞當全程目睹：那女子、汽車，還有那起意外。

不只是在夢中，在真實生活亦然。

那是他母親的死亡之夜，他當時十三歲。

二十五年前，當那台車開上人行道撞到他母親，亞當目睹一切的時候，他無法辨識車內的人，不過，這並不表示他不認識他們。兇手很可能是某個朋友、老師、鄰居——所有人的面孔對他來說都一樣。想像一下，殺死自己摯愛之人的兇手是自己熟識的人，但卻無法認出對方的臉孔會是什麼感覺？難怪他很難信任別人，尤其是我。要是我先生沒有臉盲症的問題，他的生活會呈現截然不同的樣貌，但他卻沒有辦法向警方描述他所看到的那個人。那時候不行，現在也還是一樣。而且他依然很自責，事發當時，他母親正在遛他的狗，因為他太懶了。

他把某個鬼魂當成了偶像，讓我覺得好悲傷。

從各方面看來，亞當的媽媽已經很不錯了——她是護士，而且她在他們所居住的國宅區頗受大家歡迎——但她並不完美，而且也絕非聖人。我覺得他把自己生命中遇到的所有其他女人與她相比，實在是很奇怪的事，其中也包括了我。他供上亡母的那個台座不只是搖搖晃晃，根本就是破爛不堪。比方說，他似乎自行跳過某些部分，忘記她為什麼會穿那件紅色和服外套。只要有男性「朋友」造訪他們居住的那間國宅小公寓，她就會穿上那件衣服——搭配她的同色唇膏。那個地方的牆壁很薄，薄得足以讓亞當聽到他母親幾乎每個禮拜都有不同的「朋友」與她上床。

記憶是變形人，而夢境也未必會被真相所束縛，這就是我為什麼會寫下他選擇回憶的那些內容。我希望可以修補他，我也希望他為了愛我而這麼做，不過，並非所有破碎的一切都可以被修補。

有一天，他也許會想起他在那一晚看到的面孔，多年來讓他困擾不休的未解謎題終能得到解答。我拚命想要終結那些惡夢：草本療方、睡前的正念播客節目、特殊的茶飲……但似乎一切都幫不上忙。當一切都寫下來之後，我關了燈，我們再次進入黑暗世界，期盼他可以再次入睡。

並沒有等太久。

亞當很快就開始輕聲打呼，但我似乎還沒辦法關機休息。

我吞了一顆安眠藥——是處方藥，我只有在別無他法的時候才會吃藥，但我最近服用安眠藥的次數越來越多。我們關係中出現越來越多的裂痕，那些巨大到無法修補或裝作視而不見的裂痕，佔據了我的心思，我非常清楚我們的婚姻為什麼以及何時開始破碎，生命在最好的狀態下，是不可預測；在最糟糕的狀態下，是不可原諒。

我一定是不知道在什麼時候睡著了——安眠藥終於發揮作用——因為我感受到某種令人不安的幻覺記憶而驚醒，我過了好幾秒之後才想起自己身在何處——臥房一片漆黑——不過，當我在黑暗中眨眼，雙眼逐漸適應光度之後，我想起我們在黑水小教堂。一抹月光穿過百葉窗與牆壁之間的空隙，照亮了房間的某個小角落，我勉強可以看出老爺鐘鐘面的時間，細長的指針顯示現在依然才十二點半，也就是說，我入眠的時間並不長。我的腦袋依然昏沉，但我想起來自己為什麼驚醒，因為我又聽到了。

樓下有噪音。

蘿蘋

蘿蘋也睡不著。

她擔心這些訪客，他們不應該來這裡的。

當她從自己窗簾後方向外眺望，看到小教堂變得一片漆黑的時候，她知道自己現在應該要做什麼。

那裡看起來好遠，超過了實際距離。但蘿蘋覺得地點之間的距離有時候很難感知得出來，就像是人與人之間的距離一樣。某些夫妻貌似親近，但其實並不是那麼回事，而其他夫妻的距離看起來更加遙遠。稍早之前，她盯著這些訪客把托盤放在自己的大腿上吃冷凍食品晚餐的時候，似乎他們在一起並不是特別開心，或者，根本沒有愛。但婚姻把人送入天堂，也可以打入地獄。再不然，這一切可能是出於她的想像。

從她的農舍穿越原野到達小教堂，通常不會超過十分鐘，而且她之前發現，要是跑步的話所需的時間更短。不過，既然現在下了這麼多的雪，想要靠自己摸索出一條不會滑倒的路徑，需要更多時間。而且，她的雨鞋大了好幾號，更讓狀況雪上加霜。這是二手貨，她沒有自己的雨鞋。她得要驅車前往威廉堡才有辦法買鞋，黑水湖附近甚或是山谷果林小鎮裡根本沒有鞋店。她當然可以網購，可是這樣一來就需要信用卡，而不是現金，她現在只有現金。蘿蘋早在許久之前就剪光了她的卡片，她不希望有任何人可以找到她。

她喜歡踩雪填實時發出的聲響，這是除了遠方蝙蝠喀嗒聲之外，唯一能夠稍微壓制寂靜感的噪音。她喜歡看牠們在夜晚於湖面盤旋，相當美妙的景觀。蘿蘋最近讀到了一篇文章，蝙蝠是在倒掛的時候生下寶寶，然後，萬一寶寶掉下去，牠們得趕快救起來，而那種情節就跟全天下的父母會做的事一樣。今晚她的前進路徑靠滿月引路，如果沒有它的話，夜空就會成了一片黑海，因為雲層幾乎又再次遮蔽了最亮的星星。不過沒關係，因為蘿蘋從來就不怕黑。

對她來說，暴風雪與呼嘯狂風從來就不成問題，與世隔絕好幾天，她也無所謂——老實說，這和她的日常作息也沒有太大的不同。蘿蘋並不是很坦誠的人，尤其面對自己的時候更是如此。她現在已經很適應這裡的生活，雖然她來到這裡的時候，本來只計劃待一下下而已。當人們忘記怎麼生活的時候，生命就會另謀方案。原本的幾個禮拜成了幾個月，幾個月又成了好幾年，而且當事情發生之後就是這樣了，她知道自己無法走人。

訪客們也沒有辦法想走就走。他們還不知情，對他們毫無同情之意，當然是不可能的。

蘿蘋走到了他們那台被雪覆蓋的汽車旁邊，暫時停下了腳步。當那男人下車的時候，她立刻就認出了他，與他有關的回憶鋪天蓋地朝她襲來。她不知道自己是否會再次看到他，連自己有沒有這樣的想望都不確定。現在的他變老了，但她很少會忘記面孔，更是絕對不可能忘記他的臉。她的心也正好回到了過往時光，想到了他還是小男孩時的遭遇，還有他看到了什麼，以及沒有看到的部分。蘿蘋不知道他是否還會做紅衣女子的惡夢，她覺得告訴他真相的時候到了，但他一定不會喜歡的，很少有人喜歡真相。

蘿蘋到達小教堂巨大木門前面，最後一次環顧四周，但這裡沒有人會看到她等一下的舉措。剛剛為她和善引路的月光，照亮了湖面與遠方山脈，她很難不注意到這地方真的是完全沒有受到任何污染，真是絕美。她盯著訪客們那台被雪掩埋的「莫里斯小旅行家」，她心想行為醜惡的人不屬於這裡。這是她最喜歡的天氣，因為有美麗的白色雪毯覆蓋世界，掩蓋了底下暗黑醜惡的一切。

生命是一場就連是小卒也可以翻轉成皇后的遊戲，不過，並非每個人都知道怎麼玩。有些人一生就只能當卒子，因為他們老是學不會怎麼走正確的棋步。這只是剛開始而已，目前還沒有人開始玩牌，因為他們不知道已經有人把牌發到了他們手中。

蘿蘋從外套口袋裡拿出鑰匙，悄悄進入小教堂裡面。

麻婚

年度詞彙：

欺哄。動詞。靠著行騙或詭詐壓制某人。

二〇一二年二月二十九日——我們的四週年結婚紀念日

親愛的亞當：

我覺得我們似乎總是有相同的夢想——還有惡夢——而今年相當難熬。你讓我大失所望應該要陪伴在我身邊，但你並沒有。我一個人坐在等待室裡，害怕不已，但你明明答應我要陪我待在那裡。

經過了三年的努力，兩年的約診，見了一堆各式各樣的醫生與護士，還有在過去這十二個月當中，似乎總是不斷前往醫院與診所的行程，再加上一次失敗的試管嬰兒療程，我崩潰了，我不想要這樣度過我們的結婚紀念日。

我早該知道今天會很慘，一開始就不妙。

昨晚在南倫敦的某間公寓救出了兩條小狗。牠們被帶到巴特錫，而我是最早見到牠們的那批人之一。雖然我從事這份工作多年，但還是嚇到了。

這兩條小獵犬被主人留在屋內很長一段時間，出診獸醫判斷至少有一個禮拜之久。要是牠們沒辦法喝馬桶的水，早就死了。牠們的枯瘦身體讓牠們看起來像是棉花全被拔出來的填充玩具。我們竭盡一切努力要挽救牠們的生命，不過，牠們今天早上死了。最後我們無計可施，只能給牠們安樂死。牠們的飼主去西班牙度假，我真希望賜死的那一針是打在她身上。有時候我真的很厭惡人類，所以要是我們永遠沒有辦法生小孩，其實也不錯。

我們本來下午一點鐘要在倫敦塔橋會面。我最近有睡眠問題，累得要命，但我還是準時到達那裡。因為不孕症診所的門診對我來說很重要，我覺得是對我們兩個來說很重要，但是你最近變得格外自私心不在焉，我擔心你可能會忘記，所以我傳簡訊提醒你。

五次。

你一次都沒有回。

遇到這樣的狀況，我真心覺得你應該要把老婆的位置放在你的寫作前面。

倫敦塔橋繁忙嘈雜，而且不只是通勤族而已。當我步出車站的時候，放眼所及都是戴著工程帽的男人，而且還有數量驚人的吊車阻擋了我仰望天空的視線。碎片塔接近完工階段，根據我偷聽到的路人談話內容，這將會是全歐洲最高的建築物，我想它會維持冠軍地位一陣子，但不會太久，因為人類總是想要不斷擊敗彼此。

就連佯裝關心對方的人也不例外。

我到診所門口的時候，我打電話給你，你的電話響了兩聲，然後就被轉到語音信箱。我知道你跟誰在一起，對你第一部劇本《剪刀石頭布》表示興趣的某個製作人。當初我就是在某個抽屜裡找到了這份文稿，因而鼓勵我寫下秘密信給你。業界的某某人對你稍稍注意了一下，關心重點是你自己寫出的某個故事，而不是根據他人小說的改編之作，你的表現就像是發情的狗兒一樣。難道所有作家都是低自尊的自大狂嗎？或者只有你是這樣？你說與她的午餐會面不會拖太久，但我猜你能夠讓自己的初生之作進入製作階段，遠比我們生出一個真正的寶寶重要多了。

我們的家醫把我們轉診到倫敦塔橋的診所，總算啊。打從第一天開始，與我們努力要生寶寶相關的一切就成了一場奮鬥，我只是萬萬沒想到這會造成我們自己爭吵不休。在過去這幾個月當中，我對於這個了無生氣的枯燥之地已經十分熟悉，如果再加上我在等候室枯坐的時間——通常只有我一人——我猜我已經把好幾天的壽命都給了這裡吧。我在等待自己一直知道永遠不會實現的事。

我花了好幾個月的時間才終於約到門診，接下來，又花了好幾個月不斷被戳捅，接受諮詢顧問刺探我們最私密的哀愁。現在回首過往，我有時候不禁覺得好奇，我們怎麼能夠撐這麼久。每當我最感寂寞的時候，我會告訴自己，你愛我，而且我愛你。這成為我腦海中的無聲梵唱，只要我覺得自己可能會墜落的時候，它就成了穩定我的力量。然而，我們的婚姻並不如我想像的那麼堅實穩固。

我知道你覺得看診很痛苦。我很清楚步入私人小房間、自己鎖上門、選擇觀看某些色情片、然後打手槍把東西放入某個檢體瓶，一定壓力很大。抱歉，我並不想要貶低你所承受的體驗，但我覺得大多數腦袋清醒的人都會認為就這整套流程來說，你的貢獻度並沒有那麼戲劇化，只是在心理層次上還是有被侵犯的感覺。

我必須要張開大腿，有時候房間裡擠滿了醫生與護士，然後讓他們把金屬器材放入我的體內。同樣一批陌生人看過我的裸體，掃描我的身體，撫觸我，有些人甚至還把手伸入我身體裡面。我得接受各種檢驗，不斷被針戳，被灌入各種藥品，被麻醉，然後接受手術。我的卵子被取出來，之後的那幾天都在血尿，然後，又動了一場亂七八糟的手術之後，我因為嚴重疼痛而沒辦法站立，遑論行走。但我們熬過來了，同心協力。你說過一切都不會有問題，你曾經對我做出承諾，我也相信你。

畢竟，其他人都有小孩。

包括了我們認識的人，還有我們不認識的人，他們讓這件事看起來好簡單。某些人甚至是意外懷孕，他們根本不需要努力。某些人在小孩還在肚子裡的時候就殺死了他們，因為一開始的時候他們就不要孩子。我們認識的某些人不想要小孩，但還是生了，因為他們有能耐，因為其他人都辦得到，每個人都可以，除了我們之外。感覺就是如此：彷彿我們是有史以來唯一遭逢這種事的夫婦。有時候的感覺更糟糕：彷彿我在這個世界上孤立無援，而你就是拋棄我的那個人。

我超想要寶寶，害我連身體也產生了劇痛。然後，今天，在我們第二次——也可能是最後一次——做試管嬰兒之後的第一次門診，你並沒有出現。

當櫃檯呼叫我們的時候，我必須要一個人進入診間，你沒有出現；或者，當那個被我們取名為「霉氣醫生」的男子，伸手指向他對面那兩張空椅的時候，你沒有出現；又或者，當我們尷尬默默等待你，他趁空檢查他的檔案溫習我們的名字的時候，你沒有出現。

最糟糕的是，當我們等待多時的消息到來的時候，你沒有出現。

我們歷經了這一切之後，醫生終於宣布我懷孕了。

一開始的時候，我不相信他說的話。

我叫他重複一次，然後叫他檢查檔案，我覺得一定是唸出了別人的病歷結果，但這是真的。「霉氣醫生」甚至還請我躺在診療床上，掃描我的肚子。他指向螢幕上的某顆微粒，還說那是我們的胚胎。你檢體瓶裡的東西加上我的卵子，在實驗室裡一起長大，然後成功移植進入我的子宮，現在它出現在螢幕上，活生生，而且在我身體裡繼續長大。

你錯過了。

就在我準備要離開的時候，你到達了診所櫃檯。你正準備要開口解釋，我說免了，對於你開口閉口都是工作，彷彿把工作當成唯一重要的事，我都已經聽到煩了。你靠鬼扯營生，然後你的經紀人負責推銷，我覺得你們也該有自知之明，不要再那麼自以為是。你向我提到的那些製作人、導演、演員、作家，他們聽起來像是一群被寵壞的小孩，我不懂你為什麼要放縱他們，或是任由他們耍壞脾氣。你至少被他們其中一人欺哄得亂七八糟，只是你太盲目，根本看不出來。

抱歉，我真希望你永遠不會看到這封信，假使真的有那麼微乎其微的機會被你看到了，我不是故意說出這些話，我只是現在受傷太深，那樣的痛苦必須找到釋放的地方。有時候，你把所有的時間給了那些人，卻完全沒有為我而保留絲毫自我的行事方式，真的讓我心碎。我是你的妻子，我的故事是真的，難道這樣不值得好好傾聽嗎？

我想要搭地鐵，但是你堅持要搭計程車。在前半段旅程當中，我拒絕和你講話，現在，我也覺得很抱歉，但我不是會在大庭廣眾之下討論私事的那種人。不過，我真希望要是早一點告訴你就好了，這樣一來，我們開心的時間就可以久一點。

一直等到我們回家之後，我才把一切告訴你。我已經在餐桌上鋪了桌布——遇到週年紀念日一定得要好好慶祝——而當我把香檳從簇新的斯麥格冰箱裡拿出來的時候，我的臉已經藏不住好消息。整修這棟房子幫助我一直維持在忙碌狀態，也讓我可以忘掉其他的憂煩。一樓終於大功告成，大部分的工作都是我自己完成，這一點讓我很驕傲：打磨地板、為牆壁塗抹灰泥底漆、做羅馬簾——看一些網路影片就可以學到這些事，真是神奇。

我把我懷孕的事告訴你的時候，你哭了；我把掃描照片給你看的時候，我哭了。我們夢想那一刻等了這麼久，而那張黑白照是可以讓我們感覺成真的唯一證據。因為你並沒有在那裡親耳聽到，我一直擔心會不會是我自己對醫生的話產生幻聽。

我輕聲呢喃：「我希望是女孩。」

「為什麼？我希望是男生，我們來猜拳決定。」

我哈哈大笑。「你想要玩剪刀石頭布來決定我們未出生寶寶的性別嗎？」

你擺出嚴肅神情。「難道還有更科學的方法嗎？」

我的剪刀切斷你的布，一如往常。

我說道：「你放水！」

「對，因為我其實不在乎是男是女，反正我都一樣愛，但我一定永遠愛妳愛得比較多。」

你開了香檳——我只喝了一小杯——然後，我們點了一個披薩。

一個小時之後，你在大啖第三片經典臘腸披薩的時候，對我說道：「對了，我並沒有忘記我們的結婚紀念日。」

我在啜飲裝在香檳杯裡的檸檬水。「是嗎？」

「麻婚這個主題一直讓我想破頭，今天早上我很擔心自己是不是買的不好……」

「那就現在給我啊，你馬上就可以知道答案了。」

你把手伸進我去年送給你的那個真皮方包裡面，交給我一個方形包裹，摸起來軟軟的。我打開包裝的時候通常都小心翼翼，但我注意到披薩要變涼了，所以我直接撕開了包裝紙，裡面是一個麻布靠墊，上面繡有我的名字，下面還有一行字：

她相信她可以，所以她辦到了。

我努力忍住不哭，但還是掉下眼淚，開心的淚水，彷彿你已經知道我懷孕了。就連我都沒辦法相信自己的時候，你對我深信不疑。

我正打算要謝謝你，然後，我抬頭，發現你臉上露出異常神情，你的目光低望我的大腿之間，我一路沿循你的目光，明白是怎麼一回事了。鮮紅色的濃稠血流一路往下滴到了我的拖鞋，我驚慌站起來，血流得越來越多。

根據我們在急診室遇到的第一個醫生的說法，我懷孕的時間不夠長，所以不能稱之為流產。接下來為我檢查的婦科醫生比較親切一點，但也沒好到哪裡去。現在回首過往，我真希望我什麼都沒有告訴你——你就不會對你從來不知道自己曾經擁有的某項事物而感到傷悲，我為我們兩人感到遺憾又心碎。

我們一到家，我就直接走向我們的臥房，甚至讓鮑伯直接趴在床尾。我想要靠著淚水入眠，但沒辦法，完全找不到辦法睡著，可能得要找家醫拿一些安眠藥。

我發現我的手錶停在八點零三分，不知道我們的寶寶是不是就在那一刻死去。我把手錶取下來，我不想看到它，再也不想戴著它。我永遠記得當你上樓抱住我的時候對我所說的話：

「我愛妳。已經如此愛妳，以後也會如此愛妳。」

「怎麼不是幾乎一向如此？」雖然我已經崩潰，但還是想要逗你笑，但是你並沒有，沒有笑出來，反而露出了我從來沒有看過的嚴肅神色。

「永遠如此。真的很遺憾，我們似乎沒辦法有小孩，因為我知道這一點對妳意義非凡，而且妳一定會是很棒的媽媽。不過，對我來說不會有任何改變，我會一輩子跟妳在一起，不論發生什麼事都一樣，因為這是我們的家庭：妳、我，還有鮑伯，我們不需要任何人或任何事物，任何狀況都不會改變這個事實。」

不過，字語不能修復一切，無論有多麼令人鍾愛亦是枉然。

過了幾個小時之後，你睡著了，我還是沒有辦法，我想我還不如起床下樓。鮑伯跟在我的後頭，彷彿他知道狀況真的很不對勁。我把沒吃完的冷披薩丟入垃圾桶——我開始出血的時候，我們匆匆離家，就一直擱在那裡——而你送給我的那個純麻靠墊也一併丟了進去。繡在上頭的那些字太令人痛苦了，我無法再看一次。你相信我可以，然後，有那麼短暫的一時半刻，我辦到了。現在我什麼都不確定，如果我不能成為夢想的那個自我，我不知道我應該要變成什麼樣的人，我也不知道這對我們來說會有什麼意義。

我越來越喜歡寫這些永遠沒有辦法讓你看到的信。我發現這有淨化的功能，它們讓我心情舒暢多了。但我知道要是你發現這些信的話，一定會讓你崩潰，所以我得要藏起來。我會把醫院給的掃描照片與這封信放在一起，這是一種提醒，懷念我們差一點就擁有的孩子。我已經把它塞進了診所給我的信封，上面寫有我的姓名：

A·萊特太太

我現在緊緊握住，不太捨得放手。櫃檯人員以花俏的手寫體寫下我名字的首字字母，彷彿把它當成了什麼美好之物。我還記得我們結婚的時候，我剛冠夫姓，我花了好幾個禮拜的時間，以花體字練習簽我的新名字。能夠成為你的妻子，我好開心，但是我當時許下的願望卻沒有一個實現。我覺得那可能是我的錯，而不是你的錯。我希望要是你發現真相的話，你可以原諒我，而且無論發生什麼狀況都會愛我，永遠如此，就像你承諾的話一樣。

你的妻子

親親

艾蜜莉亞

我聽到小教堂樓下又傳來一陣噪音，我知道這不是我的幻覺。

我伸手摸黑找尋床邊的電燈開關，但是沒有亮。可能又斷電了——如果有發電機的話，還真是奇怪——不然就是有人切掉了電源。我努力壓抑自己過於活躍的想像力，以免讓這種感受平添恐懼。但話說回來，我已經聽到了吱嘎作響的梯底腳步聲，錯不了。

我屏住呼吸，專注聆聽，但是只有一片沉寂。

不過就在這個時候，老舊的地板木條又發出了哀號，接下來是另一次的吱嘎聲響，某人攀爬樓梯的聲音越來越大，越來越近，當腳步聲停在臥室房門外的時候，我得要摀住嘴巴，不然我一定會失聲尖叫。

我想要伸手摸亞當，但我嚇得動也不敢動。

當我一聽到門把轉動的聲音，立刻跌落床下，趕緊逃離對方，我真希望自己穿得多一點，而不是只有這件薄薄的睡衣。我緊抓陌生的家具，在黑暗中摸索，躡手躡腳盡快朝浴室方向走去。我非常確定廁所有門鎖。當我一找到目標，我立刻關門，以自己的身體作為阻擋。這裡的電燈開關也壞了，但這樣也許是好事。

我聽到臥室門緩緩開啟，而且繼續傳出了鬼祟腳步聲。我在一片幽暗中眨眼，拚命讓眼睛適應低光度空間，然後，屏住呼吸，盡量後退，這時候地板的吱嘎聲響已經越來越近。我發現我一直在轉動手指的訂婚戒——當我陷入極端焦慮的時候才會做出的動作。這枚戒指——曾經是亞當媽媽的東西——已經無法舒緩心情，而且我已經開始覺得太緊。我的胸口也有同樣感覺，而且心臟撲通撲通跳得好大聲，我擔心對方只要一站在浴室門外應該就可以聽得一清二楚。

廁所門把轉動得十分緩慢，對方發現鎖住了，又試了一次，力道更加猛烈。我覺得自己彷彿在電影《鬼店》裡的場景，但這間浴室裡唯一的窗是彩繪玻璃窗——就算真的打得開——我也擠不出去，而且從這樣的高度摔落地面，恐怕也會害我喪命。我在找武器，只要能防身的都好，但我的吉利牌維納斯除毛刀幾乎發揮不了任何的安心作用，不過，我還是把它舉到自己面前，然後整個人貼牆，已經到了沒有退縮空間的地步，我的背感受到磁磚的冰寒之意。

一切突然安靜下來，長達好幾秒之久。然後，拳捶房門的聲響劃破寂靜，我怕得要死，開始大哭，淚水從雙頰潸然落下。

「艾蜜莉亞，你在裡面嗎，沒事吧？」

我先生的聲音讓我困惑又安心。

「亞當，是你嗎？」

「不然會是誰？」

我打開門，看到他穿著睡褲站在那裡，忍住哈欠，一頭亂髮翹得亂七八糟。他手持的古典燭台的亮光，在臥室內投射出恐怖幽影，現在我覺得自己彷彿在狄更斯小說裡的場景。

他問道：「妳為什麼在哭？還好吧？」

我的話爭先恐後全冒出來。「不好，很不好。我被吵醒，聽到樓下有聲音，電燈不亮，然後我聽到有人上樓，就……」

「傻瓜，就是我而已。我口渴，下樓找水喝，但我猜所有的水管都凍住了，因為水龍頭完全沒用。」

「沒有水嗎？」

「電也沒有。想必暴風雪也讓發電機掛掉了。我在樓下的時候想要找保險絲盒——搞不好我能修好點什麼——但運氣不好。所幸我們有這些恐怖蠟燭！」

他把搖曳不定的燭光置於下巴的下方，開始做一連串的搞笑鬼臉，就像是小孩子在萬聖節玩的把戲一樣。我心情好多了，也只有那麼一點而已。至少找得到合理解釋，然後，我覺得自己犯蠢……

「我覺得我聽到樓下有聲音，有人鬼祟埋伏在那裡，我好害怕——」

亞當打斷我。「我也聽到了，這是我下樓的另一個原因。」

我腦袋一陣短暫空白，恐懼感又回來了。「什麼？」

「這是我下樓的另外一個原因，檢查一切是否沒問題，不過大門依然還是鎖得好好的，這裡沒有其他出入口，這個地方就像是美國的諾克斯堡一樣。我仔細檢查過了，沒有盜匪——也沒有綿羊——企圖闖進來，一切安好，就像是我們上樓之前的模樣。而且，要是有陌生人進來，鮑伯一定會狂吠。」

這倒是真的：要是有陌生人來到我們家大門口，鮑伯一定會叫個不停，但等到我們開門之後就不一樣了。他會以雙倍速搖尾巴，翻身讓訪客看他的肚肚——拉布拉多犬太友善了，沒辦法當稱職的護衛犬。

我們回到床上，我問了一個他一直不想要回答的問題。

「你會不會期盼我們有生小孩？」

「其實沒有很想。」

「為什麼？」

我期待亞當會改變話題——通常是如此——但他這次沒有。「有時候我很慶幸我們沒小孩，因為我擔心我們可能不知怎麼搞的毀了他們的一生，就像是我們的父母毀了我們一樣。我覺得，也許我們的血脈到此為止一定有其理由吧。」

我覺得他還是不要回答比較好，我不喜歡他以那種方式描述我們，但我心底不免懷疑他的話搞不好是真的。我一直覺得，居然讓我犯蠢在乎的那些人，拋棄了我，其中也包括了我的雙親。對，他們在我出生前就死於車禍，而結果呢——我自己孤零零長大——就與他們刻意遺棄我一模一樣。如果在小時候沒有可以愛的對象或是得到愛，那要怎麼學習愛呢？

但話說回來，愛不就像是呼吸嗎？難道不是本能嗎？不就是我們天生知道該怎麼做的事？或者，愛就像是講法語，要是沒有人教你的話，你永遠不可能說出一口流利的法語，而且，要是你沒有多加練習的話，就會忘了如何……

我很好奇，不知道我先生是否依然愛我。

我講出了實話。「我不喜歡這裡。」

「我也是，我不喜歡。也許我們一大早離開好了？在某個沒那麼偏僻的地方找間好飯店？」

「好主意。」

「沒問題。我們努力瞇一下，等到外頭天亮，然後就收拾東西離開。妳再吃一顆安眠藥吧？搞不好會有幫助？」

我乖乖聽從他的吩咐——處方箋的警語我就根本不管了——因為我累得半死，而且如果我明天還得開好幾個小時的車，我得要休息一下。不過，就在我閉上眼睛之前，我發現臥室角落的老爺鐘沒有動靜，我很開心，至少那東西不會又在半夜把我吵醒。我瞇眼看了一下時間，發現它停在八點零三分，很詭異——我覺得我們明明才聽到午夜十二點鐘響——但我腦袋太累了，根本沒辦法多想。亞當伸出手臂，摟我的腰，把我拉到他面前。我不記得他最後一次在床上做出這樣的動作，或是讓我產生安全感是什麼時候的事，至少，這趟旅程已經讓我們變得更加親近。一如往常，不到幾分鐘的時間，他就睡著了。

亞當

我假裝睡著，心想不知道還得要抱她抱多久，才能下樓去完成我剛才沒做完的事。

艾蜜莉亞一直有失眠問題，不過安眠藥有效，發揮作用之後，她的呼吸就會產生變化，所以我只需要等待就是了，還有專心聆聽，就與稍早之前一樣。第二顆安眠藥應該就可以發揮作用——通常是如此，就算我偷偷研磨成粉，放入她的茶裡也一樣。她這個人非常焦慮，這麼做是為了她好。只要她再次入睡，我就會偷偷鑽出床被，拿起床邊的燭台，盡可能悄聲離開房間。其實我不太需要有光引路——我知道我要去哪裡——而我早已默默記下會發出最嚴重噪音的那些木條，我知道哪幾塊會吱嘎作響。

鮑伯跟著我走下螺旋木梯，我喜歡狗的這一點：牠們就是這麼可愛與忠誠。狗兒不會無情或對你起疑。他們也永遠不會吃醋，跟你一直吵架吵不停，害你怕得不敢與其共處。狗兒不說謊。鮑伯最近聽力可能不太好，但只要看到我就很開心，但艾蜜莉亞卻只會從她自己的角度看待一切。

我累了，一切都讓我好累。

我以前對愛情深信不疑，但我以前也相信有聖誕老公公與牙仙。我曾經聽過大家描述婚姻就像是把兩片拼圖碎片兜在一起，發現它們可以完美嵌合。不過那種說法真的是大錯特錯，大家都不一樣，而且這是好事。兩塊不一樣的拼圖碎片，不可能也不會完美貼合在一起，除非其中一方為了去迎合另一方被迫彎折、斷裂，或是改變。我現在可以看得出來，我太太之前花了很多的時間想要改變我，企圖讓我覺得自己比較渺小，所以我們就能夠貼合得更好。

沒有任何人應該要承諾愛某人一生一世。最理智的人提出的承諾應該是，我會盡量努力。萬一你娶的那個人在十年之後變得面目難辨呢？大家都會變，而就算是我們努力想要保持的承諾，有時候也會無以為繼。

幾個月之前，我開始慢跑。寫作是一種孤單的職業，也沒有什麼活動量。我坐在小屋裡動也不動的時間長得可怕，而我身體唯一還算有運動的部分就是我的手指頭，在鍵盤上飛快打字。鮑伯每天帶我出去散步一次，不過——他就跟我一樣——也逐漸變老中。跑步只是為了要保持身材，盡量多照顧自己一點而已。不過，當然，我妻子以為這樣的舉動是因為我打算要外遇，兩個禮拜之前的某個晚上她把我的慢跑鞋跟垃圾一起拿出去，等待隔日清運。我親眼看到她做這種事，那種舉動並不正常。

反正我再買新的慢跑鞋就是了，不過我的生命中需要替換的不只是鞋子而已。我也許認臉不是很擅長，但是我看得出來我越來越老，我當然有感覺，也許是因為在我這一行的其他人似乎最近看起來越來越年輕：執行製作、製作人，還有經紀人。我上次待在編劇室的時候，幾乎每個人都是學生模樣。我以前也是這樣，我曾經是剛剛躋身圈內想要爭取一席之地的新人。當自己依然感覺很年輕，但每個人對待你的態度開始把你當成老人的時候，實在很詭異。我只是四十多歲，還沒有打算要退休。

我會不會喜歡上別人？當然，我是人，這是我們的本性。絕對不是因為某個人的臉長得漂亮——反正我也看不到。就這方面而言，我覺得人有點像是書本，通常內在才會真正激發我的熱情，而不是俗豔的封面。我承認，我最近經常掛念著某人，想像要是跟對方在一起的話會是什麼情境，但大家不是偶爾都會幻想一下嗎？幻想就只是幻想，並不表示我會真正因此付諸行動。上一次我和不該發生關係的人上了床，搞得我下場很慘。我想，我學到了教訓，而且，我一直在工作，最近我沒有時間搞外遇。我竭盡一切努力拚命平撫妻子持續不斷的醋意，但無論我怎麼說，她似乎就是沒有辦法相信我。

就某些層面看來，她的確不該信任我。

我從來沒有對自己的妻子百分百坦誠，不過這是為她好。

我有很多事情沒有告訴她，就像是我有時偷偷在她睡覺前的熱飲裡添加的安眠藥，這是她不需要知道的事情。剛才她待在地下室的時候，關掉電源的人是我。她根本不懂保險絲盒——我只要按下一個開關，砰一聲關上地板門就不成問題。我忘了外頭有發電機，但我現在也把它關掉了，短時間之內，我們不會有電力。

木婚

年度詞彙：

耿直之人。名詞。好人，善良的人，行事正直受人敬重。

二〇一三年二月二十八日——我們的五週年結婚紀念日

親愛的亞當：

抱歉我最近這麼愛吃醋，我希望我們可以放下過去這幾個月的一切。如果完全不提寶寶的事，感覺似乎很說不過去。我不能假裝這不曾發生，或是我不想當媽媽。這與擁有你的孩子一直沒有任何關係（抱歉），我只想要自己的小孩。我對於生命中許多應該要放棄的事物一直打死不退，但我知道想要生小孩這件事無法繼續。上一次試管嬰兒沒有成功，我就沒辦法了。那一次的心碎毀了我，而我的痛苦毀了我們的婚姻。

有那麼一陣子，我依然偷偷期盼也許美夢成真，我看過那些嘗試懷孕的夫妻一放棄之後就立刻有了好消息的報導，不過，那並不是生命為我們所做的規劃。在一開始的那幾個月，每當月經到來的時候，我還是會哭，已經不是你問我之後我告訴你的那種情景。不過，我覺得我現在已經走出來了，或者，前進的距離已經夠遠，能夠再次呼吸。當愛無處可去的時候，生命的感覺會變得像是千瘡百孔。

鮑伯不是小嬰兒——我知道——但我覺得我對待他真的就是把他當成了養子。在過去這幾個月當中，我積極投入流浪犬之家的工作，意外升官並不表示大幅加薪，不過，能夠被賞識的感覺還是很好。而且我發現自己是個好人，無法懷孕並不是懲罰，只不過就和計畫不一樣而已。在我小時候，大家老是說我個性很壞，我到現在有時候依然信以為真，但大家都誤會我了，每一個人都一樣。

我們上禮拜吵架，許久以來的第一次爭吵，你記得嗎？我到現在依然覺得充滿了罪惡感，老實說，我覺得許多妻子都會有相同的反應，你喝得醉醺醺回家，而且比你當初說好的到家時間遲了許久。要不是因為我認真煮菜，我可能不會覺得這件事有那麼嚴重。不過，當我故意把你根本沒吃的冷掉的晚餐刮進垃圾桶的時候，你根本沒注意到我的沉默怒氣，反而一直在對我講十月·歐布萊恩的事。這位年紀輕輕就獲得獎項肯定的愛爾蘭女明星，愛上了你的劇本：《剪刀石頭布》。她透過你的經紀人和你聯絡，一場下午的三人聚會成了兩人喝酒聚餐，只有你和她。我本來覺得沒事，但等到我以谷歌找尋這女孩的照片，發現她居然長得這麼漂亮，我開始擔心了。

「妳一定要親自認識這個人……」你口齒不清，臉上還掛著愚蠢燦笑。你的嘴唇上有紅酒污漬，至少，我希望真的是紅酒。「她對於改善劇本的想法真是……超級天才！」多年前我幫助你處理那個劇本，我可能不是好萊塢女明星，但是我有看你的劇本，看了很多次。我覺得「我們雙人組」的表現很不錯。「妳一定會愛上她……」你滔滔不絕，但我對此非常懷疑。「她真的超可愛……魅力破表，很聰明，而且——」

「我不知道她的年紀已經可以喝酒了，」我打斷他。「早知道我就趁在等你的時候自己開喝了。」

「別這樣……」你的表情讓我很想揍你。

「怎樣？我們以前又不是沒有遇過這種狀況，某個演員說他們喜歡你的故事，他們不把它弄進好萊塢絕不善罷甘休——」

「這次不一樣。」

「是嗎？這女孩才剛畢業沒多久——」

「她二十多歲，已經贏得一座英國演藝學院電影獎——」

「你也是在二十多歲的時候贏得英國演藝學院電影獎，但它還是沒有辦法讓你稱心如願。當然，你其實需要的是一個支持拍片計畫的製作人……或是電影公司。」

「要是我與十月這樣的女演員搭上線，那麼就會有更好的機會。要是她向洛杉磯叩門，他們會為她開門。不過，要是只有我自己的話，除非我馬上拿到另外一本重要小說進行改編，不然，所有的大門似乎都在逐漸關閉中。」聽到這樣的話，我心情很糟糕，這一年對你來說很辛苦。你還是有工作，但不是你真心想要的那一種。我正打算要轉換話題，努力多展現一點和善，但你卻為了自衛而發動猛攻。「妳對於妳的工作並不像我這麼有熱情，太可惜了，不然的話，也許妳就可以明白我的心情。」

「你這樣說很不公平……」雖然我知道你說的是實情。

「是嗎？巴特錫多年來都沒有給妳像樣的調薪，但妳依然待在那裡。」

「因為我熱愛那裡的工作。」

「不，那是因為妳太恐懼，根本不敢想換工作。」

「不是每個人都想統治世界，某些人只想要把它打造成一個更好的地方。」

一想到你其實並沒有以我為傲，讓我感到傷痛欲絕。真的好痛。我知道你認為我可以為自己的人生付出更多努力，但這完全不是我的錯。當妳深愛的另外一個人的智謀太過燦亮，很可能會讓妳變得完全黯淡無光。而我依然愛你，很愛你，我將我的抱負貢獻給你的夢想，而不是為自己築夢。

那一晚，你睡在客房，但我們之後就和好了，正好來得及可以過今年的結婚紀念日。

今天早上，你比我早起，這還真是前所未有，更何況，你昨天晚上為了重新改寫十年前的劇本而熬夜，這舉動著實令人意外。當你帶著早餐托盤進入我們臥室的時候，我以為我一定是在做夢。我們在一起這麼多年，你從來沒有做過這種事，所以我知道一定是出狀況了。

我們吃沾醬蛋——這是我一貫的說法，你喜歡使用大人的詞彙：半熟水煮蛋——搭配吐司條。我期盼我們共度這一整天，所以我不懂你為什麼要這麼早起床，也不懂你為什麼要這麼著急把杯子與餐盤拿回樓下。

我問道：「我們不需要這麼趕吧，是不是？」

先懺悔的是你的臉。「真的很抱歉，我得去見我的經紀人，不會拖太久的……」

「但是我們說好了今年要一起過一整天，我已經請了年假。」

「一定，只是兩三個小時而已。我真的覺得《剪刀石頭布》這次會成案。我只是想要親自跟他談一談，趁這個計畫又出現動能的時候——妳也知道這是我唯一可以判斷他真正想法的方式。看看他是否同意接下來的步驟，然後……」

我知道你看不出我臉色一沉，但你一定判讀得出我的肢體語言。

「……我知道今天是我們的結婚紀念日，但我答應妳，今天晚上我一定會好好彌補妳。」

我問道：「所以還是一起吃晚餐了？」

「最晚就是喝酒喝到下午五點，等到我一結束我就會打電話給妳，還有，我要給妳這個。」

這是我引頸期盼了好幾個月的某個日場表演，一開賣就全數銷售一空。這是今天的票券，所以當你在工作的時候，我至少還可以從事一些有趣的事。不過，這也表示你早就知道我得要找事做，獨自一個人，只有一張票。然後，我把要送給你的結婚紀念日禮物給了你。五年表示要送木頭的禮物，所以我送了你一把尺，上面刻有這句話：

結婚五年了，誰會相信呢（who wood believe it[3]）？

❸ wood發音同would。

你露出微笑，拿起兩條領帶，叫我挑一條。老實說，那兩條我看了都很討厭，但我還是指向那條有鳥的領帶，我在當下就覺得奇怪，因為你很少會穿著正式服裝去見經紀人。

你有讀心術。「這不是給我的，是給妳的。」

你把那條真絲領帶蓋住我的雙眼，然後，你牽著我的手，帶我下樓。

當我聽到你開前門的時候，我低聲說道：「我不能穿著睡袍出門！」

「當然可以，妳還是跟我們結婚那天一樣美，而且，只有這個辦法才能向妳展現妳真正的結婚紀念日禮物。」

我說道：「我以為是那張劇場門票。」

「至少稱讚我一下吧。」

「沒辦法，抱歉，你已經扣太多分了。」

「今年的禮物必須是木頭做的東西，對嗎？」

我腳步猶疑，往前走了幾步，冰凍的步道讓我的赤腳覺得冰寒，最後，我們到了草坪。我們停下腳步，你拿掉了我的臨時遮眼布。

我本來完美無瑕的草地的正中央，現在多了一棵沒有葉子的醜陋小樹。

你說道：「是一棵樹。」

「我看得出來。」

「我知道妳一直想要木蘭花，所以——」

「那就是木蘭嗎？」你的表情看起來很受傷。「抱歉，你真的很體貼，我好愛。我的意思是，也許不是現在，但要是等到花開的時候，我敢說一定超美。」你又恢復了開心神情，「謝謝你，這是完美的禮物。現在你趕快出門吧，讓你的劇本變成好萊塢鉅片，這樣一來鮑伯和我就可以走萊斯特廣場的紅地毯。」

你一得到我的允許就出門了，我們的結婚紀念日，只有我一個人，又是如此。現在回首過往——事後諸葛真的就是在發牢騷而已——要不是因為那個下午劇場突然發生煙霧警報，我想一切都會平安無事。布幕升起，有人打電話給消防隊，我本來要看的日常表演就此取消，過沒多久之後，疏散了全部觀眾。

所以我才會提早回家。

在搭地鐵回家的路上，我發現自己一直盯著某對夫妻，他們與我們年紀相仿，但一直握著彼此的手，相視而笑，宛若兩個沉醉愛河的少男少女。我猜他們一定每年都共度結婚紀念日，我開始猜想如果我們上了正常程度的天秤，不知道我們的位置會是哪裡？我回到漢普斯特德車站的時候，還是無法做出評斷。我開始往前走，突然遇到大雨，當我站在我們家花園門口前面，已經全身濕透，一看到你種下的那棵醜陋木蘭，心中冒出一股莫名的火氣，等到我走到自家大門口，雙手已經因為心情不爽與冰冷而顫抖。

正當我拚命把鑰匙塞入鎖孔的時候，我聽到我們家裡有女子在大笑。當我打開門進入玄關的時候，我覺得我一定是在做夢。有個好萊塢女明星在我家廚房裡，和你在一起喝酒，就在我們結婚紀念日的這一天。

「妳今天怎麼這麼早回家？」你的臉色就和我一樣不爽。

「表演取消了……」我一直盯著她——我就是忍不住。十月．歐布萊恩的真實面貌，比我在網路上以谷歌搜尋到的那些照片更美。她的淨透瓷白肌膚完美無瑕，而且，她的紅銅色精靈短髮在我們廚房燈光的照耀之下閃閃發亮。要是我也搞這樣的造型，一定會像個小男生，但她有一雙綠色大眼，一口白牙的燦爛笑容，看起來像是快樂的精靈公主，就算我二十多歲的時候，也絕對不可能有那樣的美貌。

然後，你介紹我們兩人認識，彷彿下午回到家的時候發現丈夫與另一個女人在喝酒——只會在電視與電影上看到的人——是什麼稀鬆平常之事一樣。我正打算要大發雷霆，但是十月的完美紅唇卻展露微笑，向我解釋明明應該由你開口講出的緣由。

「認識妳真是榮幸。」她聲調愉快，同時伸出了無瑕美甲的手，我不知道是要跟她握手、親吻她的手，還是把它甩開？我突然有一股想要做出屈膝禮的衝動。

「妳丈夫昨天晚上招認自己從來沒有好好為妳煮過一頓結婚紀念日大餐。我說他要是不好好彌補的話，那我可不想碰他的劇本，當他說他不會煮菜的時候，我自告奮勇幫忙。本來應該是驚喜的……但現在是不是搞成了驚嚇？」

我的臉一陣熱辣，因為同時有好幾個原因。

首先，我真後悔最近沒有多加清理冰箱，然後，一想到我們家老舊鍋子與平底鍋的狀況就讓我一陣恐慌——我擔心她一定會對我、我們，還有我們家廚房的狀態有了成見。然後，我希望我的妝濃一點，因為站在這等美女的身邊，我覺得自己像隻全身沾滿泥巴水的老蝙蝠。

我不需要擔心，我覺得我從來沒遇過這麼和善慷慨的女子——難怪你想要與她共事。鮑伯也立刻就愛上了我們家的客人，但他愛每一個人。我堅持請十月留下來，與我們共享她替我們準備的晚餐——你也沒反對——等到我換上乾衣服，又開了一瓶酒，我們度過了最美好的夜晚。三道菜都是佳餚——尤其是巧克力布丁。我本來以為遇到十月·歐布萊恩這種人會讓我覺得備受威脅，她超美，事業成功，而且聰明……但她其實魅力滿點，謙虛，溫柔體貼。這也讓我有所體悟，不論大家認為名流是什麼模樣，到頭來也只是一般人，如同你我，就連美得令人惴惴不安的尤物也不例外。

等到十月離開之後，你開口對我說道：「我知道如果妳認識她的話，一定也會愛上她。」

「你說的沒錯，但是我比較愛你。」

「幾乎一向如此嗎？」你微笑問我，「所以妳不介意我跟她共事嘍？妳不會吃醋吧？」

「誰說我吃醋？」聽到我的回答，你的反應是挑眉。

「妳不需要這樣，她固然可愛，但她畢竟是演員。」

「你覺得我可愛嗎？」

你回我：「妳是我的MIP。」

「什麼是MIP？」

「最重要的人（Most Important Person）。」

謝謝你今年給了我一個這麼特別、我絕對無法忘懷的結婚紀念日。五年的時光，去了哪裡？這麼多的回憶，大部分都很開心，我期盼將來與你共創更多的回憶。我想每一個人都有一個「最重要的人」，我是你最重要的人，你是我最重要的人，現在與將來都是。

你的妻子

親親

蘿蘋

蘿蘋坐著動也不動，躲在小教堂的某個冰冷陰暗的角落，一直等到訪客們再次回到樓上，那男人下來兩次，她差點被他抓到。她不知道他現在是否還認得她。姑且不論他的臉盲症問題，她擔心自從他們最後一次見面之後，她的面貌一定已經變得讓他根本認不出來。

蘿蘋在一個多小時前溜進來的時候，她以為他們已經上床就寢，當她聽到他從老舊的螺旋木梯走下來時，她得要趕快躲起來。也不知道為什麼，他似乎可以避開那些踩踏時噪音最明顯的階梯。幸好，這間客廳——她一直覺得這應該算是放置了沙發的圖書館——有許多的幽暗空間，而且書架也提供了充裕的掩蔽空間，讓她可以看清楚來者是誰。之後，她溜進了那個秘密房間。秘密只有對那些還不知道的人而言才算是秘密。它們會在分享的時刻化為謊言，就像是會變成蝴蝶的毛毛蟲一樣，蝴蝶謊言可以振翅高飛，飛往遠方。蘿蘋對於這間老舊小教堂無所不知：因為她以前住在這裡。

如果她有意願的話，她還是可以住在這裡，但她不要。

這些日子當中，除非有必要，蘿蘋不會想要久待在這裡面。她總是得要鼓起莫大的勇氣，才能步入小教堂的老舊大門，而且，遇到不得不進來的少數狀況時，她也會盡速完成必要工作，然後再次離開。房客們要是知道他們住宿之處的真相，也會想要離開。不過，大家都只看到他們想看到的部分。

秘密房間夾藏在圖書館後面，在這間小教堂裡當中，蘿蘋最痛恨的就是這裡。找到位於書櫃後面的這個地方，很容易——如果你知道要看哪裡的話——不過你必須要好好運用雙眼，畢竟大部分的人都是閉著眼睛過日子。而且想要藏匿各式各樣的東西，書也很適合，尤其是令人費解的書，就像是令人費解的人一樣。

某些記憶會引發幽閉恐懼的情緒，而這個空間所喚起之種種，總是讓她窒息，造成她難以呼吸。蘿蘋努力保持不動姿勢，仔細端詳秘密房間裡的拼花地板，宛若把它當成了自己也許可以完成的拼圖，任何將會觸發她寧可遺忘的記憶的一切，她都盡量忍住不看。不過，記憶不守規矩，它們來來去去，全隨自己高興。

今晚是滿月，月光燦亮。它穿透彩繪玻璃窗，投射出一連串詭異又陌生的圖樣。

自己在牆面上的那道影子吸引了她的目光，讓她覺得自己真是卑微，就連她的影子看起來也好悲傷。蘿蘋一開始的時候並沒有要刻意握拳，不過，當她看到自己的影子做出相同動作的時候，她把自己的手舉得更高，改變手指的形狀，一開始是石頭，然後平展，像是布，接下來她做出剪開的動作，宛若剪刀。她露出了微笑。

等到確定行動安全無虞，她起身準備離開。但她覺得她看到了某人，她整個人愣住，不過那只是她自己在壁爐架上方鏡子裡的映影。那畫面嚇到了她：她幾乎認不出自己。在她的小農舍裡，沒有任何鏡子。而在這個秘密房間裡回瞪著她的鏡中女子，看起來好老，而且慘淡皮膚好蒼白，被別人當成鬼也不意外。

蘿蘋把手伸入口袋找鑰匙，準備把秘密房間鎖好，但手指卻意外碰觸到別的東西，稍微提供了一點她極為渴求的慰藉：那是她最愛的唇膏，已經快用光了，只剩下一截平坦的底根。她還記得自己第一次使用的情景：那晚下雨，她嚴重受創。不過，這也因此強化了除了自己之外，不能相信別人的重要性。

在得到寶貴一課的當下，我們通常都不知道自己其實學到了教訓。

蘿蘋只塗了一點點唇膏——她希望這唇膏可以用得越久越好——然後，她開始欣賞自己在鏡子裡的全新映影。她再次微笑，但鏡子裡並沒有顯現出來，她的嘴角立刻下彎。不過，這總算是一點進步，而且這也賜予了她來到這裡完成任務的勇氣。

訪客們抵達的時候，看起來不是很開心，或者，當她從窗戶觀察他們的時候亦是如此。當她潛伏在樓下，手指撫摸客廳裡那些書的書脊時，她發現訪客們的語氣聽起來也不是很開心。他們在樓上臥室講話的時候，她一直在專心聆聽，他們的聲音傳了出來，一字一句似乎從兩倍高的拱狀天花板彈落而下，直接灌入她的耳中。

她覺得很奇怪，訪客們真心認為自己可以免費住在這裡。只有傻瓜才會相信有免費的東西。當她聽到他們一致同意早上離開的時候，她超想大笑，只能拚命忍住。不過，她的樂不可支很快就轉為憤怒。這就是現代人最嚴重的問題：他們不珍惜自己所擁有的一切，永遠想要得到更多。他們不想要為它付出，他們不想要為它努力。而當他們無法稱心如意的時候，他們就像被寵壞的小屁孩一樣訐譙怨嘆。有太多的人認為這世界欠了他們什麼，會因為自己做出了糟糕的人生選擇而怪罪別人。而且每個人都覺得要是事情不如己意，直接一走了之就是了。

這裡的規矩可不是如此。

如果能夠幫助訪客們再次沾枕的時候順利入眠，那麼他們想要說什麼都不成問題，甚至選擇要相信什麼也都可以。外頭的暴風雨可能已經停歇——至少現在是這樣沒錯——不過明天早上沒有人可以離開這裡。在她看到與聽到這一切之後，蘿蘋堅信他們當中至少有一人永遠無法離開這個地方。

艾蜜莉亞

外頭天色一片漆黑，但我還是搖醒了亞當。

「鮑伯不見了！我找不到他！」

我不耐盯著我的老公搓揉雙眼驅趕睡意，我在黑暗中拚命眨眼，盯著整間臥室。聞到這樣的氣味，宛若我們正置身在某間小教堂之中，老舊聖經與盲目信仰的霉味。唯一的光源是我手中燭台的火焰，亞當過了好一會兒之後才想起我們身在何方。由於一整夜都沒有電，我猜室內就跟外頭一樣冷，他出現反射性動作，立刻以床被裹身。

我把床被扯下來。「你有沒有聽到我講話？鮑伯失蹤了！」

亞當忍著哈欠。「他睡在梯台那裡……」

「他現在不在那裡……」

「也許他下樓去了……」

「他也沒有在那裡！我所有地方都找過了，都沒有！」

亞當現在開始擔心了。

他終於聽懂我在說什麼。他臉上露出了某種陌生的焦慮神情，讓我更感不安——老是憂心忡忡的人是我，不是他。每當我萬分焦慮的時候，他總是能夠保持冷靜。我們成為彼此情緒的互補，這就是我們經營婚姻之道，或者，以前是如此。

「好，前門絕對有鎖，鮑伯沒有鑰匙，所以他一定是待在這裡的某處，我來幫妳看看。」他點了另一根蠟燭，在睡衣外頭又加了一件毛線衣——想要拿來抵禦寒氣也發揮不了什麼作用。「要是我們在他的碗裡放一點食物，我想他一定就會跑過來了——他通常就是這樣。」

亞當還是半醒半睡狀態，但還是拖著身子下床，匆匆趕往梯台。他站在那裡盯著空蕩蕩的狗床——彷彿我可能瞎編鮑伯失蹤一樣——然後，他又匆忙一馬當先衝下樓，我發現他刻意避開了某些階梯，我踩下去就會發出巨大吱嘎聲響的那幾階。

「你怎麼知道哪些階梯不能踩？」

「什麼？」

「你跳過了某些階梯，會發出噪音的那些。」

「哦……那聲音讓我聽了很煩，就像是吱吱嘎嘎的櫥櫃或房門一樣。」

「可是我們昨晚才到這裡，你怎麼會知道是哪些……」

「我也許沒辦法記得人臉，但是事實與數據，或是大多數人輕忽的細節——比方說哪些階梯有噪音——卻會讓我牢記在心，這一點妳也很清楚。」

亞當的確經常記得某些特殊的細節，圖像式記憶法，記得不重要的一切。我決定就算了——我們現在得擔憂更嚴重的問題。我們為了找尋失蹤的狗，一起搜尋了每一個房間的所有角落。

亞當說道：「我不懂，門還是鎖住的啊，他不可能跑出去。」

「嗯，他不會憑空消失。」我在鮑伯的狗碗裡倒了一點飼料，呼喚他的名字。

這樣的邀請換來的卻是一陣沉寂，現在聽到的感覺更為凶險。我不知道該怎麼辦。我拿起手機，但當然是沒有訊號，就算有，我又能打給誰？

亞當說道：「我們應該要搜尋外面。」我們趕緊衝向靴室。

他打開小教堂古門的鎖，把門拉高。

眼前所顯現的景象讓我們都愣住了。

朝陽在遠方山脈後頭緩緩升起，外頭的光線正好可以讓我們看到高過膝頭的積雪。一切都被白色厚毯所覆蓋，我幾乎認不出我們停放在車道上的車到底在哪裡。如果鮑伯跑到外頭，在雪這麼深的狀況下，他撐不了多久的。

亞當有讀心術，努力想要平撫我心中的昏亂思緒。

「妳也看到我打開了門，先前絕對有鎖好。積雪高度超過了鮑伯——就算他可以出去，他也不想這麼做，那隻狗連下雨都不愛了。他一定在裡面，妳有沒有檢查過地下室？」

「歷經昨晚的事件之後？只靠一根蠟燭？當然沒有。」

他說道：「我會用我手機的手電筒。」

我準備要糾正他——他忘記帶他的手機，還留在倫敦家中——不過，我卻看著他趕忙去拿他的那個老舊的真皮公事包。爛得要命，我應該要買新的給他才是。他把手伸進去，拿出了他的手機。

他假裝在車子裡沒找到，但卻一直隨身攜帶的手機。

一個人會撒謊的原因，通常都比謊言本身更來得有趣。我先生不應該撒謊，因為這不是他的專長。

亞當

我抓起手機，打開手電筒功能，匆匆衝向地板門。是關著的，所以我不知道鮑伯是怎麼能夠進去，但這也是我們唯一沒有查看過的地方。我打開它，不顧一切火速衝下石階。我只看到和先前一樣的灰撲撲酒架，以及地板上某一份看起來像是手工自製的髒兮兮小冊子。

黑水小教堂之歷史

我確定這裡之前沒這個東西。

「鮑伯不在這裡。」我拾級而上，手中的那份文件讓我心神不寧。

艾蜜莉亞沒吭氣，只是盯著我看。要是我能夠看到她臉上的表情，我知道一定很難看——她雙臂交疊胸前，那種站姿就是有麻煩了，是我有麻煩了。

我問道：「嗯？」

「你不是說你找不到手機嗎？」

我被逮到了。

我的罪惡感瞬間轉為怒火。

「好，所幸我發現妳在我離開之前，從車內拿走了我的手機，妳騙我，而且這幾個禮拜以來妳的舉止一直很奇怪，妳是不是還有別的事情一直在瞞著我？鮑伯真的失蹤了嗎？」

「別講這種話，你明明知道我很愛鮑伯。」

「我知道妳愛他。」

艾蜜莉亞可能與鮑伯失蹤有關的念頭根本令人難以置信。不過，自從她最近出現瘋狂行為之後，我已經不知道該怎麼思考才是。

「我只是想要好好外出度個週末，就我們兩個人，就這麼一次，不是我、你，還有你那討人厭的工作的三重組合。寫作、書本、劇本……這些日子以來，你似乎只在意那一切。所以我才會從車子裡取出你的手機，因為你花這麼多時間一直盯手機，讓我覺得自己成了隱形人。」

然後，她開始哭——每次都拿出她的大富翁「免罪卡」——我沒辦法對她動怒，我自己又沒有對她坦承一切。

她問道：「你的手機有沒有訊號？也許我們可以打電話給誰？」我們兩個人使用的是不同家的電信網路，所以這是合理的問題。

「沒有，我已經看過了。」

從她的肢體語言看來，似乎是鬆了一口氣，但這並不合理，我一定是對她判讀失準。我痛恨我們變成現在這個樣子，但我沒有怨懟。我們不能擅自拿走信任，要是奪取了它，就沒辦法把它還回來。

「我有事情要告訴妳。」

我說出這些話的時候非常小聲，她居然聽得見讓我嚇了一大跳，艾蜜莉亞在我面前後退了一步。「什麼？」

「昨晚……我並不是下來喝水。在我們上床之前，我看到……這裡有東西，我不想要嚇唬妳，所以我等到妳入睡之後又下來一次，想要搞清楚是怎麼一回事。妳已經因為地下室事件嚇壞了，我不想讓狀況雪上加霜……」

「你可不可以講重點？」

「妳讓我說，我就講。」

「你看到了什麼？」

「這個，」我打開某個廚房抽屜，裡面塞滿了有關十月．歐布萊恩的老舊剪報。「她是那個女演員——」

「亞當，我知道她是誰，那種事我忘不了！」愛蜜莉亞厲聲打斷我，將那一疊整整齊齊的剪報一張張抽出來，平攤在餐桌上。「我不懂，為什麼這些東西會在這裡……」

「然後，剛剛我在地下室發現這個，我本來想要藏起來，不要讓妳看到——我知道這個週末對妳來說意義重大——但我也知道妳不喜歡秘密。」

我把那份小冊子拿給她看。

「這是什麼？」

「我覺得妳應該自己唸出來就是了，我想其實這裡並不歡迎我們。」

「那麼他們為什麼要提供免費週末度假作為抽獎的禮物？是他們邀請我們的。」

「是誰？」

艾蜜莉亞沒回答，因為她不知道。

她拿起那份佈滿打字文句的薄透白紙文件，目光一直在第一頁流連不去，彷彿不敢打開一樣。她開始閱讀，我不發一語盯著她。

黑水小教堂之歷史

這裡有座小教堂，位於黑水湖的旁邊，至少從九世紀中葉開始就看得到它矗立在此。當現任屋主買下這棟建築與周邊土地的時候，它已經被荒棄了好幾年之久。他們決心要靠著滿滿的愛與胼手胝足的努力，將這棟廢棄建物轉化為美麗的家。

教堂的原貌包含了好幾塊鑿石——可追溯到西元八二〇年到八四〇年之間——這是蘇格蘭歷史紀錄之中，最悠久的小教堂之一。我們知道這座小教堂自從最後一任的道格拉斯．達頓神父在一九四八年離世之後，原本的用途就消失了。他在這裡的就任時間有多久，並沒有任何現存紀錄可考，只有當地民眾（未經證實）的謠傳，他是從鐘樓摔落身亡。

根據其他的資料，這間小教堂的會眾數目越來越少，幾乎已經完全沒有人了，因為當地人口不斷老化，這就是它為什麼會遭到廢棄的原因。關於這間小教堂的真正歷史，大家所知不多，直到將傾圮廢墟轉化為可居住空間的改建工事開始之後，才為之改觀。

為了要建造更強固的地基，他們開鑿地下室，意外揭露這間小教堂在十六世紀的時候，曾經拿來作為關押女巫的監獄。地下室牆面發現了鐵環，因巫術被定罪的婦女與小孩被鎖在那裡，之後他們就會被綁在火刑柱上活活燒死。一百多具疑似女巫的骸骨被埋在地底，旁邊還有她們的小孩，化驗結果顯示，其中一具骷髏是某個五歲小女孩的屍骨。

許多關於黑水小教堂的本地秘史以及都市傳說，都講述了類似的故事，幾乎都提到了夜晚在湖面飄浮的鬼影，有兩三個版本是出現身穿女巫服裝的女子，面孔遭到火灼，衣服有焦痕。謠傳她們會於太陽下山之後在小教堂附近走動，透過彩繪玻璃，尋找她們被殺害的孩子。多年來，當地媒體出現了數篇民眾目擊異狀的報導，後來大家都太害怕，對小教堂敬而遠之。

幾乎所有參與修整工程的工人都說，他們待在地下室的時候，感受到一股無法解釋的寒意，有些人堅稱自己在下面的時候，聽到有人在輕聲呼喚他們的名字。不過，並非黑水小教堂的每一名訪客都會目睹超自然事件或是鬼影。

我們希望你們在這裡住得開心。

艾蜜莉亞

當我一看完之後，立刻說道：「我們得要找到鮑伯，然後離開這裡。」

亞當把那份冊子與十月・歐布萊恩的剪報資料放入某個廚房抽屜，然後猛力關上，彷彿讓它們消失之後應該就沒事了。我還不太確定歐布萊恩與這個地方之間的關係，但他似乎不敢盯著我的眼睛。

「我不想要嚇妳——」

「我沒有被嚇到，我是生氣，」我打斷他，「我不相信有鬼，有人想要嚇唬我們，我還不知道是誰，也不知道為什麼……」

「我覺得我們不應該這麼快做結論。」

「同意，我們反而應該做的是找到鮑伯，打包上車。」

還不到五分鐘，我們已經穿好衣服。我們為了找狗，再次尋遍小教堂的所有角落，現在，只剩下外頭沒有查看而已。

現在雪勢已停，感覺像是步入了某幅畫作之中。自從我醒來之後，天空由黑轉灰，然後成為淡藍色，與昨晚摸黑到達這裡時的狀況相比，我現在可以看到更多的景色，遠方有白雪覆頂的山脈和蓊鬱森林，還有幾朵白雲映照在廣大湖面的光透寧靜水面。在晨光之中，那座老舊的白色小教堂似乎在發光。然後，我注意到鐘樓，想起了昨晚的事，我不可能忘記牆壁坍塌的那一段，難怪那道門會有「危險」的標示。

「亞當……」

「怎樣？」

「那面坍塌的牆。」

「怎麼了？」

「萬一鮑伯不知怎麼上了那座鐘樓，然後走到那座破牆邊……摔下去了呢？」

「那他就會粉身碎骨躺在雪地裡。」

我不喜歡亞當回話的方式，但我知道他說的沒錯。我們不發一語，開始在外頭四處尋找，這裡絕對是全世界最美麗、最純淨無瑕的角落之一，但我迫不及待想要離開。

我並沒有為這樣的天氣準備最耐寒的衣服或鞋子。積雪這麼深，我們別無選擇，只能穿著運動鞋跋涉前進。才不過幾秒的時間，我的襪子和腳就全濕了，而且我牛仔褲下半部因為冷冰冰的水變得濕重。我好擔心狗兒，幾乎沒注意到自己濕成這樣。如今，在白天看到這地方，我們真正體會到自己身處的廣大山谷的遼闊面積與孤絕感。我們沒有找到自己的目標，但過沒多久之後，就意外發現屋內那些消失的浴缸。三根支柱的弧角爪腳浴缸被藏在後面，而且被植物所覆蓋——看起來應該是石南——充滿了各種粉紅色與紫色的植被色澤。

出乎意料之外的發現，還不僅止於此。

我們意外找到了某座小墓園——我本來就覺得老教堂後面會有這東西——這裡有一堆看起來歷史悠遠的墓碑，幾乎完全被白雪所覆蓋。此外，小教堂外頭還散佈了一堆深木色雕刻，我無論面朝哪一個方向都可以看到兩三個。手雕的兔子宛若要從雪地奔出，還有隻巨龜，許多大型木雕貓頭鷹盤踞樹根，當初應該就是以殘株雕刻而成的作品。它們全部都有手鑿的巨眼，彷彿都盯著我們的方向而來，似乎與我們一樣感到寒冷與恐懼。就連樹木的表皮也有鑿刻的臉，所以不可能擺脫被監視的那種感覺。

我不斷呼喊鮑伯的名字，不過，二十分鐘過去了，我只是一直在繞圈子，我不知道該怎麼辦。不愛狗的人是不會明瞭的，但這種悲痛感就像丟了小孩一樣。

我們似乎已經想不出其他可能了，我問道：「你覺得會不會有人帶走了他？」

亞當回我：「為什麼有人會做出那種事？」

「為什麼某人要搞事？」

「那到底是誰？我們在荒郊野外啊。」

「我們從泥道進來時看到的那間茅草小農舍呢？」

「看起來空無一人。」

「我們應該要查看一下吧？」

他搖頭。「不應該隨便指控——」

「不是啊，我們總可以請求協助吧？他們與幹道的距離比我們近多了，所以可能還有電……

或者至少可以借我們電話。走路過去並不遠，值得試一下吧？要是鮑伯真的不知道怎麼跑了出去，也許他們會看到他吧？」

亞當一直不想養小狗。依然害他惡夢不休的那段童年回憶，讓他興趣缺缺——合情合理——不過，當他看到鮑伯之後就改變心意，有時候我先生很會掩飾，但我知道他愛那隻狗的程度和我不相上下。

亞當說道：「好，我們走吧。」他牽起我的手。

河面有部分區塊已經結冰，我又開始惦念鮑伯。他痛恨雨水，帶雪的雨水或是雪花，任何從天空落下的東西都是如此，不過他喜歡水——總是跳進河中或是直接衝入海裡。不過，我們的老笨狗一定知道要避開結冰的湖。我們跋涉前往遠方農舍的時候，我只能努力不要亂想。除了我們腳踩新雪的壓實聲響之外，冰冷空氣之中一片靜默無聲。如果不習慣寂靜，可能會感覺很詭異。我住在倫敦，又在巴特錫工作，當然很不習慣。有時候，我會在睡夢中聽到狗兒們的叫聲。不過在這裡，實在是超安靜，異常的安靜，甚至連鳥叫聲都沒有。我這時才想起來，不記得看到任何一隻鳥。

當我們出發的時候，農舍看起來沒有那麼遠，不過，這趟路程還是花了我們十五分鐘以上的時間。這是間小屋，使用的是與小教堂相同的白牆，還有個茅草屋頂，簡直就像是哈比人的家。這裡好小好偏僻，我很難想像為什麼會有人想要住在裡面。不過，外頭停了一台車，躲在幾乎完全看不到的位置——我燃起希望——也許是某人刻意所為。那是一台大車，應該是老舊的荒原路華，由於一半的車身埋在雪中，所以很難判斷到底是不是。

不管是什麼車，我相信它應付這種天候的能耐一定比我的車子好多了。

我清了清喉嚨，然後開始敲那扇鮮紅色的門。也不知道為什麼，我好緊張，萬一有人開門的話，我根本不知道該說什麼才好。

我不需要擔心，根本沒有人。

很奇怪，因為我們走過步道的時候，我發誓我聽到了聲音——可能是收音機吧，或者是某人壓低聲音在對小孩講話。我望著亞當，他聳肩，然後，我又敲了一次，這次比較大聲。依然沒有人應答，也完全看不出或聽得出有人。

亞當盯著屋頂。「妳看看那裡……」

我本以為他指的是茅草，不過，當我抬頭的時候，卻看到了冒煙的煙囪，裡面一定有人。

「也許他們聽不見我們的聲音，」他說道，「妳留在這裡，我繞到後面看一下。」

我還來不及開口，他人就不見了，而且消失的時間實在太久，害我開始擔心了起來。

等到他終於回來的時候，我開口問他：「有發現什麼嗎？」也許是因為天寒，或者是我的幻想，但他的臉色看起來更加蒼白。

他回我：「可以說有，也可以說是沒有。」

「什麼意思？我們只需要找到鮑伯而已。」

「後頭亂七八糟，一片荒煙蔓草，甚至還有戶外廁所。至少，這一次外面沒看到浴缸，但我想住在裡面的一定是老人。沒有別的門，只有兩扇髒兮兮的窗戶。我看到裡面有一個女人，坐在壁爐旁邊。」

「太好了……」

「應該不是，」我的正面思維被他更多的負面話語所打斷。「我敲窗，想要吸引她的注意力，我想我嚇到她了。」

「哦，合理啊——我覺得會來這裡找她的訪客不多。我們道歉就是了，我想只要等我們解釋清楚，她一定會想要幫忙。」

「我不覺得，裡面到處都是蠟燭……」

「哦，斷電好一陣子了，裡面可能很黑。」

「不，我的意思是到處都是，有數百根蠟燭，她看起來像是在施咒。」

「別傻了。你被那本無聊冊子洗腦了……」

「不只是這樣，她腿上還有動物。」

我想到了可憐的鮑伯，突然湧起一陣作嘔感。「什麼樣的動物？」

「白色兔子吧，我想……」如釋重負感瞬間淹蓋了我的恐懼，剛剛亞當可能會說出的答案讓我好擔心。「我沒辦法看仔細，因為過沒多久之後她就看到我了。」

「出了什麼事？」

「她緊盯我許久，然後，直接走到窗戶面前，距離就像是我現在跟妳一樣貼近，她手裡還抱著那隻肥兔，如果那真是兔子的話。然後，她拉上了那扇窗簾。」

蘿蘋

蘿蘋不只是拉起了其中一扇窗簾，每一扇都不放過。

她也吹熄了每一根蠟燭——其實只有幾根，不是數百根，但男人就是天性喜歡誇大——然後，她坐在一片漆黑的屋中，等待狂飆的心跳恢復正常。她從來沒想到會有人這麼粗魯擅闖她家，或是不請自來繞到屋後——透過玻璃偷看屋內，彷彿把她當成了動物園裡的某隻動物。這些窗簾其實根本不是窗簾——都是以釘子固定在窗戶上方的二手床單。她發現菸斗的菸氣在破爛布面留下了黃色污漬。本來應該是純白色，但以前是什麼樣子並不重要，只要現在堪用就好。而且，能發揮功能的東西未必一定要漂漂亮亮。蘿蘋可能不再美麗，但是她有權待在這。

她跟他們不一樣。

在她小時候，心生恐懼之際，她就會像現在這樣，坐在一片漆黑之中，這種狀況發生次數太頻繁了。她開始做出小時候的舉動，努力讓自己平靜下來：交疊大腿，閉上雙眼，然後專心吐納。緩慢，深沉的呼吸。吸、吐、吸……吐。至少看到她的也只有他而已，這一點值得慶幸。

現在仔細想想，看來訪客們會來這裡求援也是當然——她純粹是因為他們害她猝不及防而惱怒。

蘿蘋很好奇，他們現在到底在想什麼。

無論對他們哪一個來說，這都不是正常狀況，根本不是，她猜壓力以及恐懼已經開始產生殺傷力。夫妻通常以為他們了解自己伴侶的程度超過其他人——尤其是掌握了對方幾年之後——但這並非真相。蘿蘋很清楚他們兩人的某些事，而且她確定他們並不知道對方的這些秘密。

她看到他盯著她大腿上的兔子，他的臉上出現了恐懼與厭惡的複雜神情。不過，兔兔奧斯卡是她這些日子以來唯一的朋友。他就與她一樣，都是習慣性的動物，吃完了野草、新鮮蔬菜，或是下雪時的嬰兒食品罐頭早餐之後，他就會跳上扶手椅。至少，他是真的，不像是亞當．萊特投注他所有時間在腦中幻想共處的那些人物。萊特先生有時候搞不清楚狀況，蘿蘋不會被這些人指指點點。

她以匍匐姿態，沿途避開窗戶爬到了農舍大門口，她必須知道這些房客是否離開了——還有好多事情得完成，所剩時間不多，但還沒有，他們還沒有走。所以她滑坐在地，耳朵緊貼已經封口的信箱，依然抱著兔子，以手指梳理他的毛。聽到他們在大門的另一頭討論她，真是一種超現實的感覺。他們可能不知道她是誰，但是蘿蘋知道他們是誰，畢竟是她邀請他們來到這裡，雖然他們還不知道。

他們很快就會知道答案了。

艾蜜莉亞

我說道：「我們應該要再敲敲看……」

「我覺得這樣不太好，」亞當回道，「她看起來像個瘋子。」

「噓！她很可能聽得到你在說話，這地方又沒有隔音玻璃。你怎麼知道對方是女的？」

他聳肩。「長髮啊？」

有時候，亞當無法辨識臉孔的缺陷比其他問題更煩人。

「如果對方是女人的話，」我說道，「那麼也許我該想辦法找她談一談。我在這附近看不到有其他建物，她可能是唯一可以幫助我們的人。」

亞當悄聲說道：「要是她不想幫我們呢？」

我已經凍壞了，但一聽到他說出這種話，讓我更覺寒冷。我想到了他在小教堂廚房某個抽屜裡找到的十月．歐布萊恩的剪報資料，讓我感到一陣噁心。那已經是好久以前的事了，但亞當在之前——事發之前——曾經與那女演員共事過，有時候我依然在懷疑……

他壓低聲音問我：「妳覺得可能是妳昨晚在窗戶外頭看到的那一個嗎？」

我聳肩，這個動作變成了全身顫慄。我心情稍微放鬆了一點，至少他現在願意相信我先前的說法。「我不知道，你覺得呢？」

「我怎麼會知道？我沒看到妳見到的場景，而且我們都知道就算我看到了，我也沒有辨識那些人臉的能力。」

「好，你剛剛看到的那個人是胖是瘦？老人還是年輕人？」

「中等身材吧，而且有一頭灰色長髮。」

「所以是老人了？」

「也許吧。」

「我在想她會不會是管家？」

「如果她是管家，那她的表現實在很糟糕。」

我提醒他，「那是為我們寫出路線指引的人……」

「管家不是應該要好好清掃嗎？依我從窗戶看到的狀況，她似乎連雞毛撢子該怎麼用都不知道。她應該是有掃把……在半夜的時候拿來飛行……」

「現在不是開玩笑的時候。」

「誰說我在開玩笑？妳又沒看到我所看到的畫面，那一堆蠟燭，還有在她大腿上的白兔，彷彿她在下咒一樣。我們現在問題已經很多了，不需要再激怒當地的巫婆。」

有時候擁有過於活躍的想像力是一種詛咒。我拿出手機，把它舉高細看，我還是沒有任何訊號。亞當盯著我，然後也學我做一模一樣的動作。

「有嗎？」我在他背後張望，但他搖搖頭，我還來不及看到螢幕，他已經把手機放回他的口袋裡。

「一格都沒有。我們何不爬到那座丘陵頂端呢？我覺得我似乎看到了足跡，」他伸手指向的那個地方，對我來說簡直就像是一座小山。「我們到了那裡，應該其中一個人會有訊號，萬一沒有的話，至少我們可以仔細研究整個山谷。要是沒有其他的馬匹、人，或是我們可以揮旗攔人的繁忙路段，那麼我們也可以看個清楚。」

這想法還算理智。

「好，這計畫聽起來很周詳。但我還是要寫張便箋，以防萬一。」

我從手提包裡拿出一支筆，然後又找到一個舊信封，草草寫下幾句話。

抱歉麻煩您了，我們無意打擾。我們住在黑水小教堂，裡面沒有電話，因為暴風雪的關係沒有電，而且因為管線結凍，也無水可用，收音機沒有訊號。如果您有電話可以讓我們借用，我們會非常感激，一定會支付費用。我們的狗走失了，要是您看到的話，他名叫鮑伯，要是他能夠安全歸返，我們會提供優渥賞金。

非常感謝您

艾蜜莉亞

我把字條給亞當看。

「為什麼要加上賞金那一段話？」

我低聲說道：「以防萬一，如果她真的是女巫，而且想把鮑伯也變成兔子……」然後，我努力要將字條塞入信箱，但似乎是被封住了，所以我改將信封從門縫下塞進去。然後，我聽到聲響，迅速後退。「好，我們走吧？」

亞當問道：「為什麼要這麼趕？」

我盯著他，他正在對某隻黑鳥敬禮，萬一那隻鳥是喜鵲，失禮就不好了。這是他讓我又愛又恨的迷信習慣之一，沒有向喜鵲敬禮，等一下就會招來厄運，一直是我這種理性思維無法相信的迷思。但是他很信這一套，因為他媽媽就是這樣，考量我們目前的狀況，也許我也應該開始敬禮才是。

「我聽到了聲音……」等到我們距離門比較遠一點的時候，我才輕聲細語說道，「我覺得我們站在那裡講話的時候，她一直站在門的另一頭。也就是說，她聽到了我們講出的每一個字。」

蘿蘋

蘿蘋的確每一個字都聽得清清楚楚。

她看了那女人從門下推進來的字條，然後，她把它揉成一團，丟入火堆中。

蘿蘋不是女巫——她並不在意他們怎麼想，但被人大剌剌打擾更是可惡。所以她沒有把這間農舍維持得一塵不染又怎樣？這是她的家，她要選擇什麼樣的生活方式是她的事。某些人以為金錢是解決所有生活問題的萬靈丹，但他們錯了，有時候錢反而是問題的根源。某些人以為金錢可以買到愛或是幸福，甚或是別人。但蘿蘋不會被錢收買，她現在擁有的一切都是她自己的東西。她賺的，或她發現的，抑或是靠自己動手完成的。她不需要也不想要別人的錢或物品或是意見，蘿蘋可以照顧蘿蘋。而且，這間農舍也許看起來沒什麼，但這卻是她小時候離家的避難所，她就與母親一樣，她媽媽在她之前也是如此，有時候家比較像是某段記憶，而不是某個地方。

有關她外表的評論就有點傷人了，力道超過她的預期。不過，這些日子以來，羞辱的刺痛感其實就跟蕁麻一樣而已，而且一開始的惱怒立刻就消失無蹤。更何況，就某些層次看來，因為被當成老女人而遭人唾棄，讓她覺得很好笑。只是因為蘿蘋頭髮變白，並不表示她變老了。蘿蘋告訴自己，他並不知道自己在講什麼——這男人連他自己的鏡像都認不得。

她稍微整理了一下自己與這個地方——因為她自己想要這麼做，而不是因為他所說的話——

然後，她小心翼翼拉開某個窗簾的邊角，確認訪客們已經沒有在外頭探頭探腦。看到他們已經上丘陵，正爬到一半，讓她很高興，他們已經遠離，聽不見她的動靜。

現在，蘿蘋確定他們已經看不到或聽不到他們不該知道的事，她坐在那張老舊真皮椅裡面，點了自己的菸斗。她只需要一點東西穩定自己，緩解緊張情緒，這是她最後一次抽菸的機會。這些日子以來，她習慣的訪客是郵差派翠克——他很上道，明白最好不要敲門或是開口打招呼——還有艾文——會在黑水湖附近放羊吃草的當地農夫。他有時候會送來牛奶或雞蛋道謝——她讓這些動物免費吃草，她明白農牧是辛苦行業。他也會告訴她鎮上各種形形色色的人的零星八卦——蘿蘋想知道的不是這些事——但絕大多數的人都不會來這裡。

因為，所有的當地人都知道黑水小教堂的故事。

蘿蘋眺望窗外，最後一次查看訪客狀況。他們現在快要到達丘陵頂端，所以現在出去很安全。她穿上外套，奧斯卡抬頭望著她。幾年前，蘿蘋會覺得養家兔很好笑，結果出人意料，其實是很可愛的良伴。蘿蘋把紅色真皮項圈放入自己的口袋，然後一個人前往小教堂。她知道訪客們的狗怎麼了，因為是她帶走了他。但蘿蘋完全沒有任何的罪惡感，雖然她自己以前也養狗，而且也可以猜到他們會有多麼焦急。

壞人得到這種恐怖報應，也只是剛好而已。

鐵婚

年度詞彙：

歡喜。形容詞。覺得快樂或是非常開心。

二〇一四年二月二十八日——我們的六週年結婚紀念日

親愛的亞當：

對我們兩個來說，今年都很不錯吧，是不是？你開心，讓我也開心，彷彿像是有傳染性一樣。亨利．溫特又請你把他的另一部小說改編為電影劇本——這一次是略帶恐怖情節的謀殺懸案，書名是《黑屋》——而且你自己的劇本似乎也朝好的方向邁進，《剪刀石頭布》現在進入了前製階段！

這一切我們都要感謝十月．歐布萊恩。能夠擁有一線女明星當隊友，不只替你的計畫敲開好萊塢大門，而且還吸引到某位偉大製作人的關注，對方是你信賴的對象。今年你們三人諸張到不衎花了許多時間共處，而且你和他們突然溜到洛杉磯還不止一次，我並不介意。此外，多虧了十月，我們得到了有史以來最棒的結婚紀念日之一。

我告訴她，因為你一直忙於工作，所以我們從來沒有在外地度過結婚紀念日，這是真的——所以她那時候就提議我們可以在她的法國別墅慶祝我們的六週年結婚紀念日。她真的超善良，尤其她那一陣子狀況淒慘。媒體發現了某張超速罰單，沒想到其實還有更多罰單。十月的美麗臉龐——還有超貴的車——出現在報端，卻全是因為不法行為。十月喜歡開快車，但現在卻得要上法院，而且因為先前多次違規，她似乎可能會被吊銷駕照。

穿越英法海底隧道比我想像中的快多了。我們把車停在火車車廂裡，才過了三十多分鐘，我們已經到了法國的加萊，簡直像是變魔術一樣。鮑伯第一次使用他的寵物護照，帶狗兒一起旅行真是輕鬆簡單。我還看到有名女子把兔子放在自己車內的副座一起過隧道，牠戴了一個紅色小挽具，扣上了鍊子，跟著主人走動，我從來沒看過這種場景！

我們開車經過了巴黎——我想看聖母院——過了午餐時間之後，我們到了塞納河畔的某間小餐館，然後在「巴黎舊書攤區」閒逛，巴黎的書商果然不會令人失望，每一攤都有各自陳列二手書的獨特方式——在大片綠頂小棚之下，沿著河岸步道一字展開。一如他們前輩的賣書方法，數百年來都是如此。

現在的你如魚得水。

「妳知道聯合國教科文組織在一九九一年宣布將這些書商攤位列為世界文化遺產嗎？」你停下腳步，真的在嗅聞書香，這就是你一直會做的事。雖然我曾經覺得怪怪的，但現在倒認為很可愛。我喜歡你雙手捧書的姿態，小心翼翼翻頁，宛若紙頁像是黃金做的一樣，然後，仔細嗅聞，彷彿能夠在故事中呼吸一樣。

我回道：「我不知道……」其實我之前已經聽你說過好幾遍了。關於婚姻，有一點很有趣，從來沒有人提過。大家都以為夫妻要是已經沒有故事告訴對方，那麼他們之間就結束了。我可以聽你講自己的故事一整天都不成問題，就算是以前聽過的也一樣，因為每一次你說的內容都會有點不一樣。沒有人知道另一個人的全部，無論在一起多久都一樣。不過，要是覺得自己知道太多，那麼一定是哪裡出了狀況。

「大家說塞納河是全世界唯一穿過兩個書櫃之間的河流。」然後，你握住我的手。

「我喜歡那種說法……」因為我真心喜歡，依然如此。

「我喜歡妳……」你說完之後，吻我。

我們已經好多年不曾在公眾場所那樣接吻。一開始的時候，我覺得好尷尬——我不確定自己是否記得該怎麼吻你——不過，我終於轉念，我覺得我們又變成了自己，以前的我們，我們穿越時空，回到了那一刻，我是你想娶的那個女孩，而你是我期盼將向我求婚的男子。

十月正在美國拍另外一部電影，她把她位於法國香檳的住家借給了我們。她在全球各地一共有四個家，也許這就是她如此擅長改變腔調與外貌的原因吧。

從她的法國豪宅走路二十分鐘，就可以到達香檳大道的酩悅公司——我覺得這真的是我聽過最好聽的地址——而且我也看得出來她為什麼比較喜歡住在這裡，而不是倫敦或都柏林，我覺得我們彷彿到了愛酒之人的迪士尼樂園。對於喜歡來杯香檳的任何人來說，這條主道是圓石鋪面的仙境。街道兩側正面是優雅城堡，每一間的屋主都是全世界最古老知名的釀酒商。小鎮裡面到處都是得獎餐廳以及可愛的小酒吧，每一間店都有提供香檳，彷彿就像檸檬水一樣普遍。

你最鍾愛的女演員的法國隱世豪宅地點完美：距離市中心夠近，步行就可以抵達，但距離也夠遠，讓我們覺得自己住在鄉下，擁有連綿的葡萄園與底下的山谷景觀。這棟建物本來是一間荒棄的獨立小釀酒廠，現在成了豪宅，到處都是木樑與大片玻璃窗。現代風格，但是保存了足夠的原始家具，讓它看起來有居家感。對於一個不到三十歲的女人來說，還滿稱頭的。根據你的說法，她似乎對於重新翻修上了癮，已經相中了另一棟想要改造的廢棄建物，比較偏遠的某個地方。

我們到得晚，吃了加熱的卡門貝爾起司、果醬、新鮮法國麵包當作晚餐，輔以一瓶香檳潤口——這是當然的——我們就直接上床。

你在第二天早上對我開口，把我吻醒。「結婚週年紀念日快樂。」

一開始的時候我不確定自己在哪裡，等到我一看到客房的絕美景觀之後立刻就放鬆下來：只有藍天、陽光，還有葡萄園。你送我禮物的時候露出微笑，看起來對自己感到相當得意。我打開的時候如果面色有些失望，真的很抱歉，因為我依然在半睡半醒狀態，沒想到你會送給我書籤。別誤會，就書籤來說，這非常好用：材質是鐵，象徵了我們結婚六年，而且還刻有這行字：

我真慶幸我娶了妳（Iron so glad I married you.[4]）。

你似乎覺得很好笑。

「妳最近跟我一樣愛看書，我真的好歡喜，」你說道，「能夠在壁爐前面一起看兩本書、喝一瓶好酒，感覺很不錯，妳說是不是？」

我回他：「七十歲以下的人已經不用『歡喜』這個詞了。」

這是實情——最近我與你的閱讀量旗鼓相當。我有什麼選擇？如果不是一起看書，那我就得孤單一個人。

我把我的禮物交給你：某把精緻的古董鐵鑰匙。你看起來意興闌珊，就像我幾分鐘之前的表情，我覺得我們應該要改善一下自己的購禮選擇。

你問道：「這是要打開什麼？」

「某個秘密。」然後，我把手伸入白色床被裡。

我想，你會記得我們那時候做了什麼，兩次。在十月・歐布萊恩的臥房裡。那是我們許久以來不曾享受到的最美好性愛。我們的這位可愛主人有好幾張照片掛在牆上：十月贏得英國演藝學院電影獎，或是在她從事慈善活動時與皇族成員的合照，或是與其他我理應知道、但其實不知的那些年輕美麗好萊塢一線演員微笑合影。我還一度必須別開目光，擔心她是不是在盯著我們。

我討厭自己有這樣的念頭，但我期盼當我們待在她床上的時候，你心中想到的是我。

你在洗澡的時候，我對這地方不禁感到好奇，誰不會呢？這裡到處都有激勵人心的格言，包括了某個加框的印刷字體金句：想要收穫必須要靠努力，不是靠想望。還有，我私心最愛的一句——成為你的狗兒心目中的那個人。我不知道她有養狗。門墊那裡也有一些未拆封的郵件，而我拿起的那兩封郵件的收件人是R・歐布萊恩。

❹ Iron 發音近似 I am。

「我不知道十月已經結婚了……」我把郵件放在梳妝台上面，迅速偷翻她的抽屜。

你在浴室回我：「她沒有……」

「那不然誰是R・歐布萊恩？」

「什麼？」你在大吼，音量蓋過了淋浴聲響。

「這些信的收件人全部都是寄給某個名叫R・歐布萊恩的人。」

「十月只是她的藝名，這樣可以讓她的私人生活保有隱私，」你說道，「從媒體有時對她緊迫盯人的狀況看來，這也是好事。看了關於超速罰單還有之後所冒出來的那些新聞標題，你還以為她殺了人呢。」然後，你迅速轉變話題，我覺得很開心，因為我希望這次出來度假的重點是我們，只有我們。

我將那把鐵鑰匙給了你，因為我想要把一切真相告訴你，所有的一切。我們在那時候好開心，我不希望我們之間還保有任何的秘密。不過，當你拆開之後，握住那把可以打開一切秘密的鑰匙，我覺得不太對勁。為什麼要用我的過去摧毀我們的當下？或是阻礙我們的未來？還是讓我們這個幸福快樂的版本再撐久一點吧。

你是我唯一的愛

你的妻子

親親

亞當

與我太太相比，我比較會花心思照料自己，畢竟她花了太多時間照顧別人。當我們到達丘頂的時候，她滿臉通紅，而且氣喘吁吁。我也可以不要搞得這麼累，也許稍微放慢速度，不過，我希望要讓我們兩人盡快遠離那間農舍。

她說道：「我什麼都看不到……」

「那是因為什麼都沒有……」

從這裡的高點往下看，可以飽覽山谷的三百六十度全景——正如我所預期的一樣——放眼所及，只有白雪皚皚的山頭與荒野，超美。不過，在這種狀況下，要是能夠看到另一間房子或是加油站，抑或是電話亭，可能會比較好吧。我害怕的正是美麗但荒僻的地景：沒有地方可以逃跑，沒有地方可以躲藏，我們完全與世隔絕。

不過，我剛剛的確發現了異狀。

在農舍的後頭。

自此之後，我就一直心神不寧。

我不認得這個女人——我不認得任何人——但我有一種詭異的似曾相識感。我想要把它藏在心中比較陰暗的角落——眼不見為淨——盯著我太太的臉就好。她背對我，正忙著研究山谷景觀。我看得出來，她正努力調整呼吸，整理思緒，但這兩者似乎都脫離了她的控制範圍。我真希望我能夠跟別人一樣，可以看到我的妻子。我認得艾蜜莉亞身體的輪廓，她頭髮的長度與造型，我知道她洗髮精與乳霜的氣味，還有我在她生日或聖誕節送給她的香水氣息。我認得她的聲音，知道她的怪癖與行為舉止。

不過，當我盯著她的臉，卻看不出到底與其他人有什麼差異。

我去年看了一本驚悚小說，主角是某個患有面部識別能力缺乏症的女子。一開始的時候，我真的很興奮——關於臉盲症的作品並不多。我覺得這個設定不錯，可以拍出好的電視劇，也可以幫助大家提升對這種症狀的認知，但很遺憾，無法如願。文筆令人失望，劇情平庸，我拒絕了那份工作。我花了好多的時間改寫其他人的故事，我真希望改寫自己故事的時候可以表現得更好。

有時候，我覺得我應該要當作家。作家的字詞會被大家當成黃金，完全不能撼動，而且可以開開心心住在自己的著作裡——就連難看的也一樣。相形之下，劇作家的文字就是果凍豆，要是哪個執行製作不喜歡，那就會直接嚼爛，然後把它們吐出來，連寫出這些文字的產出者也是相同下場。我自己的真實生活體驗可以變成比那部小說更精采的懸疑之作。試想一下，沒有辦法認出自己老婆或是最要好朋友的臉，抑或是當你還是孩子的時候，在你面前殺死你母親的那個人的面容，會是什麼感覺？

我母親就是教導我閱讀，而且讓我愛上小說的那一個人。我們會待在我小時候居住的那個國宅區圖書館裡面，沉迷在小說世界之中，她還說只要我有意願，書本可以帶我到任何地方。和善的謊言是白色小謊的表親。她還說要是我堅持要繼續看電視的話，眼睛就會變成正方形。不過，當我們的破爛老電視壞掉的時候，我媽媽賣掉了她所有的珠寶——只留下她深愛的那個藍寶石戒指——在當鋪為我買了另一台電視。她知道我在書本、電影，以及電視劇裡所深愛的那些角色，填補了我小時候的缺席家人與根本不存在的朋友圈的各種裂口。

眼睜睜看著她在我面前死亡，一直是我有生以來最可怕的悲劇。

艾蜜莉亞打斷了我的思緒。「我們現在該怎麼辦？」

要爬到丘頂，路途漫長陡峭——我們兩人的衣裝都不適合健行與這種天候——而且到頭來似乎還是一無所獲。我們兩人的手機都沒有訊號，就算已經上到這裡也一樣。這裡沒有鮑伯的蹤影，也沒有辦法找人求援。我看得到遠處下方的小教堂，現在看起來比之前小多了，沒那麼可怕。不過，這個天色，自從我們離開之後就變得陰暗，雲團似乎決意要阻斷陽光，而艾蜜莉亞在發抖。我們活動的時候感覺還好，但自從我們停下來之後，我也覺得冷，我知道我們不能這麼站立不動拖得太久。當你到達某座丘陵頂端的時候，通常可以回頭看到整段的來時路。不過，當你正在行進中的時候，有時候是不可能看到目的地或是自己身處何處。這宛若人生的某種隱喻，若不是因為我冷得要死，我還真想把這段心得寫下來。這是我最後一次顧盼，除了小教堂與農舍之外，放眼四下，只有連綿無盡的白雪地景，其他什麼都沒有。

我說道：「我覺得我們真的在荒郊野外。」

「我冷死了，」她牙齒在打顫。「可憐的鮑伯。」

我脫掉我的外套，披在她身上。「來，我們走吧。等我們回去之後就點火取暖，想出別的計畫。下坡會比較容易的。」

我錯了。

下去的路面似乎比上來的更濕滑，而且雪冰交雜，讓我們行進速度變得緩慢。混濁天色轉為更幽暗的深灰，雖然我們兩個都很會裝，對於初落的帶雪雨水視而不見，但過了幾秒之後，已經沒有辦法撐下去了。我們的衣物不是為了抵擋酷寒天候，我們的身體也不是。狂風亂吹，害我們受到帶雪雨水的全面夾擊，才不過幾分鐘的時間，我們已經全身濕透，就連我自己也在發抖。

就在我以為狀況最壞不過如此的時候——自以為是氣象預測高手——帶雪的雨水轉為冰雹，宛若從天而落的子彈，我覺得我們回去的時候一定會全身瘀青，如果我們還回得去的話。每當我鼓起勇氣仰望，整張臉一定佈滿小冰丸。我發現我們似乎這段下坡沒走多少，小教堂依然看起來很小，非常遙遠。

天空轟擊趨緩，冰雹轉為雪花。

「趁我們還可以的時候再努力一下，多走一點。」我伸手，想要幫助艾蜜莉亞從崎嶇步道走到另一段路面，但她並沒有牽我的手。

她盯著遠方。「我看到有人……」

我伸手擋在雙眼上方望向底下的山谷，但什麼都沒看到。「在哪裡？」

「正要進入小教堂……」艾蜜莉亞輕聲細語，彷彿怕被兩公里之外的人聽到她講話一樣。

果然，我看到某個人影走上小教堂階梯。

我在口袋裡摸找在我們離開之前我鎖上老舊木門的那把巨大鑰匙，觸碰到的那一瞬間，覺得鬆了一口氣。不過，我短暫的自在感消失無蹤，因為我看到那道幽影開了門，消失入內。我想這一定是出於我的幻想——雖然相隔這麼遠，很難確定自己到底看到了什麼——不過對方似乎穿了一件紅色日本外套——就像是我媽媽邀請……朋友……來家中過夜的時候會穿的那一件。我想用強制關機法去除那個念頭，這是我的老招，但我心中的那幾個鍵盤卻卡住了。對方穿了什麼可能是出於我的幻象，但的確有人進入了小教堂。就算我現在狂奔衝下丘陵，盡量不要在冰上滑跤或是摔在雪地裡，至少也要二十分鐘才能夠回到那裡與闖入者正面對決。

「妳跟我講清楚，我們到底怎麼會來到這地方……」我聲音顫抖，像是個拙劣模仿的分身在講話。

「我跟你說過了，我是在員工聖誕節抽獎的時候贏得了這個免費週末度假。」

「然後妳是在收到電郵的時候知道這消息？」

「對。」

「電子郵件的寄件人是……？」

「管家，我早就告訴過你了。」

「妳知道還有其他同事收到類似的獎項嗎？」

「妮娜收到了一盒『花街』巧克力，不過她買了二十張的抽獎券，所以一定是保證中獎。」

我問道：「那妳買了幾張抽獎券？」我已經覺得不敢聽答案了。

「只有一張。」

蘿蘋

蘿蘋從農舍走到小教堂，並沒有花太多時間。

她拋下奧斯卡的時候，他似乎看起來很委屈，白色大耳低垂的程度似乎比平常更為明顯。蘿蘋剛到黑水的時候，極其渴望能夠找到舒心良伴，而對於她找到的這位同伴來說，奧斯卡似乎是不錯的名字。蘿蘋一直比較鍾愛的奧斯卡是電影圈每年一次發出的那些堅實黃銅雕像獎座，她的唯一奧斯卡可能只是隻兔子，但是她愛他。

她看到訪客們站在遠方丘頂的觀景處，她知道自己至少還有半個小時可以完成所有的必要任務。就算他們想要阻止她，也沒有辦法及時趕回來。她跟他們不一樣，她有合適的過冬裝備。雖然借來的雨鞋太大了，但還是比時髦運動鞋更適合在雪地丘陵與田野健行。

她進去之前，還先在小教堂外面暫停一會兒，抬頭觀賞彩繪玻璃與高踞在建築物上方的小小白色鐘樓。有湖水與山脈作為背景，這場景宛若一幅畫。她這才驚覺從諸多面向看來，自己在這裡已經待得太久了，因為要是太常接觸美景，很可能會對美產生免疫。蘿蘋進去了，狂風也順勢而入，捲起一大片塵埃，偽裝為雪散飛空中。她一想到訪客們誤把她當成管家就覺得好笑，她之所以有鑰匙並非是這個原因。

蘿蘋把自己的鞋子留在靴室——這地方也許是髒兮兮，但不需要把它搞得更亂七八糟——然後，她一路走向廚房。她的襪子破洞的程度比魚網還嚴重，不過，勤儉節約，吃穿不缺。小教堂比平常來得冷，而且氣味已經跟他們到來之前不一樣。有狗味，還有那女人過於濃烈的香水氣息瀰漫在腐濁空氣之中。

她急忙走向客廳，然後把右手手套拿下來，以手指觸摸排列在書架上的小說書脊。每次她來這裡一定會做出這動作，就像是某些人會忍不住觸摸田裡的小麥頂端一樣。她聞到殘餘的煙氣，發現訪客們已經燒光了她昨晚留給他們的木柴。現在不重要，至少，對她來說沒差，可能之後對他們會有影響。

當她抓住螺旋梯的欄杆時，無數不願想起的回憶在她心中狂湧，淹沒了她的勇氣，專注力變得一團模糊。

專注力決定自己的未來。

蘿蘋比較喜歡這樣的格言。她對自己不斷重複，讓自己再次恢復穩定心情，然後，她走上吱嘎作響的台階，完全沒有理會牆上在那些相框之間某些失蹤的面孔。

訪客們昨晚睡的那張床還沒有整理。讓他們睡在這裡感覺還是好奇怪。不過，過沒多久之後，蘿蘋已經把床單塞好，鋪平被子，把枕頭拍鬆。她起碼可以做到這一點：要是訪客們今晚依然在這裡——想必如此——他們需要好好休息。然後，她翻他們的袋子，研究他們的物品，因為她有這個權利，因為她就是想要這麼做。

蘿蘋從浴室開始。她發現了那女人的洗髮精，聞了一下，然後把裡面的液體全部倒入排水孔。

看到他們的粉紅與藍色牙刷排在一起，讓她又是一陣惱火，所以她直接拿起那兩把牙刷，拿來清理馬桶內側。她刷得超級用力，刷毛似乎都被壓平了。然後，她把自己發現的所有東西都歸回原位。

放在窗台的那些面霜罐看起來都很貴，所以蘿蘋朝自己的臉頰塗抹了一點。她每天只拿濕潤的法蘭絨巾抹臉，這種護膚程序已經有好一陣子了，那面霜感覺很不錯，所以她決定自己留下來，把罐子塞入口袋。然後，她回到臥室，看了最後一眼。發現床邊桌的某個抽屜微微開啟。她湊前細看，希望可以找到他們留在那裡的東西。

大家如此盲目信任別人，一直讓蘿蘋很疑惑。訪客中至少有一人相信來這裡是為了要度週末，而黑水小教堂算是某種度假屋。它不是，未來也沒有這可能。至少，在她還活在人世的時候是想都別想。

當蘿蘋想到眾人花大錢的那些住宿處所：飯店、民宿、海邊的坑人小屋，她忍不住就想到睡在同樣的床鋪、用同樣的杯子喝酒，或是在同樣的馬桶裡大便的其他成千上萬的陌生人。每次換住客的時候，這些人使用的是同一組的門禁密碼——每個禮拜都會有不同的手，將相同的鑰匙放入不同的口袋。門鎖鮮少更換，就連出租物件的鑰匙遺失時也一樣，天知道有多少人可能拿到備份鑰匙。

曾經住過這裡的人可能隨時會回來，而且不請自入。

她在抽屜裡找到了一個皮夾。這男人會把這東西留在這裡，似乎有點奇怪。但動物飼主擔心寵物的時候都會出現異常舉動，蘿蘋可以理解。她把他皮夾裡的信用卡一張張抽出來，以大拇指細細撫摸浮凸的姓名。然後，她在皮夾夾層裡發現了皺巴巴的紙，她把它舉高，對向光源，發現是一隻紙鶴，邊緣有點燒焦，但蘿蘋知道紙鶴的意義是帶來好運，發現他一直把它收藏在皮夾裡，也稍稍減輕了她對他的恨意。

另一邊的床邊桌抽屜裡有一個吸入器。蘿蘋把它湊到嘴邊，吸了一口，但爽度根本比不上她的菸斗。她把剩餘藥劑朝空中噴光光，然後，蘿蘋拿走了這個已經耗盡的吸入器，還有她找到的處方安眠藥。迅速前往塔樓敲響小教堂的鐘，然後又回到屋內，完成未竟任務。

艾蜜莉亞

亞當開始往下衝，奔向小教堂，但是我跟不上他。

也不知道為什麼他最近頗注意自己的健康與體態，開始吃維他命和營養品，他之前從來沒這樣。他一週至少兩次慢跑的執著終於得到回報，我叫他不要等我，只要我們當中哪個人能夠越快回去越好。我一直頻頻停下腳步喘氣。我忘了帶自己的吸入器——為了找鮑伯，我驚慌失措，居然愚蠢到把它留在床邊——但我知道只要自己慢慢來，努力保持冷靜，我一定不會有問題。

動念是很容易，但現實卻沒那麼簡單。

要不是我們兩個都看到有人溜入小教堂，我可能會以為那是我的幻覺。不過，千真萬確。也許是那個神秘管家？在暴風雨結束之後過來確定我們安全無恙？我告訴自己，無論對方是誰，一定都可以幫我們，而且也會有意願，因為我現在腦袋裡聽到的其他可能性都很不妙。我到達覆滿白雪的丘陵底端泥道，終於能夠再次回到平地，讓我鬆了一口氣。亞當現在與我的間隔越拉越大，他現在距離小教堂並不遠，所以我盡量加快腳步，希望可以追上他。

雪花朝我的臉直撲而來，我沒有看到亞當進去，但一定是這樣沒錯，因為當我抬頭張望——我必須以雙手遮住眼睛上方，阻擋無情風雪——他人已經不見了。

是他敲響了鐘嗎？我記得亞當先前說過，大門是小教堂唯一的出入口，我沒有看到任何人離開，也就是說，我們看到進入屋內的那個人，依然在裡面，會發生什麼事很難說。剛出現的這一場暴風雪似乎把整個世界變成了黑白兩色，當我把手伸到自己面前的時候，幾乎看不到它。我想要跑快一點，但是我一直滑倒，而且胸腔開始疼痛，我心跳速度太快，呼吸太淺弱，一想到萬一身體發生緊急狀況我們沒有任何方法可以求援，讓我更加焦慮不安。

我終於到達小教堂，我不需要擔心得敲門——巨門大敞，靴室的地板上都是雪。我發現老教堂長椅邊有一雙陌生的大雨鞋，還發現有人在木椅佈滿灰塵的表面畫了好幾個笑臉。我不知道這是不是有什麼象徵意義，我打開椅蓋，裡面什麼都沒有。我抬頭，看到自己在掛滿小鏡那面牆的映影，面容好憔悴。

我大叫：「亞當？」但得到的回應只有一陣詭異的靜默。

廚房沒有人，塞滿書本的客廳也是。我匆匆奔上通往二樓的螺旋木梯，我氣喘吁吁，緊扶欄杆的力道宛若在抓拐杖一樣。我沒有理會最遠那一道門的「危險勿近」標誌，爬樓梯上了鐘樓，但那裡沒人，臥室也一樣，不合理。我胸痛未解，所以打開了床邊桌抽屜，我的吸入器不見了，我很確定我放在那裡，現在恐慌已經開始蔓延全身。

我得要找到亞當。我回到梯台，嘗試其他的門，但全都鎖住了。他不在這裡，我已經找過每一個房間，然後，我想起了地下室。

我再次大叫：「亞當！」

一片寂靜。

我奔跑的速度超快，差點就在發出咿呀聲響的階梯上面摔倒了。

「我在這裡！」當我到客廳的時候，聽到了他的呼喊，但是我看不到他。

我回吼：「你在哪裡？」

「就在後牆的書架後面。」

我聽到他說的話，但搞不懂是什麼意思。

我循著他聲音的方向走過去，盯著那一整面擺滿書的書牆。後來，我看到一抹光，顯露出被老舊書本書脊蓋住的某道暗門，我這才恍然大悟。我遲疑了一會兒，然後把它推開，我又覺得自己可能會掉入兔子洞，或者困陷在我先生熱愛改編的某一部陰暗恐怖小說之中。

那道薄門發出刺耳聲響，開了，我看到了另一個房間。是書房，但跟我之前看到的那些房間截然不同。這個狹長型的幽暗空間，只有一扇彩繪玻璃能夠透光，底端有張古董書桌，我先生坐在那裡。

「剛剛來這裡的那個人已經走了，」亞當說話的時候，根本沒有抬頭。「我搜過這整個地方了，我唯一發現的不同點，就是通往這個房間的門是打開的。」

「我不明白……」

「我想我開始知道是怎麼一回事了，我認得這個房間。」

他似乎沒注意到我幾乎無法呼吸。完全沒有任何的營養補給品可以提供給同情缺乏症患者，而且我先生很容易就會因為自己的思緒與感覺而分心。我問道：「你認得嗎？」

「對，我以前看過，一開始的時候，我想不起來在哪裡，然後我注意到這東西，」他的手開始敲打閃亮的書桌木面。「我在某本雜誌看過這書房的照片，不過是好幾年前的事了。我還記得那篇文章講的人是誰。妳說妳是抽獎意外贏得了一場免費週末度假，但恐怕不是真的，太多巧合了，我知道這間屋子的主人是誰。」

銅婚

年度詞彙：
惴惴不安。形容詞。感覺困惑與張皇失措。

二〇一五年二月二十八日——我們的七週年結婚紀念日

親愛的亞當：

這是很難熬的一年。

幾個月前，十月．歐布萊恩陳屍在倫敦某家飯店，而你是在她生前最後看到她的人之一。根據報紙的說法，這是一起疑似自殺事件。沒有遺書，但是她的床邊放有空酒瓶與空的藥罐。的確令人崩潰，也令人意外，因為這女子似乎一向開心樂觀，最起碼表面上是如此。還不到三十歲，過著大好人生。你們兩個後來走得很近——我自己很喜歡她——但這也表示《剪刀石頭布》的拍片計畫就此取消，要是沒有這位明星擔綱，無法拍攝電視影集。

那場喪禮很可怕。可以看出許多人只是在演出他們自認的悲傷情境，奸詐雙面人。看來成為名人的時候，喪禮現場更難找到真正的朋友。我發現十月的真名是彩虹．布萊恩，讓我嚇了一大跳。她的父母是嬉皮，都沒有穿黑衣。

你低聲說道：「感謝老天，她一直使用藝名。」

我點點頭，但不確定自己是否真心同意你的觀點。她有一點像彩虹：美麗、令人目眩神迷、色彩繽紛，而且離開與進入我們的生活之中都是稍縱即逝。以前我覺得名字就只是個名字罷了，現在我就沒那麼篤定。我自己與十月關係很好——偶爾喝點小酒、遛狗、一起逛藝廊——我也很思念她。她消失在我們兩人的生活之中，感覺不只是少了誰，也像是少了什麼一樣。

來一趟紐約之旅，似乎是度過我們七週年結婚紀念日，並放下一切紛擾的美好方式，但後來我才發現，這正好與亨利．溫特的最新電影《黑屋》的首映撞期。當他告訴他經紀人，只有你去紐約，他才願意參加首映的時候，你滿心想要討好受寵若驚。你以為他對於改編成果很滿意，希望你因為撰寫劇本而得到應得的讚揚，但他希望你在場的原因並非如此，不然他為什麼要建議你邀妻子同行？

你最近心情糟到不行有點疏離，我不想要和你繼續吵架，不過，當一對作家浸浴在好萊塢無常豔陽的短暫溫暖之中，而我得要當電燈泡，聽起來並不是很有趣，在曼哈頓古典電影院首映走紅地毯也是如此。齊格菲爾德電影院是我喜歡的地方——以紅金二色為裝飾重點，還有一堆絲絨豪華座椅的老派電影院。不過，在進去之前被拍照讓我覺得自己像騙子。我在自己狀態最好的時候都痛恨拍照了，而且和那些與會的美麗女子相比——每一個都擁有細腰與豐盈的頭髮——我擔心我一定讓你大失所望。當周邊被大明星圍繞的時候，很難變得閃亮。一心追求平凡的念頭卻似乎讓你很不開心，但這是我對我們的唯一盼望。

我們說好了，首映結束之後，就是我們的獨處時間。但是亨利希望你在第二天可以陪他出席其他場合。我知道你為什麼不能說不，我只盼望你沒有答應的意願。我知道你一直是他的超級粉絲，而且我也很清楚他讓你改編他的劇本讓你十分感恩，我明白這對你的前途來說意義重大，不過，我不是已經因此而付出代價了嗎？我一個人獨自在某座城市閒晃，而你卻牽著某名作家的手，不是我的手，這並不符合我對於幸福紀念日的概念。

這陣子你都變得不像你自己了。我明白你因為十月的事而傷心，我知道對你來說她並不只是同事而已。還有，看到你自己的作品搬上銀幕的夢想，再次卡關，一定也讓你傷心不已。不過，我還是覺得有別的事在悄悄發生，你沒有告訴我的事。我們的生活中有其他的住客，住了多年的人，然後，還有純粹來來去去的過客。有時候，很難判斷這兩者的差異。我們沒辦法、不會、不應該留住我們遇過的每一個人。而我的生命中遇過許多過客，都是理應要敬而遠之的那些人。只要不讓任何人近身，那麼他們就沒辦法傷害你。

我孤單度過一整天，探訪我以前從來沒有走踏過的紐約地區，而你則跟著亨利．溫特在這座城市四處兜轉。當你偶爾陪伴這位老作家的時候，他可能對你來說充滿魅力，不過，在真實生活中，他卻過著遁世的生活，是個超級大酒鬼，而且很難被取悅。我不能告訴你這個真相，因為理論上我不可能知道這種事。我也看過他所有的小說，就和你一樣。他最近的作品不怎麼樣，頂多就是到普通等級而已。不過，你的行為態度依然是把這男人當成了莎士比亞轉世。

當我造訪自由女神的時候，我拚命想把這些念頭拋諸腦後。前往那裡的渡輪擠滿了人，但我依然覺得好孤單。進入這座雕像內部之後，我參加了與陌生人同行的旅行團，裡面有家庭、情侶、朋友各種組合，當我們爬上階梯的時候，我發現每個人幾乎都有對象可以分享這樣的體驗，只有我除外。有一名同事傳訊問我這趟旅行如何，我覺得和對方認識沒多久，所以我沒有回訊。

通往自由女神的皇冠，一共有三百五十四個階梯。我拾級而上的時候，默默數算我們還依然在一起的理由。我們的婚姻有許多美好之處，但越來越多的缺點讓我覺得我們快分了。我們之間的這種距離，你我的心與字詞之間的空白地帶，讓我好害怕。我們認識的許多夫妻，關係都是一團糟，但他們幾乎都有小孩當膠水，可以讓他們緊黏不離，我們卻只有彼此。到達頂端的時候，我做出自己從來沒做過的事……自拍。

之後，我前往康尼島，我想夏天的時候這裡一定比較熱鬧，不過，我很喜歡在關閉的遊樂場四處閒晃，我甚至還在最後一刻找到了給你的禮物——今年主題是銅，有點挑戰性。在我們關係之中，有許多的高低起伏，但我猜第七年應該很難熬吧。我聽過七年之癢，我想你也知道。無論發生什麼事，我都不會是那第一個動手搔抓的人。

我已經走到腳痠，回到了那間名稱正好很切題的「圖書館飯店」。很小，但一切搭配完美的低調精品飯店，到處擺放了書本，風格強烈。每一個房間都有主題，而我們的是「數學」房，根據這一晚的結局看來，也許住在「驚恐」房會更適合才是。

我為我們預訂了晚餐桌位——我知道你一定會忘了想起這是結婚紀念日——櫃檯建議的附近

某間名叫「班雅明」的牛排餐廳，裝潢風格與氣氛讓我聯想到《鬼店》與《教父》的綜合體——若說是後見之明，似乎也是相當適合——不過，他們的服務與牛排很完美，酒也是。我們喝了兩瓶紅酒，專心聆聽你講述自己與亨利的一天。你並沒有問我怎麼過了這一天，也沒有注意到我在布魯明黛爾百貨買的新洋裝。最近這些日子以來，你開口稱讚我，都只是偶爾冒出來的意外狀況而已。

當你走進餐廳的時候，我忘記跟你揮手，但也不知道怎麼回事，你依然知道是我。對你來說，大家的臉都長得一樣，而且我又穿了你從來沒看過的衣服，所以當你坐在我們這一桌的時候流露出那股自信，太反常了，令我大吃一驚。你對女服務生這麼關注也讓我同樣困惑，我覺得很奇怪，要是你沒有辦法看清楚她的臉，又怎麼知道她具有二十多歲容貌的青春之美。

我覺得早在你講出這些話之前，我就知道我們會吵架。有時候吵架就像是暴風雨，早就可以預見它們將要來襲。

「很抱歉，我必須陪亨利去洛杉磯，這是他的意思。由於這部電影很轟動，所以電影公司想要改編他的另一部劇本，他說，只有我跟他一起去見他們，而且同意由我寫劇本，他才會考慮。」

「那麼《剪刀石頭布》呢？你不會放棄吧？是不是？十月出事讓人心情低落，但還有其他的女演員，處理亨利的小說只會成為你的絆腳石……」

「為有史以來某位最成功作家的暢銷小說寫出鉅片劇本，我覺得很難稱其為絆腳石。」

「但這麼做的重點是為了要幫助你拍出你自己的電影與電視劇——不是他的作品——你要做自己真正想做的事。」

「這就是我的想望，如果我的生涯選擇對妳來說不夠格，很抱歉。」

我們都知道那並不是我的意思，而且我看得出來你完全沒有任何的歉意。

「那我的想望呢？當初說要在紐約玩幾天是你的提議，到目前為止，我幾乎沒看到你的人……」

「因為我不能丟下妳，而妳一直碎碎唸已經讓我煩死了。」

這是破天荒第一遭，不認得配偶的人似乎變成了我。「什麼？」

「妳最近似乎沒有結交任何朋友，甚至沒有自己的生活。」

「我有朋友……」我拚命在想名字，希望可以讓自己理直氣壯。

我以前認識的年紀相仿的人似乎現在都有了小孩，與朋友往來變得困難。大家全部消失在他們全新的閃亮幸福家庭之中，邀約越來越少，最後就沒了。這有點讓我想到就學時光……因為我沒有最新的必備配件，被那些很酷的小孩當空氣。我在成長期換了好幾所學校，我一直是新來的女生，而其他人早就彼此熟識多年。我格格不入——總是如此——而青春期女孩有時候很殘忍。我想要努力交朋友，有一陣子成功了，但一直待在那些孩童人際關係太陽系的外圍，就像是某個比較小、比較安靜的星球，在遠處圍繞那些比較燦亮美麗、比較受歡迎的星球不斷運行。

我還是努力與大家保持聯絡——參加偶爾會被受邀的生日派對、不得不參加的婚前女性派對，或者是多年沒講話的朋友的婚禮——不過隨著我們年齡逐漸增長，關係變得越來越淡，我想應該比較是我疏遠大家。我兒時的人際關係成了我長大之後的基調，對我來說，最重要的是自我保護。我永遠不會忘記那個在自己小孩四歲時依然在我面前假裝在哺乳的女人，總是編理由閃避見面——彷彿我的不孕症可能會傳染一樣。最近我比較在意的是喜歡自己，而不是被別人喜歡，我再也不會把時間浪費在虛假的朋友身上了。

你把手伸過來要握住我，但卻被我推開，所以你改拿自己的酒杯。

「抱歉……」你雖然這麼說，但我知道這不是真心話。「我不是故意的……」你又補了一句，但這只是另一句謊言，真的。「亨利是個性敏感的作家，他真的很重視自己的作品，以及由他信任的人進行改編。他今年過得很痛苦……」

「那我呢？我痛苦了好幾年。你的態度彷彿像是他突然成了你最好的朋友，你幾乎不認識這男人。」

「我很了解他，我們經常聊天。」

我已經許久不曾如此惴惴不安，我差點被牛排噎到。「什麼？」

「亨利和我經常聊天，我們都是通電話。」

「從什麼時候開始的事？你從來沒有提過。」

「我不知道我跟誰講話必須要向妳稟報，或是要得到妳的許可。」

我們互瞪彼此好一會兒。

「結婚紀念日快樂。」我把一個小紙袋放在桌上。

你臉色一沉，讓我誤以為你忘了給我準備禮物，不過，你卻從口袋裡拿出東西，讓我好意外。

你堅持要我先拆你的禮物，所以我就乖乖照做。那是一個黃銅與玻璃材質的掛框，裡面有七個一分的銅板，每一個日期都不一樣，正好是我們結婚以來的各個年份，想必你花了許多心思與時間才找到全部的銅板。

你清了清喉嚨，看起來有點膽怯。「結婚紀念日快樂。」

我說謝謝，我很想要表達謝意，但我們之間似乎有什麼已經破局了。我覺得我整個晚上和某個表情與語氣貌似我先生的人在一起，但其實根本不是。你打開了我匆匆買的禮物，看到你這麼努力張羅禮物，害我很不好意思。

「妳是從哪裡弄來這個的？」你把那枚美國一分錢幣舉高，迎向燭光，上面刻有一個笑臉，旁邊寫下了「自由」。

「今天下午在康尼島的時候，」我回道，「正好看到這個販賣『幸運銅板』的遊樂場機台。我送你的紙鶴已經有點破損，所以我想要送你一個可以放在皮夾裡的全新幸運物。」

你把那枚一分銅板與紙鶴放在一起。「這兩個我都會收好……」

過沒多久之後，你又開始講亨利．溫特，你最愛的主題。我不是聽得很專心，我忍不住想到十月．歐布萊恩青春早逝，或者，你最近比較在乎的是亨利的小說而不是你對自己作品的努力。

好萊塢有一大堆恐怖故事，我指的並不是拍成電影的那一種，我聽多了。也許我該慶幸你是那種依然有工作的編劇，因為未必能一直順風順水，而且這一行競爭激烈。某些作家就像是蘋果，還來不及被採摘就已經腐爛。

你把剩下的紅酒倒入自己的杯內，一飲而盡。

「妳要是多擔心自己的工作，就不會那麼憂慮我的前途了。」你講出傷人的話，這已經不是我第一次想拿酒瓶敲你的頭。我熱愛我在「巴特錫流浪犬之家」的工作，它讓我比較能夠自我釋懷。也許是因為——我就像我花時間照顧的動物一樣，也經常覺得自己被世界所遺棄。沒有人愛他們、沒有人想要他們，鮮少是因為他們犯錯，這狀況也一直不是我的錯。

「說到這個，我很有信心，我可以寫出跟你一樣好的作品，或是亨利．溫特——」

「對，大家都覺得自己可以寫東西，坐下來想要動筆的時候才發現不是那麼一回事……」你打斷我，露出了你極度傲慢的微笑。

我說道：「我比較在乎的是真實世界，而不是耽溺在幻想之中。」

「我們的房貸靠的就是耽溺在幻想之中。」

你伸手拿酒杯，才發現裡面全空了。

「跟我說說你爸爸的事……」我沒多想就說了出口，你放下酒杯的力道也未免太重了一點，居然沒破，真讓我好意外。

「為什麼要提起那檔子事？」你根本沒看我。「妳明明知道他在我兩三歲的時候就離開了，我不覺得亨利．溫特是我失散多年的秘密父親，如果妳打算暗指——」

「真的不是嗎？」

你雙頰漲紅，傾身向前，然後壓低聲音開口，彷彿擔心被誰聽見一樣。「這個人是我的英雄。他是了不起的作家，我對於他為我，也等於為我們所做的一切，我充滿感激，這與把他幻想為某種代理父親並不一樣。」

「真的不一樣嗎？」

「我不知道妳到底想要說什麼……」

「我沒有特別想要說什麼，我只是要告訴你，我覺得你已經對這個男人培養出某種情感牽繫……像是某種偏執。你放棄了自己的寫作計畫，為他日以繼夜在工作。亨利．溫特在你不順遂的時候為你開啟了生路，所以，對，你是欠他一些恩情，不過你現在只要是寫新的東西，就一直尋求他認可的那種態度……說好聽是渴望，說難聽是自戀。」

「哇……」你往後一靠，彷彿我剛剛想要出手揍你一樣。

「你現在應該要有足夠的自信知道自己的作品很優秀，不需要他說什麼。」

「我不懂妳的意思，亨利從來沒說過喜歡我的作品……」

「沒錯！但你迫不及待想要讓他以某種方式幫你背書——太明顯了——他和大家都看得出來。你不要再偷偷期盼他會這麼做，他很少對其他作家的作品講過什麼話——對任何事物或任何人幾乎也沒什麼好話——你就坦然接受這樣的關係吧。他是作家，你是改編過他兩部作品的編劇，就這樣而已。」

「我想我已經到了可以做自我選擇、自行挑選朋友的年紀，謝謝。」

「亨利．溫特不是你朋友。」

當我們離開的時候，我一直沒有打破我們之間的不安沉默，我沒有對你講出我們剛剛在餐廳裡的時候，我早就發現亨利坐在與我們相隔了好幾桌的某個位置。

很難不注意到他，他一身正字標記打扮，花呢外套，真絲的啾啾領結。他的一頭白髮越來越稀疏，看起來就像個無害的小老頭，不過，那雙銳利的藍色眼眸依然和以前一模一樣。當我們待在那裡的時候，他一直盯著我們不放。

在前往「圖書館飯店」的途中，你繼續一直講他的事，我才剛剛針對他講出的那些話，你幾乎立刻就忘了。從你那種喜孜孜的表情看來，大家都會以為你這一整天和聖誕老公在一起，而不是出版界的艾比尼澤．史古基❺。

當我們回到了我們的「數學」主題房的時候，我的心情並沒有好轉，你在洗澡的時候，雖然我明明痛恨黑巧克力，我還是吃光了放在我們枕頭上的那兩顆——我覺得我想要找到某種傷人的方法報復你，那一招聽起來很幼稚就是了。我的手機發出滋滋聲響，我一度以為是你，從飯店的浴室傳訊給我——畢竟沒有人會在晚上傳訊給我，其實，白天也沒有。不過，那並不是你，而是我的新同事，她說大家都很想念我。想到有人會惦記我，讓我熱淚盈眶。我寄出我在自由女神頂端的自拍照，立刻得到大拇指說讚，還有一個吻。

你現在睡了，但我跟平常一樣，依然很清醒，我正在寫一封永遠不會讓你看到的信，這一次的信紙有飯店的信頭。七年憎恨之疹可能會比七年之癢更精確。我沒辦法對你誠實，但是我必須對自己誠實。

我痛恨不喜歡現在的你，但我依然愛你。

你的妻子

親親

❺《聖誕頌歌》裡的小氣鬼。

蘿蘋

蘿蘋一直待在原地，等待兩名訪客都進入那間秘密書房。然後，她打開了自己躲藏房間的門鎖，悄悄走下階梯——避開那些她早就知道會發出噪音的梯面——離開了小教堂。她與她的安靜友伴會合，地點就是她剛剛留置他的地方。被她拋棄在這樣的冰天雪地之中，他似乎無所謂。蘿蘋盡量不發出聲響，盡快完成了她必須在外頭完成的任務，然後，靜靜等待。

她是等待的高手，練習可以讓人嫻熟所有的事物，而且至少她這次並不孤單。現在已經沒有落雪，但依然很冷。蘿蘋比較想要回到農舍，不過，這麼重要的事也不需要急。她剛才一直小心翼翼踩踏訪客們先前留下的腳印，不過，努力保持低調也未必那麼容易，這就是跟追他人腳步的問題：如果你留下了比他們明顯的痕跡，他們通常會不高興。蘿蘋吃了不少苦頭才學到教訓，最好的方式是慢慢來，而且就算晚一點展開行動，也還是好過永遠不出手。有時候，早起的鳥兒吃下太多蟲子就死了。

彩繪玻璃很美，但是卻會讓冷空氣進來，聲音傳出去，所以她待在書房外的那扇彩繪玻璃偷聽。她開了密門的鎖，而且還刻意讓它敞開，就是要讓訪客們自己發現它的存在。等到對方突然恍然大悟之後，接下來應該就不用等太久了。

在她自己以前居住、大笑、懷抱夢想的地方，專心聆聽他們的對話，實在是一種詭異又超現實的體驗，有點像是食物中毒。她想吐又發燒，但是她已經知道只要把腐敗之物排出體外，她就會舒服多了。她想要訪客離開小教堂，但時候未到。在她生命中的這個不快章節劃下句點之前，還有太多得說得做的事。

「一切都不成問題，等著看好了。」她對自己的友伴這麼說，但是他沒有回答。他只是回瞪著她，看起來悲傷又寒冷，她也開始有這種感覺了。

蘿蘋只要生命中出現了錯誤轉彎，一定會努力找出自己到底是在哪個時候迷失，一定有。如果願意睜開眼睛，願意放遠回顧，通常可以看到自己做出糟糕選擇、說出不該說的話，或是做出後悔一輩子的事的關鍵一刻。一次失策通常會引發另一次的失策，然後，在你還沒發現之前，已經完全不可能回到當初的狀態。

而每一個人都會犯錯。

有時候，看起來最無辜的人反而該為惡行負責；有時候，做壞事的人就真的是壞人。但某人的行為態度一定有其理由。當地小商店的那女人就是一個過往暗黑程度比你想像的更嚴重的好例子。冷漠的老闆派蒂，紅通通的臉，如豆的小眼，滿口臭氣，還有欺負生客故意少找零的習慣，她的一連串罪行比她放在櫃檯後面的那本聖經還要長，從重傷害罪到超速駕駛都有，鎮上的每一個人都知道，但他們總是得找地方購買生活用品。只有少數人真正具有寬恕的能力，而從來沒有人能夠完全遺忘。有時候剛認識一個人就知道對方是麻煩人物，因為他們腐爛了，內在與外在都一樣，直覺會告訴你必須要遠離他們。

無論生命的主人是否願意作為，生命還是會繼續下去。蘿蘋想要走出來，企圖放下自己的過失，不想要過著充滿悔恨的日子。但是我們的秘密具有一種會尋覓到我們的慣性，她想要逃離的那一切，總是會在最後逮到她，以過往的塵埃覆蓋她的當下。

她的同伴變得焦躁不安。

「噓……」她低聲說道，「再等久一點就是了。」

他還是看起來一臉無所謂，但乖乖聽從她的吩咐，一如往常。

艾蜜莉亞

當亞當說他知道這間小教堂的主人是誰的時候，時間瞬間凝凍。

我張望這間秘密書房，心想也許可以在他說出來之前，自己先從中找出答案。但我看到的只有更多滿佈灰塵的書、老舊的書桌，以及我的先生。他的英俊五官扭曲成沮喪皺眉與醜陋怒容，神情之中的憤怒大過恐懼，彷彿這多少算是我的錯。

我覺得，要是被自己的父母所遺棄，那麼下半輩子自然會不斷懷疑他人打算要離你遠去，我遇到任何人都會有這種焦慮，甚至連亞當亦是如此，不論我們在一起多久都一樣。只要我與某人親近——伴侶、朋友、同事——一定會到達某個我必須撤退的臨界點，我為了要替自己營造安全感，重新架設比先前更高的路障。一直擔心被拋棄，讓我很難信賴任何人，就算自己的先生也一樣。

當我在這裡找到他的時候，我好不容易讓自己的呼吸節奏恢復鎮定，但這樣的全新焦慮又開始壓迫胸膛。

「作家是一種特殊人種，」亞當說話的時候，依然盯著那張古董桌，彷彿他在向它講話，而不是對我。這裡好冷，我可以看到他呼出的霧氣。「我共事多年的某些人……我信賴的人……最後卻變得只不過是……」

穿透彩繪玻璃的光線，在拼花地板上投射出各色斑斕碎影，他似乎看得分了神，沒有把話講完。我努力回想在自己認識他之後，他是否曾與誰發生不快？但並不多，他的經紀人從來沒換過，大家都愛亞當，即便是那些不愛他的人也喜歡他。

他問道：「妳記得電影《小精靈》嗎？」他沒有等我回答，讓我鬆了一口氣，因為我不知道該說什麼，也看不出來這有什麼相關性。「裡面一共有三條規則：不能讓他們碰到水，不能讓他們暴露在亮光之下，不能在午夜過後餵食他們。作家就像小精靈，一開始的時候與小精靈一模一樣……和這些人與有趣生物在一起是很有趣……但要是違反規則：他們不喜歡自己作品的改編版本，或者覺得你更動太多原著情節，作家們就會變得比自己筆下的禽獸更可怕。」

「亞當，你在說什麼？這屋子的主人是誰？」

「亨利・溫特。」

我愣住不動。我一直很怕亨利，不只是因為他寫出的那些可怕離奇作品。第一次見到他的時候，最讓我害怕的是他的雙眼。太湛藍而且太銳利，簡直可以看透人心，不只是盯著人不放而已，可以看到他不該看到的事物，知曉他不該知道的一切。我的呼吸又變得有些失控了。

亞當問道：「妳還好嗎？妳的吸入器呢？」

「我沒事……」我態度堅持，緊抓椅背不放。

「《每日郵報》在亨利上一部電影問世的時候，想要做一篇有關他在哪裡寫小說的專題報導。他就是不肯讓他們派記者或攝影過去——他一直痛恨這種東西。我當時已經認識他多年了，不過，他連他不在倫敦的時候到底住在哪裡都不肯告訴我——總是過於擔心隱私問題，我一直不是很明白箇中原因。我只有看過他在書房裡的某張照片，報紙說那是由『作者提供』，就是這裡，這就是他寫作的房間，我記得他坐在這張書桌前的照片……」亞當伸手撫摸深木色書桌，那是一張特殊的帶輪古董桌，有一大堆的抽屜。「這本來是阿嘉莎．克莉絲蒂的桌子，亨利多年前在某場慈善義賣會當中，花了一大筆錢買下了它。他對這張書桌很迷信，他曾經告訴過我，他覺得在別的地方就寫不出小說了。」

「你確定嗎？」

「對，妳自己看看這房間裡的書架。」

我乖乖聽他的話，轉身，不過書房後牆書架看起來就和客廳的一模一樣。然後，我注意到這些書的書脊，發現作者全都是亨利．溫特，一定有數百本，包括了外文譯本與特殊版。那是一片虛榮巨牆，我覺得類似他那樣的男人就是會幹這種事。

「所以這是怎樣？惡作劇？不懷好意的玩笑？」我問道，「為什麼亨利要用假帳戶發送電子郵件？通知我可以到他的秘密蘇格蘭隱居之地免費度週末？為什麼一切佈滿灰塵？他在哪裡？鮑伯又在哪裡？」

「妳真的沒事嗎？」亞當問道，「妳的呼吸聽起來……」

「我很好。」

他看起來不是很相信，但還是繼續說下去。「自從我告訴他，我再也不想改編他的作品之後，我覺得他可能對我不爽……」

我嚇了一大跳，我盯著他。「你做了什麼？我不懂。」

「我只是下了決定，也許現在是要專注自己創作的時候了。」

「你沒有告訴我……」

「我已經再也無法忍受一直聽到我早就告訴過你這種話。他知道這個消息之後，不是很能接受，就像是一個被寵壞的小孩在鬧脾氣。我這一生都把亨利．溫特放在過高的台座之上，就連他看不起我的時候，我還是一直仰望他。而那時候我才第一次發現他的真貌：自私、惡毒、孤單的老頭子。」

我慢慢沉澱他所說的話，思考這段過往對他、對我們來說具有什麼意義。

「什麼時候的事？」

「有一陣子了。我努力要保持友善態度，不過，他後來完全不接我的電話，我好長一段時間……沒跟他講話了，他這個人所擁有的就只有他的作品而已。不過，我在真實生活與小說中學到了教訓，那就是沒有任何人是純粹的英雄或純粹的壞蛋，我們大家的內心其實都是兩者兼具。」

他說出最後一句話的時候，惡狠狠盯著我。就在這時候，我看到我的吸入器在他背後的書桌上面，我打算要問他是怎麼回事。

我問道：「你為什麼要拿那個？」

「妳的吸入器？」他說道，「我根本不知道它在那裡。」

我緊盯著他許久不放。他說謊的時候，我通常可以看得出來，我想他這次沒有。

我抓起吸入器，塞入自己的口袋。「我想我們兩個都累壞了，現在我們知道這裡的屋主是誰，我只想要找到鮑伯，離開這裡。」

我才剛說出他的名字，就聽到外頭傳來了狗叫聲。

亞當

我們衝入雪地之中。

我不知道自己會看到什麼畫面。亨利．溫特站在小教堂外頭？牽著鮑伯的狗繩，發出邪惡大笑，宛若漫畫裡的壞蛋？或者，他終於失去了殘存的理智？這男人專寫可怕離奇的小說，但我依然很難相信他會在真實生活中做出類似這樣的事。

當我們一到了外頭，狗叫聲就立刻沒了。

艾蜜莉亞大喊：「鮑伯？」

叫他名字根本沒用——這個可憐的老狗幾乎已經是耳聾了——但我也跟著喊他的名字。

現在山谷出現一股詭異靜謐。

我問道：「也許不是鮑伯？」

「就是他，我知道，」她很堅持。「我回來的時候，門口放了一對男用雨鞋，現在已經不見了。先前在這裡的人已經離開，而且把鮑伯帶走了。」

她繼續往前跑，深入雪地之中，我別無選擇，只能跟過去。

綿羊回來了，全都朝我們的方向緊盯不放，但看起來並不像一片漆黑的昨晚那麼可怕。我們兩人都愣住了，因為我們看到某人身穿花呢外套、深色長褲、頭上戴的似乎是巴拿馬草帽……在隆冬……雪深及膝的冰寒雪地之中。艾蜜莉亞朝我的方向看過來，我無法判讀她臉上的表情，但如果要說是什麼感覺，我想那是某種恐懼的神色。

我提醒自己，我以前就認識這男人——曾經共事過，僅有過兩三面之緣的那種程度。我清了清喉嚨，往前走了一步。

我輕聲呼喊：「亨利？」

也不知道為什麼，我想起了靴室牆上的鹿角。我突然想到，懸疑謀殺與驚悚小說的作者們應該知道許多殺人卻可以逍遙法外的門路，我不希望自己的殘屍被釘在牆上。他動也不動，我告訴自己，他可能只是有點耳背，就像狗兒一樣，然後，我繼續走，終於與他正面相對。

只不過，他沒有面孔。

我看到的算是某個稻草人吧，但頂端是雪人的頭。他的雙眼是酒瓶軟木塞，鼻子是紅蘿蔔，應該是嘴巴的位置塞了根菸斗，脖子上頭圍有亨利．溫特的某個藍色真絲啾啾領結。因為融雪的關係，顏色比平常來得深。亨利的手杖，銀色兔子頭把手的那一根，斜靠在上頭，宛若某種支撐。

艾蜜莉亞站到我旁邊。「這到底……」

「先前這裡沒這東西吧，是不是？」

「沒有，要是有的話我們一定會發現，我真的不明白到底發生了什麼事。」

我們肩並肩站在一起，默默盯著那稻草人雪人的頭漸漸融化。其中一個軟木塞眼睛已經半垂掛在臉上。我們站在某處空曠地帶，周邊只有詭異的瀕死樹木與令人毛骨悚然的木雕。主導這一切的人想必就在附近。要是鮑伯的距離這麼近，能讓我們聽到他的叫聲，我們應該可以找到他，不過，我看到的卻只是一片白色空茫世界。都是因為那些綿羊，小教堂外頭的雪地幾乎被破壞得亂七八糟，如果本來有可以追查的足跡，現在也全沒了。

艾蜜莉亞說道：「我們得找到鮑伯。他跑到這裡，我們都聽到了他的聲音，只需要繼續找就是了。」我繼續跟在她後頭。

小教堂後面有一座小型墓園。由於下雪的關係，幾乎都看不到墓碑，不過，當我越走越近，卻發現有一塊格外搶眼。它之所以會吸引我的目光，是因為有人把它擦拭得好乾淨，所以在這個被白雪覆蓋的世界當中，那塊深灰色的花崗岩墓碑就顯得格外搶眼。而且，它與其他墓碑不一樣，看起來很新。

還不只如此。

上頭擺放了一個紅色的真皮項圈。

艾蜜莉亞把它撿起來，我看到名牌上是鮑伯的名字，她彷彿覺得我可能在懷疑這是否是他的東西。

她說道：「我不懂。為什麼要摘掉狗兒的項圈？把它留在這裡？」

但我沒有回答，我很忙，死盯著那塊墓碑。

亨利・溫特
某人的父親，許多書的作者
生於一九三七年
卒於二〇一八年

艾蜜莉亞

我開口問道：「我不明白，如果亨利兩年前就死了，為什麼我們不知道？」

亞當沒有回話。我們肩並肩默默站在一起，盯著那塊花崗岩墓碑，彷彿這樣的舉動也許能讓墓碑上的那些字消失。我的腦中不斷拼湊拼圖碎片，但無論試了多少次就是兜不起來。我看得出我先生的面孔充滿了疑惑、恐懼，以及悲傷。我知道他認為我們擁有的這一切是因為亨利·溫特幫他大忙，而且信賴他改編小說，一次愚蠢的爭吵也不會改變那個事實。而此人死掉的時候，他們卻冷戰不說話，他一定很難過。但亞當必須明白我們現在遇到更嚴重的問題：如果騙我們來這裡的人不是亨利，那會是誰？

亞當開口：「我們應該要回到屋內……」

他依然盯著那塊墓碑，彷彿不敢置信自己所看到的畫面。

我問他：「那鮑伯呢？」

「鮑伯不會自己脫項圈，把它放在這裡等我們找到，這一定是別人幹的好事。我不知道是怎麼回事，但是我們有危險。」

他的字字句句聽起來好驚悚，但我也這麼覺得。

我們一進入小教堂之後，亞當立刻鎖門，而且還把那張巨大的教堂木頭長椅擋在大門前面。

「先前進來的人一定有鑰匙，這樣一來，他們要是再進來的話，我們一定會聽到聲響，」他走向廚房。「可以給我看通知妳的電郵嗎？贏得在此度週末獎項的那一封？」

我在口袋裡找手機，但發現的卻是吸入器。現在我的呼吸已經恢復到正常狀態，我不需要它，不過知道它放在隨手可拿到的地方，還是比較安心。

我在我的手機裡找到了那個電郵地址，把它交給亞當。

他問道：「info@blackwaterchapel.com，這就是他們使用的電子郵件嗎？」

「對，看起來很像是真正的度假屋。」

「亨利對於三這個數字，以及黑色都情有獨鍾。他有許多小說的背景都位於『黑丘地』或是『黑砂區』……我覺得應該也有一個『黑水』……」

「你以前從來沒提過這件事。」

「我現在才想起來有關聯。但亨利不可能發這封電郵——他從來不使用電子郵件或是網路，連手機都沒有，他覺得那會引發癌症，這都是過去式了。」

在那一瞬間，我以為亞當搞不好會哭出來。

「我們是，他已經很久沒聯絡我了，自從……」

亞當聲音越來越小，沒了，雙眼茫然。

我問道：「怎麼了？」

「去年九月，他的經紀人把他的最新小說寄給我，自此之後我就再也沒有聽到他的消息。所幸這個經紀人與亨利的第一個經紀人不一樣，他同意影視改編。他，這傢伙人很好，甚至還會對於亨利也不跟他說話的這種事開玩笑，不過，這位作家依然寄出了他的文稿，就在截止日期的前三天，包在牛皮紙袋裡面，以繩子紮好，就像以前一樣。」

「所以呢？」

「外頭墓碑寫的是他兩年前死亡。死人不可能寫出小說，也不可能把它們寄給經紀人。」

我花了好幾秒鐘才理解剛剛聽到的這個消息。「你的意思是，他其實並沒有死亡？」

「我不知道還有什麼其他解釋。」

「他有沒有家人？要是他過世的話，一定有人知道。我以前的某位養父母在去年過世，記得嗎？查理，一直在超市工作的那一位，總是會把快要過期的免費食物帶回家。我已經十多年沒跟他說話，但是他死掉的時候我還是知道了消息。亨利・溫特是全球知名作家，我們應該會在報紙上看到他的死訊或是……」

亞當搖頭。「沒有，他自承有隱士性格，而且喜歡以那種方式過生活……大部分的時候都是如此。只要亨利喝威士忌喝多了，就會淚流滿面哭訴沒有子嗣——等到他過世之後就沒有人照顧他的作品了。他真正在意的就是這個：作品。至於在其他時候，這個人就是個超級硬漢。」

我說道：「嗯，一定一直有人在幫他吧，如果他出生於一九三七年，他早就不是年輕人了。」

亞當瞇眼看著我。「會記得年份這種細節還真是奇怪。」

「並不會，墓碑上面就有寫，而且艾蜜莉亞・艾爾哈特是在一九三七年失蹤。我的名字就是為了紀念她，難道你不記得自己為什麼會被取這個名字嗎？我一直覺得名字很重要。」

亞當盯著我，那表情儼然像是我的智商陡降到危險層級。「亨利・溫特沒有子嗣，根本沒有家人。我想他這一生中除了他的經紀人之外，唯一剩下的就是我了，而他死去的時候我們已經鬧僵到不講話……」

他聲音開始顫抖，他別開目光。

「外頭的墓碑寫著『某人的父親』，某人做了這塊墓碑，而且還將他下葬，他不可能為自己搞定那種事。」

亞當看我的那種神情，讓我有點驚嚇，在狀況連連的時候很難不說錯話。有時候我覺得他因為無法辨識其他人的臉，可能造成他難以控制自己的表情。滿臉愁容不見了，現在的他簡直像是……在微笑。但那表情來得快去得也快。

「我們應該要趁還有天光的時候趕緊離開這裡。」他又恢復了符合自己語氣的嚴肅面容。

「那鮑伯呢？」

「我們等一下去找警察，解釋狀況，然後請他們幫忙。」

「車子埋在雪地裡，路面看起來很危險……」

「我們一定可以把它挖出來。我覺得待在外頭比在這裡繼續過夜安全多了，妳不覺得嗎？」

他打開那扇通往食物儲藏室的門，我們剛來的時候曾經在那裡發現滿牆的工具，那台工業等級的冷凍庫發出詭異的低鳴配樂聲響。我的目光一直迴避通往地下室的地板門，在底下發生的那場事件，我寧可忘得一乾二淨。

當亞當從牆上取下斧頭的時候，我開口問道：「你是要一路劈砍出去嗎？」

「不是，我只是覺得找個東西防身也不錯。」然後，他另一隻手從某個生鏽鐵鉤取下鏟子。那台「莫里斯小旅行家」被深雪覆蓋，已經與景色融為一體。當亞當在奮力剷除車子輪胎周邊的積雪時，我覺得自己像是個備用品一樣，天氣冷得要命，但他還是因為使力而滿頭大汗。後來，他停下動作，盯著前輪，彷彿被它觸怒了一樣。他丟下鏟子，在左前輪的後方彎身，我看不到他到底在做什麼。

他氣喘吁吁。「真是不敢相信……」

「什麼？」

「我們似乎有破胎。」

我趕緊衝過去。「沒關係，開這種車走這種路段，難免會遇到。我在後車廂裡有補胎工具，只要找到那個洞，面積不大的話，我就可以——」

我不說話了，因為我自己看到了那個洞，找到它並不難，因為它就跟拳頭一樣大。橡膠處有一個笑臉狀割痕：輪胎顯然是被別人劃破。我已經覺得很冷了，手腳幾乎都失去了知覺，但現在感受到的那一股冷意已經竄流全身。

他問道：「我們是不是壓到了什麼碎玻璃？」

我沒有回答。亞當對於汽車的了解非常有限，因為他從來沒有自己的車。我以前覺得他這一點很可愛，但現在就沒那麼討喜了。他開始在後輪附近剷雪，又一次，突然停手。

他問道：「妳曾經見過同時出現兩個破胎嗎？」

看來後輪也被劃破了，另外兩個輪子也一樣。

有人真的很不希望我們離開。

蘿蘋

蘿蘋回到農舍，關上了門。她從牆上鉤子取下一條紅色小毛巾，擦去狗兒腳、腿、肚子沾到的雪之後，才開始打理自己。當她幫他擦乾身體的時候，他一直搖尾巴，然後舔她的臉。蘿蘋微笑，她喜歡所有的動物，尤其是像這樣的狗兒，就連兔兔奧斯卡也熱誠歡迎到訪的新客人。

現在，訪客們將會知道這間小教堂屬於亨利所有，而且他已經死了。蘿蘋真希望在他們發現那個墓碑的時候能夠親眼目睹他們的表情。不過，那時候她與鮑伯早已離開了。他是隻非常友善又熱情的狗兒——只是有時候會對風狂吠——他就是那種會信任每一個人的狗。

很冷，就連在農舍裡面也一樣。蘿蘋點了壁爐的火，坐在旁邊的地毯上暖熱骨頭。她想念她的菸斗，但現在已經沒了，所以她開了一包果醬夾心餅乾。狗兒躺在她身邊，把下巴倚在她的大腿上面。抬頭看著她吃東西，盼望她搞不好會掉一些屑屑。蘿蘋喜歡慢慢啃咬每一塊餅乾，先小口吃外圍的部分，把中央的果醬留到最後——盡量把歡愉延長到最後一刻。

雖然她坐的位置如此接近無遮護的火焰，但是她的雙手依然幾乎僵麻。她剛剛抹去了覆蓋在亨利墓碑上的白雪之後，手指頭從各種色澤的紅轉為藍，但要是她不這麼做的話，訪客們絕對不會發現它的存在，而且她不能讓計畫失焦，她邀請他們來此度週末有其原因，就只有一個而已。

蘿蘋記得亨利是什麼時候死的。

「我需要妳過來。」

等他打電話給她的時候，他劈頭就丟出這一句，不是「哈囉」或「妳好嗎？」，就只有那麼短短的六個字，我需要妳過來。雖然他們已經這麼久沒講話，他不需要說在哪裡，其實他也不需要說出為什麼，但他還是講出來了。

「我得了重病。」蘿蘋沒回話，他又丟了這一句，沒想到這其實是輕描淡寫的說法。

她當時已經知道亨利賣掉了倫敦公寓，一直住在他的蘇格蘭隱居之地，他本來就是寧可獨居的隱士。她萬萬沒想到的是，當他在需要別人的時刻，居然會打電話給她。不過，話說回來，孤零零是他們的共有特徵之一。作家們有能力可以創造出最繁複與受人喜愛的世界，有時候則把比較渺小的世界留給自己。某些馬兒需要戴上眼罩才能發揮最佳實力，贏得比賽，牠們需要體會孤獨感，心無旁騖，而某些作家也是如此，這是孤單的行業。

沉默無法被別人誤引，這是蘿蘋的格言之一。不過，當她依然不說話的時候，電話線路出現雜音，亨利又說了一次，然後就掛了電話。

「我快死了。要來就來，不然就不要來，反正不要告訴任何人就是了。」

要是她現在閉上眼睛，依然可以聽到那次斷線之後的撥號音。

他後來解釋，他當初是打醫院的公共電話，銅板已經用光了，不是刻意要搞得這麼誇張或表現粗魯。蘿蘋不相信他，一直不信。但她還是上了車，因為生命就與死亡一樣，完全無法預測。

她一開始沒辦法認出在病床邊歇息的那個男人。他最後一張作家沙龍照已經至少是十年前所拍攝，而且亨利老態盡顯。正字標記的花呢外套過於寬鬆，彷彿是別人的衣服一樣，沒有真絲啾啾領結，而原本的蓬亂白髮只剩下幾縷薄絲，貼梳在粉紅色的禿頭頭皮上面。他的面孔變得如此陌生，似乎很離奇，但他們一直沒有聯絡。這種事的關鍵因素並不是距離，就連住在隔壁的鄰居也未必會知道彼此的姓名。

沒有打招呼，沒有擁抱，沒有道謝。

他只說了一句：「我想要回家。」

蘿蘋盯著亨利從外套內側口袋取出了墨水筆，簽署出院表格。他顫抖手指緊抓筆桿的力道好用力，宛若骨頭會從如紙薄的皮膚穿透而出一樣。他以自己的姓名首字字母簽下好幾份違反醫囑的自願離院聲明，她則是不發一語靜靜等待。

這間醫院距離黑水有一個多小時的車程，他們在蜿蜒的高地道路前行，一路上都沉默不語。亨利進入那間被他改建為住家的小教堂之後，一跛一跛走向那間被他改為圖書館的客廳，他對她揮揮手，示意叫她跟過去。然後，他打開了後面書牆的暗門。蘿蘋覺得沒什麼——她以前就看過了——不過這是他第一次邀請她進入他的書房。

她盯著那些似乎佔據了房內所有表面的白兔。壁紙佈滿了它們的閃亮圖案，羅馬簾繡有一隻躍起的兔子，而靠窗坐墊的圖案側是映襯主題的一堆大耳與短尾動物，甚至還有某個彩繪玻璃的圖案就是兔子。

然後，她注意到房間角落的籠子，超大，就算塞進一個小朋友也不成問題。那是她以前從來沒看過的東西，而且，不是空籠。

蘿蘋盯著那個小動物。「你養兔子當寵物？」

「其實比較算是同伴，我很喜歡白兔子。」

「我注意到了，」蘿蘋再次環顧整個空間。「牠有名字嗎？」

他微笑。「她有名字，我為她取名蘿蘋。」

蘿蘋不懂。「為什麼？」

他的笑容消失了。「她讓我想起了妳。」

亨利拖著腳步，走到書桌前的座椅，坐了下來。

「我不知道我們有多少時間，所以最好千萬不要浪費。我要給妳看我遺囑放在哪裡。一切都安排好了，可以這麼說，時候一到，只需要有人啟動程序即可。我已經把我到時候的計畫都寫好了，我想要土葬，而妳需要知道的一切都在檔案裡。我最近的這一本小說寫了一半，現在應該是沒辦法完成，有關出版的一切，我經紀人到時候幾乎都會打理，但關於我的文學遺產的某些決定，我比較希望……」他抬頭望著她，大大的藍色雙眸發出祈求，彷彿在等待蘿蘋說些什麼。她不吭氣，他似乎放棄了，緩緩接續剛才的疲憊思緒，幾乎是從中斷處繼續說下去：「覺得該怎麼做，去做就是了，到了最後，每一個人都只能如此。我發誓我真的努力過了。有幾個電郵地址妳最好要記下來——都是必須知道我死訊，而不是讓他們在報紙上看到消息的人——何不趁我還記得的時候先趕快寫下來呢？」

蘿蘋看著他從書桌抽屜裡取出了某台筆記型電腦。當他看到她臉上表情的時候，自己的臉龐也變得緊繃，成了某種類似微笑的面容，星羅棋布的皺紋數目瞬間多了一倍。

「我知道，我知道。每一個人都以為我不了解如何使用現代科技，但我年紀大，可不是老糊塗。讓大家誤以為我老派到拿羽毛筆和墨水瓶寫作，我覺得挺不錯的，不過這台小電腦省了我一大堆時間，對初稿來說，進行編輯容易多了。

我使用那台打字機作為寄給經紀人的最後清稿——維持大家對我的幻象——不過，其他的文稿我都是使用電腦。不過，我的底線是不使用手機——那種東西會引發癌症，妳要聽我的話。」

他只以食指對著筆記型電腦打密碼，速度非常緩慢，所以她不需要刻意也看到了密碼是什麼：蘿蘋。知道他以她的名字作為他的密碼和寵物名字，困惑與罪惡感讓她激動不已。她不知道該說什麼是好——她還是一樣的反應——沉默不語。他以同樣的密碼打開了他的電郵帳號，讓她好想哭。她很清楚他的個性，他想要活下去——繼續創作——永無止境，但是全世界所有的財富也無法買下更多的時間。

「應該都是無聊垃圾，通常都是如此……」亨利的注意力轉到了書桌上的未拆信件，他拿了一把銀色的拆信刀，在他的孱弱手中顯得十分沉重，他劃開了第一封郵件的黏合處，取出裡面的紙張時，手指微微顫抖：他的經紀人寄來的信。蘿蘋站在他後頭讀信，也看到了這老頭知道自己最新作品登上了《紐約時報》暢銷排行榜時的喜悅神情。

「還不錯吧，妳說是不是？」現在的他看起來比較像是以前的他，她記得的那個他。「我寫這本小說的時候並不知道自己的狀況，不過那將會是我出版的最後一部作品，我的讀者喜歡它，這一點對我來說相當重要。」

「嗯，最重要的永遠是他們的意見……」蘿蘋講出這樣的話，讓他整張臉都垮下來了。「我的意思是，恭喜。」她又多加了這一句，因為，對於一個行將就木的人來說，還能講什麼呢？她再次望向那台筆記型電腦。

「你的經紀人還是寫信郵寄給你嗎？」

「對。」

「他不知道你有電子郵件嗎？」

亨利微笑。「我的經紀人不知道我的事可多了。」

兩人之間出現了默聲的對話，某種難得一見的融洽時分。然後，兩人又恢復原狀，那一刻消失了。

「地下室裡有一些香檳，」他說道，「幫我們拿一瓶上來吧？和我喝一杯慶祝最後一本暢銷書？我答應妳等一下會把妳需要的其他事情全告訴妳。我鎖住了地板門——就連我有時候也會害怕。」

「但那一切關於地下室找到的屍體，巫婆啊鬼魂什麼的……明明都是你編出來的，就是要讓大家對這裡退避三舍。」

他開心大笑。「對，就只不過稍稍發揮一點我的可怕離奇想像力。但效果很好，是不是！當初在我們重整這地方的時候，工人們在地下室唯一發現的是濕氣。我喜歡平和寧靜與保有隱私。

我不想要別人打擾我，但有時候我會自己嚇自己。我花了這麼多年的時間埋首在這些小說當中，我所編造的這個世界，比我真正居住的世界更來得真實。」他的藍色雙眼泛著淚光，蘿蘋看得出來，他的心思已經遊晃到飄渺遠方。不過，他隨即眨眨眼，又回過神來。「地板門掛鎖的鑰匙放在廚房的某個抽屜……我忘了是哪一個。」

蘿蘋陷入遲疑，但還是依照他的吩咐乖乖照做。她進入食物儲藏室的時候，第一個看到的是巨大的冷凍庫，然後是牆面上一字排開的工具，包括了所有的木刻鑿刀與雕石工具，依照尺寸，排列得整整齊齊。那柄斧頭還是跟以前一樣，把她嚇得半死。多年來，亨利一直很喜歡以木石為材進行雕刻，他說這有點像是從真實生活中雕琢出一部小說，需要的就是耐心、想像力，以及穩定的手。每年夏天，他會以斧頭砍去阻擋他觀湖角度的某棵老樹，然後小心翼翼在殘根上雕出動物雕像。貓頭鷹與兔子是他的最愛，全部都有超大的恐怖雙眼，跟他自己有幾分神似。

地板門真的鎖住了，她費了好久時間才終於找到鑰匙。她走下石階時所感受到的那股濕氣，不禁讓她想起了她寧可忘卻的諸多記憶。不過，地下室裡並沒有鬼——至少沒有那種鬼，那一天並沒有——只有酒。等到她拿著佈滿灰塵的香檳瓶回到書房時，驚訝地發現亨利依然盯著那張《紐約時報》暢銷書排行榜的剪報，他的經紀人把他的作品以紅筆圈起來，是冠軍。

蘿蘋倒了兩杯，將其中一杯交給那老人，但他沒拿。她湊前細看，發現他動也不動，而且那雙藍色眼眸已經好一會兒沒有眨動。她在書桌上發現了剛才沒看過的東西：空的藥瓶、給她的指示清單，還有遺囑。她喝了手中的香檳，不是為了慶祝，而是因為她需要酒精，至少，他是幸福離世。

蘿蘋當晚就埋了亨利，她很怕要是等到太陽升起，可能會被別人看到。她以床單裹住他的屍身，還有他最喜歡的一些書，然後把他拖出了小教堂。在他的遺囑當中，他要求土葬，反正，外頭就有墓園，而且還有鏟子，所以很方便，只是辛苦而已。至於其他的指示，蘿蘋就當作沒看到，比方說，要告訴大家亨利死了。第二天早上，她以亨利的帳戶網購了一塊看起來很不錯的墓碑，送達之後，她以亨利的工具自行雕刻。他有一大筆錢——超乎她想像之外——遺囑寫得很清楚，這位作家留了一筆可觀數目給她，但蘿蘋從來沒有動用他的一毛錢花在自己身上。她再次使用他的銀行卡，也就只有那麼一次，購買給訪客的那些道具，因為那是為了他們，不是她。亨利過世兩天之後，她辭退了他的清潔工，她知道再也不會有人前來探視這位隱士。多虧了亨利，就連「黑水酒館」也早在多年前就停止營業，他的離世之道，就像他選擇在世的生活方式一樣孤單。

蘿蘋在亨利的筆記型電腦中找到了他寫到一半的作品，基於好奇作祟，她讀得超級認真，又一部亨利．溫特典型的曲折離奇陰鬱小說。當她在閱讀某個特別恐怖場景的時候，居然沒注意到自己是在屏息狀態，直到關在籠子裡的那隻兔子意外發出聲響，嚇了她一跳，她才回過神來。因為這隻兔子與她同名，蘿蘋不喜歡把他關起來。她把那隻白色巨兔帶到小教堂外頭，但他並沒有離開，她乾脆直接關門，希望再也不要看到他。但他卻毫不讓步。當她把他帶到更遠的地方，靠近茂盛草地與湖邊的那個地點，他就是一直回來，坐在哥德式巨門前面，彷彿在等待進去。她當時並不明白，不過，其實並非每一個人都想要得到自由。

銅婚

年度詞彙：

完美主義。名詞。擔心做不好某件事，或是擔心做得不夠好，無法達到完美的極度焦慮。

二〇一六年二月二十九日——我們的八週年結婚紀念日

親愛的亞當：

我們今年並沒有慶祝我們的結婚紀念日。

我經常與我的某個同事在一起，而你呢，嗯，一直與你的工作為伍。你因為亨利．溫特的最新改編作品而搞得焦頭爛額，我覺得這都是因為你太想要取悅這位作家，而沒有誠實對待自己。不過，誠如在兩個禮拜之前，當我想要幫你一把的時候，你對我所說出的回答一樣：妳又知道什麼？

我知道的是，我們對自己所說的謊是最危險的事，而且我也知道有時候我們藏在心底邊緣的是最坦誠的思緒，因為那是我們獨有，而且我們認為別人看不到。當你一心惦記著亨利．溫特與他的作品的時候，我卻一直想著要離開你。

我的同事個性和善，喜歡照顧人，而且對我真的充滿興趣。從來不會讓我覺得自己像蠢蛋或是微不足道，抑或是把我所做的一切當成理所當然。你害我覺得自己像是個隱形人，臉盲症並非是唯一的原因。要承認事實很難堪，但有時候我很懷疑我留下來的唯一原因是為了鮑伯，還有這間房子。

我喜歡這棟美麗的維多利亞巨大古屋，隱身在被時光所遺忘的某個倫敦角落。當我在進行翻修的時候，我的血汗與淚水真的是一滴滴滲入了每一吋空間之中，你幾乎很少幫忙，就算出手也沒幫什麼忙。當我們年輕的時候，我根本不敢妄想我們有一天能夠住在這樣的房子。也許你有吧，因為你的夢想總是比我的遠大。不過，你的惡夢也比較可怕。我們都過著那種寧可遺忘的童年，但是雄心壯志的種子在膚淺的土壤中長得最茂盛。

你怎麼敢在根本沒問我的狀況下，直接邀請他來到這裡？

我那天工作得好辛苦——好，沒有不敬的意思，但我的工作是貨真價實的工作，不只是坐在那裡瞎編鬼扯寫個一整天——我只想要回家，洗澡，開一瓶紅酒。我的鑰匙還沒插入鎖孔，就已經聽到屋內有人在講話，你和另外一個人。而且還有燒焦的氣味，我發現你在客廳裡與亨利．溫特一起喝威士忌，他在我們禁菸的屋內抽菸。一開始的時候，我以為只是我的幻想，但是那花呢外套與真絲啾啾領結卻已經產生了足夠的真實感。

「嗨，親愛的，我們有訪客……」你是覺得我自己看不到嗎？

要是換作其他人，一定可以看出我臉上的驚恐神色——但你沒有，你沒那個能力。但我覺得你還是可以從其他方式感受到我的極度不安，有時候，你展現的情緒智商就跟腦袋受損的青蛙一樣。

你們兩個都盯著我，等我開口說話，但我能說什麼？你們當中有個人對於狀況完全一無所知，而另外一個看起來則是樂不可支。

「好，這是亨利的新書……」你拿起一本亮紅色的真皮書，看起來開心得不得了，彷彿那是你自己寫的作品，想要得到稱讚一樣。

亨利聳肩，假裝謙虛。「恐怕是不合妳的品味。」

「沒有，真的不是這樣，我在真實世界中已經見識了太多的恐怖場景。」你也許無法判讀我臉上的神情，但我是判斷你面容變化的高手，如果表情可以殺死人的話，我現在早就躺在停屍間了。我與你之間劍拔弩張，所以亨利感受得到自然也不意外。

「來府上打擾真是抱歉。我去年賣掉了我的倫敦公寓，現在一直住在我的蘇格蘭隱蔽住所——妳和亞當一定要過來看一看——我和我的出版商明天要在市中心開會，但是我預訂的飯店在最後出了問題，妳丈夫堅持叫我住在這裡……」我不發一語。「……但我沒有打擾的意思，我還是可以——」

「親愛的，我們非常歡迎這位客人，是不是？」你打斷他講話，盯著我不放。

「當然，」我回道，「其實我只是回家換個衣服，等一下要去找朋友，希望你們今晚過得開心。」

我覺得我成了自己家裡不受歡迎的訪客。

我一整個週末都和我同事待在一起。某天我們去了藝廊，第二天去了電影院，我覺得自己充滿活力，很開心，而且自由自在。最近我喜歡找她相伴，而不是跟你在一起。她似乎跟我一樣，對動物的喜愛超過了人，難怪她會開始在「巴特錫流浪犬之家」當義工。她會聆聽我說話，對我講的笑話會大笑回應，她也跟我一樣偏好微波爐餐與罐頭食物當午餐——我從來沒有看過她吃沙拉或是任何的綠色蔬菜——不過，沒有完美的人，而且生命中有太多更可怕的成癮行為。

我在週末將盡的時刻回家，發現亨利已經走了讓我如釋重負。你似乎並不在意我去了哪裡或者跟誰在一起，讓我好傷心。你知道是某個同事，但是你連名字都沒有問，你只是盯著我，露出你的那種獨特神情。

「怎麼了？」我一直在撫逗鮑伯，他顯然比你更想念我。

「沒事。」你那種氣嘟嘟的幼稚語氣就是擺明了有事。「妳換髮型了。」

「只是剪短一點而已。」

你比較認得我的髮型，而不是我的臉，要是我動了髮型，似乎總讓你有些不安。老實說，只是剪短了兩三公分，多了一點挑染，但你注意到了還是不錯。我想要稍稍寵溺自己一下，我值得被好好對待吧。不過，我從你臉上看出你還有別的心事。

我問道：「你要不要現在告訴我到底是什麼事情讓你煩心？還是要等到吃完晚餐之後？」

「我沒有啊，」你嘛嘴，像是個被寵壞的孩子。「我今天寫完了我的劇本……不知道妳想不想去酒吧喝點酒慶祝一下？」我正打算要說出自己很累來婉拒的時候，你卻先發制人，講出更多的話堵住我的嘴。「而且，我不知道可否麻煩妳先看一下？然後我再寄給我的經紀人？」

你的心事，不只是出現在你的語氣之中，也在你的眼眸裡。

原來你還是需要我。

雖然你的生活當中到處都看得到出版界的同事與朋友，倫敦與洛杉磯都有，你還是把我對你作品的意見放在心上，就像我們初識的時候一樣。

「我以為我早就不是你的第一個讀者了？」現在輪到我擺出任性語氣。

「妳當然是啊，對我來說，最重要的一直就是妳的意見，不然妳以為我偷偷寫這些故事是寫給誰看的？」

我拚命忍淚。「我嗎？」

「幾乎一向如此。」

那樣的回答逗得我笑了。「我會好好考慮。」

「也許玩一場剪刀石頭布可以讓妳做出決定？」

「也許我們可以賭別的？」我逼自己要盯著你的雙眸。

「像是什麼？」

「就像是……我們是否應該要繼續在一起？」

「好，那我們就來吧。玩一場剪刀石頭布的遊戲，就可以決定我們婚姻的未來，要是我輸的話，就此結束。」

我已經不確定是誰在逼誰亮底牌，或者是真的要就此一翻兩瞪眼。我們每次玩這個遊戲的時候，你一定都讓我贏。我的剪刀會切斷你的布。每一次，都一模一樣。我不知道為什麼自己這次出的不一樣，但我出了新招。我嚇了一跳，因為你也做了一樣的事。

第一次，我們兩個出的都是石頭，平手。

如果我不改變選擇……那麼你就贏了。

第二次，我們出的都是布。

這場賭注遠遠超過了正常範圍，第三輪的小孩遊戲的氣氛極為緊繃。

我們又出手，我選擇變換，但你依然不變，你張開五指的布，包住了我的拳狀石頭，你贏了。

我說道：「我想這樣的意思就是要繼續在一起。」

然後，你以雙手握住我的手，把我拉過去。

「這就表示生活偶爾會對人造成改變，就連我們也一樣。與我們初識的時候相比，我們兩個人都已經成了不一樣的版本，從某些方面看來，幾乎是認不出來了。但我愛妳的所有版本。無論我們發生了多少改變，我對妳的感覺永遠不變。」我很想要相信你，我們已經走了這麼遠，你和我，我們同心協力辦到了，這就是我不能讓我們分開的原因。

我們沒有去酒吧，我們今年的結婚紀念日也沒有做些什麼，我反而是熬夜看你的作品。很不錯，可能是你的巔峰之作。覺得自己被別人需要，並不等於覺得自己被愛，不過，這已經相當程度讓我想起了我們以前的面貌。我想要再次找到那時候的我們，警告他們要小心，千萬不要讓生活大幅改變他們的本質。

我留下自己對於那份文稿的註記，還加上了送給你的結婚週年紀念禮物，全部都放在餐桌上，然後，天亮後早早去上班。那是一個兔子躍飛空中的黃銅小雕像。你一定會誤會這與《愛麗絲夢遊仙境》有關——那是我孩童時代的其中一本愛書——但你錯了。我之所以會買這個，是因為曾經有個老人教導我某個俄羅斯諺語，我相當喜歡：如果你要追逐兩隻兔子，最後每一隻都抓不到。

過了幾天之後，你送給我一個黃銅羅盤，上面鐫刻了這句話：

這樣一來妳永遠可以找到回來我身邊的路。

我這才驚覺，你居然一直以為我迷路了。

你的妻子

親親

艾蜜莉亞

亞當放棄了那台破胎汽車，立刻衝入小教堂裡面。我跟在他後頭，穿過了靴室、廚房，然後是客廳，最後，我們兩人都站在亨利．溫特秘密書房的正中央。亞當的目光掃視全場，我不確定他到底是要找什麼或是期盼挖出什麼，我比較喜歡我以為我們準備要離開時他所流露的那種表情。

這裡的主題絕對是白兔……全部躍然於壁紙、百葉窗，還有窗簾。對於一個喜歡書寫邪惡驚恐小說的八十多歲老人來說，這種裝潢選擇令人大吃一驚。不過，誠如亞當老是喜歡掛在嘴邊的那句話一樣，最好的作家通常與他們的角色完全沒有任何的共通之處。

亞當盯著我，臉上流露一抹奇怪神情。

「如果妳知道這裡到底是怎麼一回事，那麼現在也可以老實告訴我了吧。」通常他接到推銷電話時才會使用這樣的語氣。

「別想要怪在我頭上。你花了過去十年的時間，改編這裡的主人所寫的小說，我一直不喜歡他，也不喜歡他的書。而且我在這禮拜所看到的一切，都讓我聯想到你才是我們困在這裡的原因。」

亞當再次盯著那張古董桌，阿嘉莎．克莉絲蒂用過的那一張。深色原木，而且桌面相當小，但一共有十個內建的小抽屜，等到他逐一拉開來的時候我才注意到有抽屜，每一個看起來都像是迷你版的木盒，當他把第一個抽屜的東西倒在掌心時，掉出來的是一隻小型黃銅雕像。

「我以前看過這個……」他講完之後，已經動手翻下一個抽屜。

他在裡面找到了一隻紙鶴，就像是他總是隨身塞在皮夾裡的那一個。我默默盯著他，他的臉上似乎血色盡失。

我不喜歡看到我先生這樣。其他的人看到的都是我認識的這個男人的不同版本。他們不懂他的心情，或是他的不安全感，抑或是他經常被嚇醒的紅色和服外套女子被車撞到的惡夢。他夢到她的時候，不只是氣喘吁吁、滿身大汗醒來，有時候他會尖叫。亞當的這一生都在逃離那一段讓他驚嚇至極的記憶，雖然那男孩現在看起來像是成年男人，但是他其實變化不大。

在我眼中仍是男孩。

他打開另一個抽屜，拿出一只古董風格的金屬鑰匙。

下一個抽屜則裝滿了銅板，超過了上百個，每一個都有眼洞，挖了笑臉。

陶婚

年度詞彙：

格格不入。名詞。幽微但持續不斷的流離失所感受。無法辨認自己的期盼棲地，彷彿從來沒有家的感受。

二〇一七年二月二十八日——我們的九週年結婚紀念日

親愛的亞當：

我們的房子感覺再也不像是我們的家了，但至少你今年沒有忘了我們的結婚紀念日。我想，還算不錯吧。你又埋首在寫作世界之中，而我則忙著與別人從事其他活動。

我們寧可在家靜靜度過這一晚——就像我們大多數的夜晚一樣——但有香檳與外帶餐點慶祝標記我們的九週年結婚紀念日。我們一致同意在客廳用餐看電影是最好的消磨方式——默默坐在一起，只凸顯了我們最近很難找到話題聊天的現實。你給了我從某個倒數折扣網站購買的某堂陶藝課列印折扣券，我送給你一個寫有滾開啦我在寫作的馬克杯。我想要提議去找婚姻諮商師，不過，截至目前為止，一直沒找到合適的時間。我們兩人跋涉前行，如此小心翼翼，已經走到了停滯狀態。

當電鈴響起的那一刻，我的感覺是如釋重負，也很興奮。你跳起來去應門，而且在玄關那裡待了好久，我以為對方是你認識的人。不過，那是我同事，她在哭。看到你們兩個在一起的時候，我有點站不穩。我盡量不在她面前聊我們的事，但她老是一直追問，所以打死不說就顯得粗魯了。我的理由聽起來可能很傻吧，我覺得我只是想把她留給自己，純粹是我的某個朋友，與你完全沒有任何關聯。

我問道：「怎麼了？」我盯著你們兩個站在門口的畫面，你穿著拖鞋，而她穿高跟鞋，眼淚從臉頰撲簌落下。

她去年開始在巴特錫當義工。如果我們要給在慈善團體工作的每一個人薪水，那麼我們很快就會破產了。義工幫助正職人員處理一切工作：照顧動物、幫牠們洗澡、遛狗、餵食。他們會清狗籠，在活動的時候進行宣導與募款，甚至還有些人是我辦公室的幫手，這就是我們認識的過程。今年稍早的時候，我投桃報李，為她拿到了全職有薪的工作。

所以我們現在幾乎是天天見面。

我的同事們對她的態度並不像我那麼熱絡。他們大開玩笑，要不是因為我是金色長髮，而她是一頭亂糟糟的淡棕色捲髮，早就被人誤認為我們是雙胞胎了。不過，我覺得絕大多數的惡毒評語都是吃醋，閒言閒語幾乎一直都是嫉妒的私生子。她很害羞，與他人互動很彆扭，會有那種讓大家起疑的行為舉措。她也是那種話超少的小孩，對於自己說出口的一切總是充滿懷疑，仔細掂量字字句句，彷彿擔心可能哪裡不適當。不過，今晚並非如此。

她以手背擦了擦滿是淚痕的臉龐。「真抱歉這樣不請自來……」她身穿超大號帶帽羽絨衣，跟她的高跟鞋一點也不配。

「怎麼了？妳還好嗎？」我才剛問，她就開始啜泣。「快進來……」

「不行，我真的不能這樣，亞當說這是你們的結婚紀念日……」

你的名字從她的唇間冒出來，我覺得聽起來好詭異。

「哦，別擔心，我們已經結婚快十年了，根本都不上床了呢。」

你瞪我的那種表情真是有趣。

當她接受邀請的時候，我不知道自己是做出了什麼表情，她走進來，拉下帽兜，露出了一頭金髮。本來的亂七八糟捲髮不見了，現在是時髦直髮，就和我的一樣，而且染了跟我相同的髮色。

「哦……」她脫外套的時候發現了我的反應。「我剛弄了頭髮。」

「我看得出來……」我繼續觀察她的其餘改造工程。她身穿運動衫、老舊牛仔褲，以及運動鞋的一貫打扮——我認識她以來幾乎就一向如此——如今卻換成了緊身紅色洋裝。她看起來變得不太一樣，但還是很有熟悉感：她看起來就跟我一樣，就連講話也有點像是我的口音。我習慣的東區腔不見了，但話說回來，許多人在緊張的時候腔調就會不一樣，而她在你身邊似乎超級緊張。

「我想要打扮得漂漂亮亮，因為我剛剛有約會……但那個人很壞。他說他想來接我，我以為他是老派的好人，但他現在知道我住在哪裡，我沒有邀他進去，他立刻威脅我，而且態度挑釁……抱歉，除了妳之外，我在倫敦不認識任何人，所以……」

你說道：「沒關係，妳現在很安全，要不要來杯香檳緩解心情？」她露出微笑，牙齒似乎比以前更白。

當我們有觀眾的時候，你一定會變成更可愛的先生。

當我們三人坐在客廳，喝我們的結婚紀念日香檳，聽她訴說有關單身生活的無盡恐怖故事時，我覺得她好可憐。我無法想像在我們這個年紀的時候孤零零一個人，整個世界變化如此巨大——網路約會、快速約會、約會應用程式——聽起來都好可怕。我以前從來沒發現——也許是她平常一身寬鬆T恤加老舊牛仔褲掩飾得很好——不過，當我朋友努力打扮的時候，她超美。如果連她的單身生活都如此辛苦，那麼像我們這樣的普通人會是什麼下場？我觀察你盯著她的模樣，你的態度如此和善又體貼。當你們在客氣閒聊的時候，她一直保持燦笑，彷彿在今晚結束之前，她有什麼微笑配額必須達標一樣。我們又開了一瓶酒，坐在那裡聆聽她訴說與恐怖男子的驚悚約會，我這才驚覺自己有多麼幸運能夠擁有一個好男人。

當我們上床的時候，你對我輕聲細語說道：「終於見到了妳的另一半……」她在我們的客房睡著了，她喝下了那麼多的酒，其實也不需要壓低你的聲量。

「我不知道以前為什麼一直沒有邀請她到家裡來。現在我仔細回想，不確定她是怎麼找到我的——我根本不記得我曾經把我們家的地址給了她——但她來到了我們家，我還是很開心。」

「根據妳對她的描述，我覺得她和我想像中的很不一樣，她似乎……還不錯。」

「你的語氣像是我以前在羞辱她一樣，你是不是覺得她很漂亮？」

你哈哈大笑。「沒有。」

「真的嗎？就連那頭髮、高跟鞋，還有化妝都沒辦法讓你——」

「真的沒有。而且，我都看不到，記得嗎？我只能看到人的內在。」

「那你看到了什麼？我說的是內在。」

「演員。我認識很多，一眼看穿不是問題。」

我哈哈大笑。「太扯了……她平常是個膽小鬼。」

「並不是所有的演員都站在舞台上，某些演員在我們之間四處走動，佯裝自己是正常人。」

我們一起哈哈大笑，你把我摟得更緊了。外頭天寒，能夠窩在暖暖的床上真是神奇，與某個妳愛的人共享體熱，或者，應該說曾經愛過的人。不過，純粹在床上抱在一起，並不表示我們對一切抱持相同意見。

我問道：「你看到我的內在是？」

「還是跟以前一樣，妳是我美麗的妻子。」

你盯著我，我覺得你看出了我的心事。

我問道：「我們是怎麼了？」我以為你會別過頭去，或是轉換話題，但並沒有。

「我不是十年前的我，妳也一樣，沒關係。我們要追問自己的唯一的問題就是，我們喜歡現在的自己嗎?今晚聽到妳朋友說的話,讓我覺得自己既孤單又幸運。一段關係是否成功,無法光靠時間長度作為衡量基礎。我喜歡我們每年慶祝這些婚姻里程碑,甚至看到在一起七十年的老夫老妻新聞也會讓我露出微笑,不過,我也覺得一夜情的深刻程度可能超過了某些婚姻。重點不是某段關係會持續多久,而是讓你學會有關彼此與自我的種種。」

「你要說的是什麼?」

你露出微笑。「剪刀石頭布。」

「什麼?」

「妳聽到我說的話了,剪刀石頭布。要是妳贏的話,我們就永遠在一起。」

我們上次玩那個遊戲是一年前的事了。不過,你還是跟以前一樣讓我贏。我出剪刀,切斷你的布。這樣說可能很愚蠢,但我覺得這是一個預兆,也許我們更接近以往的自我吧。

我問道:「要是我輸了會怎麼樣?」

「反正我們就是永遠在一起,因為我愛妳,萊特太太……」你伸手摟住我的腰,就算這是醉言醉語,我也不在乎,你一整天都在與文字為伍,但這是我唯一需要聽到的三個字。

「我更愛你……」

談戀愛的時候,我是那種把所有雞蛋放在同一個籃子的女孩,這種方式很危險。只要一次慘摔,或是發生不幸,那麼我所在乎的一切就會破碎崩解。當我找到你的時候,我找到了我的真命天子,自此之後,我對其他人真的沒有需要與想望。無論對錯,我已經把自己的所有情感投注在我們之間，我吸納你的期望與夢想，把它們當成了自己的一樣疼愛。我好在乎你，已經沒有任何餘力照顧其他人，甚至是我自己。能夠容下我們兩人的社交圈，我已經心滿意足，我覺得有你就夠了，但我總覺得你對我的態度並非如此。也許那也可能會發生改變吧，也許要是我努力少愛你一點，那麼天秤可能會稍微向我傾斜，而你也許會多愛我那麼一點點？

我很在乎我的同事，但是我不希望自己最後變得跟她一樣。看到她待在我們家的模樣——如此寂寞、悲傷又心碎——有點像是某種警鐘。因為別人的不幸而讓你體悟到自己擁有什麼，真是荒謬極了。我們不能再把彼此的存在視為理所當然。這是別人不會告訴你有關婚姻的另一件事；有時候它很棒，有時候它很糟糕，並不表示它就此結束。也許最好或最壞就不過如此了？所以，雖然我們的房子似乎已經不再像是一個家，但我會努力修復它，我也會努力修復我們之間的關係，即便是要去做婚姻諮商，或是妥協，抑或是偶爾出去走走，只有你和我……加上鮑伯。也許所有的婚姻都有秘密，而能夠保有婚姻的唯一方法就是不要戳破秘密。

你的妻子

親親

亞當

「這是什麼意思?」我一手拿著裝滿銅板的抽屜，另一手拿著寫有「滾開啦我在寫作」的破杯。我也許有眼盲症與奇怪的神經系統失調毛病，但是我的記憶完全沒有問題(大部分的時候是如此)。這張書桌塞滿了這些年來我的結婚紀念禮物。「這全是妳搞的花樣?」

艾蜜莉亞回我:「什麼?不是!」

我盯著她，想要搜尋真相，但是我連她的臉都看不清楚，她的五官宛若梵谷的畫在不斷漩流。有時候我可以靠髮型或是髮色去認人，或者是特殊的眼鏡，有時候我完全認不得。

「那妳要怎麼解釋這一點?」我回到書桌前。「是妳安排了這一趟蘇格蘭小旅行，妳開車把我們載來這裡……」

「這週末的事我提不出任何解釋。」

「是不能，還是不願意?妳已經知道亨利．溫特死了?」

「我覺得你需要冷靜。我什麼都不知道，依然搞不清楚狀況，不過……」

我逼問她:「什麼?」

「你說亨利九月的時候交出了某本新書，但我們現在知道他早在一年前就死了。」

「所以呢?」

「所以，萬一是別人寫的呢？」她對我大吼大叫，我這才發現我剛剛也在對她狂吼。這念頭真是太荒謬了。那本書出版之後已經賣到了全世界，難道她真的以為如果是別人寫出了亨利・溫特的小說，難道不會有任何人——包括他的經紀人、出版商、成千上萬的粉絲——發現這件事嗎？但我算了一下時間，她說的沒錯，兜不起來。

我回她：「不可能……」我腦中的答案其實沒那麼肯定，不過我不想要告訴我妻子。

作家是一種詭異、無法預測的生物。想要當作家，需要耐心、決心，以及足夠的自我要求能力，才能夠在未知狀況下獨力奮戰，遇到黑暗企圖吞沒他們的時候，還要具備持續不墜的自信。他們都很努力——我懂。所有作者還有另一個共通點，好聽的說法是怪癖，難聽的說法是瘋狂，亨利會不會因為是基於某種原因而詐死？

艾蜜莉亞說道：「我們剛剛都看到某人進入小教堂，記得嗎？我們要怪罪的其實是這個人，而不是彼此……」

「那個在農舍裡的女子呢？」

「帶著蠟燭與白兔的女巫？你說過她很老……」

「我說的是她有一頭灰髮。我們到這裡之後，似乎也沒看到其他人。」

「好，那我們就回去，再次敲她的門。最糟糕的狀況就是，她下咒，把我們也都變成了小白兔……」艾蜜莉亞的語氣超出了應有的平靜。

也許是因為她早就知道這裡出了什麼狀況，現在只是在演戲。

我背著妻子偷吃，一直覺得很歉疚，但聖人艾蜜莉亞也與她不該上床的人搞在一起，她彷彿為了省事，忘了這段過往的那一個部分，但是我沒辦法。「叫我帕蜜拉」說，我們必須要繼續走下去，學習放下它，但對於我妻子撒謊如此輕而易舉，依然讓我好震驚。

我真希望現在可以看清楚她的臉，就像是其他人一樣。不知道她是否面露驚恐？或者她的表情就像她的語氣一樣鎮定？如果是這樣的話——我們明明被困住了，而且很可能身處在險境之中——為什麼她不像我這麼害怕？她似乎忘了她鍾愛的狗兒，因為某件事而撒謊，我根本不知道是什麼，讓我覺得好驚恐。鬼影幢幢的婚姻，就跟鬼影幢幢的房子一樣可怕。

「跟我來……」我牽起她的手——她一直抱怨這個動作我做得不夠多。

艾蜜莉亞的面孔與聲音也許不會洩底，但是她沒有辦法控制她的呼吸，如果她真的緊張或是害怕，這一點一定最先露出馬腳。

我們走到了通往二樓的老舊迴旋木梯，我指向牆上的那些黑白照片，打從我們一到這裡，就讓我困擾不已。

我問道：「這些照片裡的人是誰？妳認得哪一個嗎？」

我看得出來，階梯最下方那些照片裡面的人物都身穿維多利亞時代的服裝，比較接近上方的照片年代比較沒那麼久遠。我可以看出某些人是成人，某些是小孩。不過——跟平常一樣——我沒有辦法辨識任何人的臉。

艾蜜莉亞搖頭，所以我帶她上樓。

「現在呢？有沒有看起來熟悉的人？」

「亞當，你嚇到我了……」我從她的呼吸聽得出她說的是真話，正當我要道歉的時候，她又再次開口。

「等等，我想這是亨利青少年時期的照片……下面這一張看起來也有點像是他，不過年紀比較輕，還有一男一女，也許是父母吧。」

我不想她停下來。「所以這算是某種家族系譜了，繼續下去……」

「我相當確定大部分的照片都是亨利，我現在才注意到，不過之前也沒有為了要找什麼而特別細看。他比書封與報紙上的面容年輕多了——所有的照片都是陳年舊照。」

現在，我放開了她的手。

我自己盯著那些照片，想要看清楚她眼中的畫面，但只是徒勞無功。

艾蜜莉亞突然在階梯頂端停下腳步。我問道：「看到其他熟悉的面孔嗎？」我發現她不停在轉動套在手指中的那個藍寶石訂婚戒。

「還有某個小女孩的一些照片……等等。」

「什麼？」

「這裡先前並沒有這些照片，你記得嗎？之前只有三個褪色的長方形，還有牆上的生鏽釘子，有人把照片放回去了。」我打算要問是不是她，但還是忍住了。

「我覺得這張照片是——」

她話還沒說完，我卻發現到她後頭有異狀。

我打斷她，直接衝過去。「有一扇門開了……」

昨天晚上，除了我們臥室以及通往鐘樓的房門之外，梯台上的所有房門都鎖了起來。但現在有另外一扇房門大敞，我發現自己進入的是某間兒童臥房。

這裡的一切都佈滿灰塵，就像小教堂其他地方一樣，但這裡到處都有蜘蛛網。空氣腐濁，彷彿好幾個月都不曾通風，也許更久吧。讓我緊盯不放、最令人毛骨悚然的東西是放在房間正中央的巨大娃娃屋，看起來是古董，而且跟我們倫敦的房子超像——維多利亞雙立面豪宅。我忍不住打開了娃娃屋的大門，當我發現裡面房間的裝潢與我們家風格近似的時候，我開始覺得想吐。每一個小房間裡面都有兩個木刻娃娃，但那並不是艾蜜莉亞與我的縮小版，其中一個是娃娃尺寸的老人，身穿花呢外套，戴啾啾領結，另外一個則是小女孩娃娃，穿的是紅衣。在每一個逼真場景之中，他們都手牽手，而且老人都一直抽菸斗。我湊前細看，發現那些菸斗的杯體與握柄都是真正的橡木。

艾蜜莉亞問道：「你有沒有看過這個？」

她手裡拿著一個老舊的音樂盒[6]。我自己小時候有個跟它一模一樣的東西，把我嚇壞了。一開始的時候，我不明瞭它的含義，當我看到Jack被劃掉，現在名稱成為Jack-in-the-Box的時候，我才恍然大悟。

在我小時候，我母親曾經教過我這種東西的法文：diable en boîte，字面意義就是「盒內的魔鬼」。有這麼多意想不到的物品會讓我想起了她，每當她進入我腦海的時候，她過世當晚的場景就歷歷在目：大雨、車子急煞的恐怖聲響、她那件在空中飄飛的紅色和服外套。那隻狗是我的，我求她讓我養狗，但後來我根本沒照顧牠。如果十三歲的我自己遛狗，遵守我的諾言，那麼她就不需要因為走在人行道而遇害身亡。

我的手指似乎完全不聽腦袋使喚，不由自主找到了音樂盒的手柄，開始慢慢轉動。它開始播放懷舊的曲調，我母親的歌聲也在我腦中浮現。

我母親教導我如何縫紉
如何引線穿針
每當我手指一滑
砰！去追黃鼠狼

雖然我早就知道盒內的小丑會突然冒出來，但還是嚇了一跳。它一頭亂糟糟的紅髮、大花臉、藍點服裝，看起來很可怕，比我孩童時代的那一個更驚悚，因為它的眼睛不見了。

我想我明白這個稱不上隱晦的訊息，但我還沒有看到的到底是什麼？

---

❻ Jack-in-the-Box。

當我轉身端詳臥室其他部分的時候，我發現壁紙、窗簾、枕頭，以及棉被都佈滿了褪色的同一個主題：知更鳥[7]。然後，我看到了放在角落的孩童立架式黑板。上頭的粉筆字跡已經變淡，顯然是多年前所留下，但我依然看得很清楚：

我不能講故事。

我不能講故事。

我不能講故事。

[7] Robin，發音為蘿蘋。

錫婚

年度詞彙：

轉念。名詞。心境的變化，觀念、自我，或是生活方式的變化過程。

二〇一八年二月二十八日——我們的十週年結婚紀念日

親愛的亞當：

其實這不算是我們的十週年結婚紀念日，我寫這封信的時間晚了一點，因為出了那件事。

我本來以為我們今年過得很不錯，我以為我們很幸福。我是這麼覺得，我以為你也作如是想。從外觀之，我們的婚姻絕對是相當穩固。但我這個蠢到看不清容易受騙的傻蛋錯了。我現在知道了真相，一切似乎都是假象，我覺得我彷彿被困在某個雪花球裡面，只要再多搖那麼一下，我就會徹底消失。

許久以來，我一直覺得有人在監視我們。但我沒有辦法仔細解釋那種感覺，或者將其形諸於文字，但是我很清楚，我們兩個都知道自己被人監看，無論是在工作、在遛狗，或純粹在地鐵的時候都是如此。某人朝你的方向緊盯不放，時間久得異常，你會感覺得出來，一定知道，這是本能。

通常，當我下班回家的時候，你還在你的寫作小屋裡。不過，就在我們十週年結婚紀念日的前一個晚上，我發現你坐在客廳裡，沒開燈，在英國廣播公司的播放平台上觀看《葛拉漢·諾頓秀》以前的某一集節目。亨利·溫特一向不接受訪談，這一點大家都知道，不過，為了慶祝他在這五十年當中出了第五十本書，他去年同意破例一次，我們當時一起看了那一集。葛拉漢·諾頓和以往一樣風趣充滿魅力，不過，我記得當他介紹亨利的時候，我好想吐。某個我幾乎已經認不出來的老人，一跛一跛上了舞台，然後坐在紅沙發上頭。銀色兔頭把手的拐杖，是他花呢外套加啾啾領結標準打扮之外的新配件，還有一個我們也從所未見，他臉上的笑容，感覺他的肌肉很痛。

我真希望我們沒有看到那一場訪談，但我們還是看了，而且昨天晚上我發現你看了一遍又一遍，看個不停——亨利·溫特提到你的那一段。我靜靜站在我們家的玄關，看著你不斷倒帶，一共放了七次。

葛拉漢傾身向前。「好，告訴我，我絕對不說出去……」觀眾們哈哈大笑。「……關於你作品的影視改編版本，你真正的想法是什麼？」

亨利滿佈縐紋臉龐的假笑消失了。

「我沒有電視機，我一直偏愛的是閱讀。」

「但你一定有看過吧？」葛拉漢堅持逼問，他喝了一小口白酒。

「我看過。我不能說多喜歡，但有人說服了我，就讓那編劇試試看吧——我還沒答應之前，他前途一片灰暗——而且，就算我不喜歡他對那些書所做的改編，還是有很多人超愛，所以……」

葛拉漢哈哈大笑。「哇，希望他沒看到這節目！」

但你在看，我也是。我想你自此之後就沒有與亨利講過話，也沒有任何文字往來。對於亨利所說的話，你怪罪你的經紀人，我覺得很糟糕——我喜歡你的經紀人，在這個有時候很糟糕的產業當中，他是裡面的好人之一——但我還是不能告訴你真相。我覺得我們之間終將會回到正軌，如果讓你知道亨利一開始就答應讓你改變他的作品的原因其實是因為我，似乎不太妙。

我不知道你為什麼要在一片漆黑之中觀看亨利批評你的那一集舊節目，我不知道你為什麼依然在意他的想法。然後我發現那瓶喝了一半的威士忌——亨利最愛的品牌——就放在你的英國演藝學院電影獎獎座的旁邊。一入行就到了巔峰，很殘忍的事。有時候最好一開始的時候從小做起——才能夠有成長的空間。

我悄悄退出玄關，狠關大門，然後直接衝上樓，我大喊：「我要去沖澡……」這樣一來，你就不會覺得我剛剛看到你在做什麼。等到我下樓的時候，電視已經關了，威士忌消失，而英國演藝學院電影獎獎座也放回了櫃架。我不知道你崩潰卻佯裝沒事，到底是裝了多久，我每天回家的時候，你都在跟我演戲。你從事這樣的工作，等於得花許多時間獨處。也許，有時候過頭了吧。

我想要修補你的創傷，但是卻不確定該怎麼做才好。

第二天——我們的結婚紀念日——我決定提早下班，想要讓你開心，給你一個驚喜。光是從花園小徑走進去的時候，我就覺得不對勁，你為了五週年結婚紀念日在草坪中央種下的那株木蘭似乎快死了。這很可能是什麼預兆，但我選擇置之不理，還是讓自己與鮑伯進入屋內。一切寂靜，就像是你在外頭的寫作小屋一樣，你平常幾乎都在那裡。廚房桌上有焗豆罐頭——我猜想這一定是某種玩笑吧，我知道結婚十年的傳統紀念禮物是錫。我微笑，直接上樓，朝我們的臥室走去。我打算轉換一下，花時間打理自己而不是那些流浪犬，然後，給你一個驚喜。

不過，卻是你嚇了我一大跳。

你還待在床上。

旁邊是我的同事。

那天早上，她打電話請病假，現在我知道為什麼了。

當我走進去的時候，一切都靜止了。我說的不只是你，或是她，抑或是你們正在做的事。我說的也不只是自己停止呼吸——雖然我覺得自己還有吐納——彷彿時間也靜止不動，等待我生活的碎片飄落，看看它們最後會落在什麼地方。

我就只是站在那裡，盯著不放，無法理解我眼前所見的一切。

她微笑，我一直記得那件事。然後，我記得你的目光在我們之間擺盪：你站在門口的妻子，你躺在我們床上的蕩婦。

「我以為她是妳……」你趕緊以床被裹身，我沒吭氣，你又說了一遍。彷彿說出第二次就沒那麼像謊言了。「我以為她是妳……」

光想到說謊就會讓你面紅耳赤，你滿臉通紅。

對於我自己接下來的行為，實在沒什麼好說的。我真希望自己當場說出什麼漂亮的話，但我一直是那種要等到事發許久之後才知道該說什麼的人，即便到了現在，對於我在那個下午所看到的畫面，我也還是找不出合適的字詞。所以我什麼都沒說，但是我走向花園小屋，抓了鏟子，然後從我那本來很完美的前院草坪把那棵該死的木蘭挖出來。她離開了，你只是一臉驚恐盯著她，那時候的木蘭已經長得比我還高，但我還是把它拖進大門、上樓，牆壁因而有了刮痕，後頭也留下一堆泥巴與斷枝。然後，我把它丟到你跟她睡在一起的那張床，把它當成了小嬰兒，塞入床被下方。

我在打包的時候，你對我說道：「妳想要修補婚姻，要我做什麼都可以。婚姻諮詢嗎？還是度假？我們可以去蘇格蘭，就像我們度蜜月的時候一樣好嗎？什麼都可以好不好？」

不過，我想現在沒有任何辦法可以修補我們的關係，你說是不是？

你的妻子

艾蜜莉亞

亞當依然沒有拼湊出全貌。

他盯著這個全部都是知更鳥的小女孩房間，表情宛若迷路的小孩。然後，我握住他的手，把他帶回梯台那裡。我們站在迴旋梯的頂端，我指向牆上的最後一張相框。

他問道：「這是誰？」但我現在很確定他一定知道答案了。有臉盲症，也不會阻礙人看清真相。

臥室的老爺鐘突然發出鳴響，我們兩個都嚇了一跳……我本來以為它已經不會動了。

「那是你……」然後，我們一起端詳那照片：他為了婚禮而特地穿上的狀似昂貴的西裝、他雙肩上的紙花、戒指、幸福的笑容……而且相片裡還有別人。「亨利出現在背景。我們兩個都知道他並沒有受邀，但他站在那裡……看起來是登記處外頭的馬路……再加上這張照片出現在他的家族照片牆面上，看來他不只是把你當成了為他改編小說的編劇而已。」

亞當依然不明白。

這並不容易，但我先生現在必須要知道真相，而且必須由我告訴他。

「這婚禮照片裡的女人不是我。」

亞當

「妳這話什麼意思？」我盯著某對新人的照片，他們的臉我全都不認識。

「這是你第一次結婚的照片，你娶蘿蘋的時候。」

我們默默站在梯台的頂端，我想要努力搞清楚艾蜜莉亞剛才說的話，我們似乎就這麼一直站著不動。

「我不明白……」

「我想你很清楚，」她說道，「我想你雖然娶了蘿蘋有十年之久，但她從來沒有對你說出她就是亨利．溫特的小孩。她應該自小在這裡長大，而那個小女孩的房間就是她以前的臥室。」

我盯著我第二任妻子的臉龐，久久不曾移動視線，彷彿想要確定這是不是什麼惡作劇。不過，梵谷的漩流又回來了，我緊抓欄杆保持平衡。

「荒唐，不可能！」

艾蜜莉亞搖頭。「我知道你沒辦法看清楚，但是這些牆上的照片……昨天消失的那些……全都是你前妻的照片。這是你與蘿蘋結婚時的照片，後頭還有亨利在現場搞怪。」她指向下一張照片。「這張是比較年輕的蘿蘋，我想是十幾歲吧，坐著小船在黑水湖釣魚，還有這張……」她的下巴朝最後一個相框點了一下。「……某個小女孩，很像蘿蘋，她坐在亨利的大腿上看書，而他在抽菸斗。」

我的心在時間軸裡來回狂奔，我大聲說出自己的念頭。

「不可能，亨利沒有小孩……」

「墓園裡的墓碑不是這麼說的。」

「蘿蘋一直不想提起她的家人，尤其是她的父親，她說他們很疏遠……」

「這一點我從來不曾懷疑，不過我猜她從來沒有把他的身分告訴你，一定有什麼原因。」

我再次端詳照片裡的那些面孔，不過，即便我現在知道應該要找的人是誰，但看起來還是都一樣。

艾蜜莉亞說道：「我知道你沒辦法看清楚，所以你必須要信任我……」她勾引了我，她最好朋友的先生，叫我相信她已經成了讓我很為難的事。「這些全都是你前妻的照片，她小時候的那種模樣，就跟亨利的小男孩臭臉一模一樣，不可思議的相似程度。可以說他們是相隔了四十年的雙胞胎，或者，也該是接受事實的時候了，蘿蘋是亨利的女兒。」

她說出的那些話彷彿像是對我甩巴掌、捏我、揍我。我不明白，但我慢慢開始相信艾蜜莉亞所說的話。

「我不懂，為什麼他們兩個都沒有告訴我這麼重要的事……」我痛恨自己語氣中的可悲感。我也許沒有辦法看到外在美，但是蘿蘋是我見過最富有內在美的人。只要當她跟我身處在同一個空間當中，我就可以感受得到。其他人一見到她的時候，也會立刻產生相同的感覺——她就是這麼好，這麼真懇，這麼誠實。我無法想像她會對我撒謊，遑論這麼嚴重的謊言。

艾蜜莉亞問道：「也許他們兩個都不想告訴你是因為有苦衷？你先認識誰？你改編亨利・溫特作品的計畫是怎麼出現的？」

我回想起快樂的那一天，當時蘿蘋和我住在諾丁丘的某棟地下室爛公寓。當時的我們擁有的不多，但遠遠超過了我現在所擁有的一切。我們是熬過辛苦童年、孤獨在世的相同靈魂，最後找到了彼此。不管怎麼樣，蘿蘋總是對我與我的作品深信不疑。在沒有任何人相信我的時候，她相信我，而且只要我需要她，她一定在我身邊，而且根本不求任何回報。我知道艾蜜莉亞盯著我，等我說出答案。

「我失業的時候，我的經紀人突然打電話給我，他說亨利・溫特邀請我到他的倫敦住所與他會面……」那是我想要盡快忘卻的某段最美好的記憶。

「那是正常狀況嗎？」

一開始的時候，我沒吭氣，我們都知道那並不正常。「嗯，他的經紀人死得相當突然……」

「死因是什麼？」

「我不記得了……只記得很震撼，他的經紀人相當年輕。」

「你和蘿蘋之間的人就這麼死亡或人間蒸發，真是奇怪。」

「什麼意思？」

「其實她沒什麼朋友。」

她不需要朋友。她有我，不論對錯，我就是她的想望，但我卻把這視為理所當然。我說道：「她交朋友不成問題……」我發現我在護衛前妻。「大家都喜歡蘿蘋，她只是很少喜歡別人而已。」

我與十月．歐布萊恩共事的時候，蘿蘋立刻與她成為好友。

「十月死了，而且廚房裡有個抽屜塞滿了她的剪報。」

「妳不會真的那麼想吧……那是自殺。蘿蘋也是妳的朋友，當妳還在巴特錫當義工的時候，她幫妳爭取到正職，她對妳很和善，而且信任妳……」

「重點不是我。你之所以能與某位國際暢銷作家的那場意外會面，是因為你正好與他女兒住在一起吧？」艾蜜莉亞彷彿大聲說出了我內心深處的恐懼。「我想在你與蘿蘋結婚的那十年當中，你一直是亨利．溫特的女婿，你只是不知道而已。」

我低聲說道：「鮑伯……」

「他怎麼了？」

「他是蘿蘋的狗。當初是她從巴特錫把他領養出來，把他當小孩一樣疼愛。如果是她帶走了他，那麼至少他安全無虞。」

艾蜜莉亞問道：「你真的覺得這一切都是她搞的嗎？」

「不然呢？此時此刻，最重要的問題是我們為什麼會來這裡？還有為什麼是現在？如果她想要報復，也等得夠久了。所以她現在想要什麼？為什麼要騙我們來蘇格蘭？」

「我不知道，她是你的前妻。」

我問道：「她以前是妳的朋友。我記得當妳說妳贏得免費週末度假的時候，電郵裡註明只能在這個週末過來，對嗎？」

她聳肩。「對，但為什麼呢？這個週末有什麼特別的嗎？」

「我不知道，今天是幾號？」

「星期六……二月二十九號。是閏年，我根本沒注意到，有什麼特殊意義嗎？」

「有，」我回她，「那是我們的結婚紀念日。」

她神情困惑。「但我們是在九月結婚……」

「不是我們的，我是在那一天娶了蘿蘋。」

蘿蘋

蘿蘋記得自己離開倫敦那間房子的情景，也就是她發現亞當與艾蜜莉亞同在一張床的那一天。她還記得那棵木蘭，還有脫掉了原屬於亞當母親的那一枚藍寶石訂婚戒，加上她的婚戒，把它們留在廚房的桌子上面。至於其他的部分，再怎麼回想也只是一片模糊。她抓起自己的包包，還有一些自己鍾愛的物品，然後上了自己的車，開車走人。她不知道自己接下來要做什麼，或者該去哪裡。她只需要到遠方，離他們遠遠的，越快越好。她最大的疏失就是拋下了鮑伯，人生在世，說沒有悔恨都是騙人的。

就在這個時候，亨利打電話來，他告訴她，他快要死了，還有請她回家。

蘿蘋已經多年沒有跟她父親講話，不過，就在那個下午，一連串的墜落之星卻排成一列，帶引她回到她小時候逃離的那個家。其實，她已經無處可去。

蘿蘋依然記得艾蜜莉亞一開始在「巴特錫流浪犬之家」當義工的情景，還有她自己是如何對這個膽小孤單的傢伙動了憐憫之情，就像是她對待那些到達中心的棄犬一樣。她協助艾蜜莉亞取得正職，有了穩定生活，還結為朋友，而這女人卻偷走了她的丈夫作為回報。艾蜜莉亞現在染了金髮，一身時髦裝扮，看起來變得很不一樣，而且還挽著蘿蘋的前夫。不過，被朋友背叛固然可怕，但蘿蘋最先怪罪的是亞當，一切都是他的錯。

再也不是這樣了。

現在，她怪罪的對象是他們兩人，也就是這個週末的真正重點，為什麼她要把他們騙來的原因。

蘿蘋一生中只歷經過三次的悲痛時刻：

當她放棄懷孕產子。

當她丈夫背著她偷腥。

當她母親淹死在爪腳浴缸裡。

全世界都覺得那是一場意外，但其實並非如此。蘿蘋一直認為亨利必須為她母親之死負責，這就是他把她送去寄宿學校的真正原因，而且當她年紀大到可以離家出走永不回頭的時候，立刻就揮別一切。當初她母親把那間蘇格蘭小教堂改造為可愛的家，他卻幾乎把一切全部都抹消了。第一批丟掉的就是浴缸。她母親熱愛烹調，所以亨利幾乎把所有的廚房櫥櫃與抽屜都扔了，最後一切物品都剩下兩件：兩個盤子、兩套餐具、兩個杯子。沒有深鍋，完全不留鍋子或平底鍋。烹調的氣味讓他想起了亡妻，所以以前的管家會在自家做好大批餐點，然後塞入小教堂的冷凍庫，這樣一來，他們兩人都不會餓死。蘿蘋努力保存母親的遺物，其中包括兩把鸛鳥狀的金銀色刺繡專用剪刀——她母親喜歡縫紉，熱愛的程度就與烹飪一樣——她一直藏在床底下。她一直不相信母親之死是意外。閱讀與書寫犯罪小說的人都知道，殺人之後依然可以逍遙法外的方法數也數不盡，蘿蘋懷疑一直就是如此。

她的父母彷彿在演出一場悔不當初的劇碼。

漠不關心等於是某種放棄的形式嗎？蘿蘋覺得就是。不過，自從她母親死掉之後，狀況更是雪上加霜。她的世界變得好渺小寂寞，速度飛快。亨利覺得花錢就可以解決問題，就像他一貫的風格一樣，這也就是她長大之後不拿他一毛錢的原因。她寧可睡在冷得要死的農舍裡，只有一個戶外廁所，也不願意住在他的地方。就許多方面看來，他的錢都是血腥錢。

亨利在蘿蘋母親死掉的時候，買下了最豪華的娃娃屋。每一個房間裡面都有兩個娃娃，其中一個很像是亨利，另外一個是迷你版的蘿蘋，取代他們真實破碎之家的幸福娃娃屋。他利用自己的木雕工具刻出了小娃娃，就像是小教堂外頭的那些雕像一樣，還有他多年來在抽菸斗或是啜飲蘇格蘭威士忌的時候雕刻的那些知更鳥形狀的木鳥。

沒有其他人知道蘿蘋母親的真正遭遇，沒有人起疑心。亨利甚至還在多年之後寫下了一本名為《淹死自我哀愁》的小說，內容就是以浴缸殺妻的那人為主角。這不禁讓蘿蘋質疑他的故事會不會根據的是真實？而非虛構？這個念頭讓她嚇得半死。這本書很暢銷，她寄宿學校裡的每一個人都在熱烈討論，甚至連老師也不例外。

蘿蘋因此受到鼓舞，寫下了自己創作的小說。她的英文老師大為驚豔——在蘿蘋不知情的狀況下——於學期末寄了一份給亨利，還稱讚講故事的天分顯然是家族遺傳。內容是關於某個在真實生活中經常犯罪的小說家，將罪行寫在自己的故事裡，而且總是殺人之後能夠逍遙法外。

蘿蘋在那個聖誕節回家的時候，亨利幾乎不和她講話。一如往常，他把自己關在他的秘密書房，與他自己的愛書窩在一起。某天下午，她發現自己的洋娃娃在浴室水槽裡漂浮，就像是被淹死一樣，宛若她母親當年在爪腳浴缸裡的情景。當她在聖誕節早上醒來的時候，掛在床尾的襪子裡並沒有禮物，當晚唯一發生的變化，就是蘿蘋的頭髮被剪掉了。她睡覺的床頭邊留下兩條金髮長辮，而床邊桌上面放的就是她母親的美麗鸛狀剪刀。

亨利．溫特不只是書寫禽獸的故事而已，他自己就是禽獸。

因為她在學校裡寫下了那個故事，他逼她寫下這些話當作處罰：

我不可以講故事。

我不可以講故事。

我不可以講故事。

所以蘿蘋再也沒寫過小說。

直到亨利死後才有了改變。

等到蘿蘋把他葬在小教堂後面的墓園之後，她回到了自己小時候一直不得進入的那間秘密書房，坐在那張古董書桌前面。她拿出她亡父的筆記型電腦。回想密碼很容易：就是她的名字。她找到了亨利正在撰寫的未完成作品，開始閱讀。

一開始的時候，她覺得這念頭很瘋狂，一個工作終日與狗兒為伍的女子，想要完成國際暢銷作家的小說，除了瘋狂之外還能有什麼形容詞？

不過，她真的這麼做了。

蘿蘋幾乎刪除了亨利寫下的所有段落——她覺得他寫得不好——然後，她以自己的文字取而代之。她在三個月內寫了三份草稿，寫完之後，她全心努力編輯，覺得她父親的小說與她的創作之間的轉換過程根本是無縫接軌。然後，她再次以打字機打出了整本書——使用的是亨利的打字機，就跟他以前的習慣一樣。真正的考驗是寄給他的經紀人：要是有任何人能夠察覺出差異，那麼非他莫屬。

蘿蘋已經知道亨利總是以牛皮紙包裹文稿，然後以繩子綁好——她小時候已經看他做過許多次了——所以她也如法炮製，然後開車前往郵局寄送包裹。

蘿蘋剛到黑水的前三個月，幾乎都沒有出門。她自己的生活變得面目全非，而小教堂巨大木門之外的世界卻與她先前的一模一樣，她覺得很詭異。她一直沒有離開小教堂的理由，但現在不一樣了，而這是她在二十多年之後第一次前往山谷果林——最靠近黑水湖的城鎮。不過，當蘿蘋開著她的老舊荒原路華，副座放著那份文稿的時候，她還是很害怕哪個人會認出她。並沒有，但雜貨店的派蒂卻認出了牛皮紙袋包裹。

「這是溫特先生的新書嗎？」她一邊講話一邊嚼泡泡糖，明明是將近六十歲的女人，卻彷彿把自己當成了十幾歲的青少女。蘿蘋知道自己雙頰突然漲紅，講不出話。「如果這是秘密的話，也沒關係，我不會說出去，」派蒂說謊，「只不過他一向就是用這種方式投郵，用繩子綁好啊什麼的。」

蘿蘋愣住了，依然講不出話，派蒂瞇眼打量她。

「妳是新管家嗎？我聽說他開除了上一個……」

蘿蘋沒多想。「嗯……」

派蒂以食指輕輕拍了一下她的鼻側。「寶貝，我明白了。他應該是叫妳不要告訴任何人，對吧？他還真以為這裡有誰在乎他寫的新書啊？我唯一喜歡的作家是瑪麗安·凱斯，既然現在有個知道真正懂得寫作的女人，我看起來難道還有時間去閱讀某個瘋子男人寫的東西嗎？如果妳問我，亨利就是個瘋子——寫的全部都是恐怖小說。妳要替那個老頭守財奴工作，我真的深深同情妳，但是妳什麼都不需要擔心，派蒂會幫妳寄信，妳的秘密我絕對不會說出去。」

如果派蒂真的知道蘿蘋藏有這麼天大的秘密，她就不會講出這種話了。

蘿蘋終於明瞭作家們把作品送出去之後的不安心情。在她郵寄手稿之後的那些日子當中，她一直掀開窗簾，肚子餓的時候吃冷凍餐，太疲倦或喝太醉——無法保持清醒的時候——才會小睡一下，她完全忘了日子。當電話響起的時候，她知道自己不能接聽，來電者預期聽到的是亨利的聲音，包括他的經紀人在內，所以她又等待了一會兒。

第二天，亨利經紀人的信寄達小教堂，蘿蘋過了好幾個小時，再加上一瓶紅酒壯膽之後，才終於鼓起勇氣打開了那封信。

她終於打開，她哭了。

凌晨時分看完了這部小說。這是你有史以來最好的作品！今天就會寄給出版社。

那是歡喜、釋然，以及哀傷的淚水。

她很想要把這件事情告訴某人，但是兔兔奧斯卡不是聊天的好對象。在他們相遇的第一天，她就為他改了名字，因為奧斯卡是雄兔，不是雌兔，但亨利並不知道這一點。而且，蘿蘋是她自己的名字，這是她父親唯一賜予她的美好。她對於那本小說感到無比的驕傲，不過，無論有沒有說出來，她還是無法對於真相假裝視而不見，亨利有史以來最好的作品，沒錯，是她寫的，不過書封上依然掛的是他的名字。

蘿蘋想要把亨利經紀人寫的信塞入書桌的某個抽屜——她不想再看了——但是抽屜裡卻塞了太多東西，她把其中一份狀似舊文稿的東西的前幾頁抽出來，赫然發現前夫的姓名印在第一頁：

剪刀石頭布

亞當・萊特

稿件還附了一封亞當的信，好幾年前寫的：

我知道您一定很忙，但我一直很想知道，這部劇本是否有可能成為小說？我想這應該是我最有機會的作品。若能得您賜教，我不勝感荷。真心期盼您喜歡最新的改編劇本，您的經紀人說您很滿意，還答應我會將這封信轉交給您。能夠幫您將您筆下的角色搬上銀幕，是我的一大榮幸。要是您對於我自己的作品有任何建議，我都會歡喜接受。這一直是我的夢想，期盼某些夢想能夠成真。

她覺得好傷心，亞當居然把對自己最珍愛作品的信任交付給她的父親，她知道恐怕亨利根本連這封信都懶得看。

蘿蘋在逃離倫敦住家之前帶走的少數物品之一，就是收藏自己每年結婚紀念日寫給亞當的那些秘密信的盒子。她依然想念他——還有鮑伯——每一天都是如此。那一晚，她重讀了這些信，還有亞當的劇本，新構想已經在腦中成形。起初，這計畫似乎太過瘋狂，但她發現其實還有方法可以改寫自己的人生故事。

給自己一個比較幸福的結局，而不是目前生命所選擇的情境。

謝謝你

鋼婚

年度詞彙：

滿不在乎。形容詞。沒有任何的擔憂、操煩，或是焦慮，無憂無慮。

二〇一九年二月二十八日——本來是我們的十一週年結婚紀念日

親愛的亞當，當然，這並不是我們的十一週年結婚紀念日，因為我們並沒有撐得那麼久。我現在住在蘇格蘭的某棟茅草農舍裡，而你住在我們的倫敦家中，和她在一起。不過，我還是想寫一封信給你。這封信我會留給我自己，與其他多年來所寫的紀念日秘密信放在一起。我知道這可能聽起來很瘋狂——尤其我們現在已經離了婚——但我最近坐在湖邊讀信，每一封都讀了。天，我們有高低起伏，但美好時光多於低潮，溫柔回憶多於悲傷過往，而且我想念你。

首先，我要對這些謊言，所有的謊言，向你道歉。我自小的環境充滿了書本與小說——當父親是世界知名作家，很難。我母親也是作家，但我也從來沒有把她的事告訴你。我不能期盼你可以諒解，但我真的不能把他們的事告訴你。

我們第一次相見的時候，我對你的人還有你的作品深信不疑，但是我這個人沒有耐心，而且我希望你的夢想可以快速實現，這樣一來我們就可以專注自己的夢想。我多年沒有跟亨利講話，我打電話給他，請他讓你改編他的小說，只不過就是一部影視改編作品而已。我想這可以為你自己劇本的成功鋪路。不過，我努力幫襯你的職涯未來，有時候卻擔心自己扼殺了你的夢想。亨利把你當成了企圖接近我的工具，當我還是小孩子的時候，他對我完全沒有興趣。但我認為他自己大限終將到來，讓他領悟到長大的我可能很有用——等到他過世之後，可以好好照顧他作品的人。我父親掛念在心的是他所有的作品，而不是我。

過去這兩年，讓我對於自我體悟良多。現在我已經把「一切」拋諸腦後，我體悟到自己有多麼渺小。被人造的城市之光蒙蔽雙眼，何其容易，但它們明明永遠無法像無雲夜空裡的燦星、山頭白雪，以及在湖面跳舞的豔陽光束那麼閃亮。大家一直分不清楚自己的想望與需求，但我現在已經明瞭兩者之間的差異，還有，有時候我們誤以為自己需要的物品或是人，其實是我們應該要避而遠之的對象。最近我的頭髮越來越偏灰，而不是金黃色——自從我離開倫敦之後，我就沒有去過髮廊，所以現在變得超長。我為了避免頭髮纏結，平常都綁辮子。我的確想念我們的家，還有我們，以及鮑伯，但我覺得蘇格蘭高地很適合我，而且我也發現自己與我父親的相似之處，甚至超過了我以往願意承認的範圍。

亨利極其渴望隱私，所以他早在我出生之前就買下這座山谷的一切，包括了小教堂與農舍。

先前的那位蘇格蘭地主欠下了太多賭債，而且又正好是亨利的書迷，所以以超級低廉的價格把土地賣給了亨利。幾年之後，亨利甚至買下了最靠近他住處的那間酒吧，這樣一來，他就可以直接把它關閉，他只想要平和與寧靜，離群索居，完全的孤獨。

當地民眾對於某個外來者擁有這麼大的山谷面積，一直不以為然，還發動請願要阻止亨利改建這間小教堂——雖然這五十年來明明已經沒有任何人使用——但他還是動手了，他的個性一向是為所欲為，一意孤行。當地人持續不斷干擾，他開始編造黑水小教堂的鬼故事，所以本來就不知情的人就會退避三舍。他為什麼想要過著這種完全與世隔絕的孤寂生活，曾經讓我很困惑。沒有商店、圖書館、電影院，方圓數里之內完全沒有人蹤，除了群山、蒼穹，以及有一堆鮭魚的湖之外，這裡什麼都沒有。這男人根本不吃魚。不過，到了現在，我想我終於明白了。

我幾乎一無所有，但是我所需要的一切幾乎都有了。我父親對於好酒的熱愛，已經讓地下室塞到爆，而且他以前管家在冷凍庫所留下的自製的手寫標籤食物似乎永遠吃不完。亨利的私人圖書館裡放滿了我所喜愛的書籍，而且這裡千變萬化的美景每天都讓我為之屏息。不過，要是無法與人共享這種生活之樂，日子還是很煎熬。我想念我們的今日詞彙與年度詞彙，我吃得也不好——最近有點太愛罐頭食品了——但我覺得比待在倫敦的時候好得多。也許是因為我肺部裡新鮮空氣的氣味，或是我探索山谷的漫長徒步行程，不然純粹就是做自己的自由感。

繼承了父母的夢想，卻想要走出他們的陰影，絕非易事。我小時候經常寫故事，但是亨利的成就太高，我難以望其項背。而且，他在我很小的時候就讓我知道，他認為我沒有辦法寫作。我從來不覺得自己可以完成一整部小說，不過，只有我們在一開始的時候勇於建構夢想，才可能會有圓夢的那一天。早在你與我離異之前，我的自信就已經離我遠去，但是生命教導我要勇敢，永遠要再試一下。如果你對於某項事物永不放棄，根本不可能會失敗。

每當我在思索父親批評我的那些話，它們似乎總是變得更加沉重、強硬、打死不退，輾壓了我自己的心志，它們似乎像是來來去去的潮浪，將我的自信沖刷得一乾二淨。沙丘城堡無法永久挺立。但現在的我，已經完全不會被他的評價所左右，我也發現唯一逼我生活在他陰影之中的人就是我自己。要不是因為我一直這麼害怕被別人看見的話，我大可以隨時走出來。

有時候，我會在夕陽即將西下的時候坐在湖前，佯裝你與鮑伯待在我的身邊。我喜歡在傍晚抽亨利的菸斗，望著鮭魚在水面跳躍，等到月亮升起，取代了太陽的位置。然後，我會聆聽蛙鳴歌聲，盯著蝙蝠俯衝而下，然後高飛入空，直到又冷又黑的時刻，我就得回到農舍。我不喜歡睡在小教堂裡面——房間裡有太多痛苦回憶徘徊不去——不過，我愛上了黑水湖，在我離開之前，一直不覺得這裡有家的感覺。真希望可以與你分享這樣的心得，還有我被迫無法說出口的那些秘密。你承諾過會永遠愛我，但我還懷疑你現在還會想到我，或是思念我嗎？

很難想像艾蜜莉亞住在我們倫敦的那間老屋，和我的先生睡在我的床上，出門遛我的狗，在我的廚房裡煮東西，而且在我位於巴特錫的那間辦公室裡上班，那明明是我當初幫她爭取的工作。我還是不敢相信你居然把我的訂婚戒給了她，或是她居然戴著本來屬於你母親、後來成為我的某個物品。不過，偷走別人的東西似乎是她的慣性之一，她是那種期待有免費好運降臨，覺得全世界都欠她的女人。她總是在她午休的時候看雜誌——從來就不看書——喜歡參與雜誌、廣播，或是白天電視節目的各種競賽，希望能夠免費贏得什麼。所以我知道她絕對不會拒絕一次免費的週末度假。把你們找來這裡，簡直是不費吹灰之力。

我知道自己並不是那種一心尋仇的前妻，我有時候會想像殺死你們兩人的畫面努力不要胡思亂想。我盛怒的那一面一直都是出奇冷靜，反而是在專心閱讀與寫作。這是我還是小女孩的時候面對寂寞所培養而出的機能，我爸爸總是忙於工作，疏忽了我。現在，這段話聽起來很愚蠢，但我之前一直沒發現你們兩個居然如此相似。我似乎這一生的時間都躲藏在故事之中，小時候讀別人的，現在書寫自己。

我想要告訴你一個秘密，我寫了一部小說，現在正進行第二本。夢想就像是商店櫥窗裡的衣服，看起來很美，不過，有時候等到你一試穿，其實並不合身。有的太小，有的太大，幸好，我母親教過我如何縫紉，夢想也可以調整到合宜的程度，就像是衣服一樣。

我覺得我的新書很好看，而且裡面有你。

《剪刀石頭布》的主題是選擇。我做出自己的選擇，當你的時候到來的那一刻，你也必須要做出自己的選擇。失去所有的唯一好處，就是因為一無所有而獲得的自由。

你的（前）妻

艾蜜莉亞

大家都覺得第二任妻子是婊子，而第一任妻子是受害者，不過，其實未必都是如此。

我知道狀況看起來就是這樣。但十年的婚姻很漫長，而且他們已經走到了盡頭。

我以前不覺得有可能看到太過仁善的人——仁善應該是好事——但蘿蘋是邀請大家輾壓她的那種仁善，對象包括了她的同事們、她的丈夫，還有我。在她的心中，她與我當朋友，是在我進入「巴特錫流浪犬之家」的時候覺得我可憐，不過，其實她比我需要朋友，因為我從來沒有看過比她更寂寞的女人。

當然，在她幫助我拿到全職工作的那一刻，我很感謝她，我和她先生上床，我覺得對不起她。但這並非是骯髒的地下情，他們的關係早在我介入之前就已經結束了，現在我與亞當結了婚，這樣一來，就不至於三人都過著不幸生活。她以前並不開心——總是抱怨她先生，那位好萊塢大編劇，而我們當中某些人卻依然在約會戀愛的生活中屢屢碰壁。打從我第一次見到我先生的時候，我就覺得他是我忍不住會動手去摳抓的癢處。我站在邊線許久，觀察，等待，努力要迎合一切。我改變髮型、衣裝，甚至是講話方式，完全就是為了他。我努力成為他需要的那個人。不是為了我自己，而是因為我覺得我可以修補他，而且，我知道比起與她在一起，我可以讓他過得更開心，她並不知道她有多麼幸運，而我們三人當中有兩人得到幸福結局，總比大家都難過來得好。

蘿蘋並沒有打算吵架。其實，他們結婚十年了，離婚過程居然這麼和和氣氣，真令人吃驚。

她離開了，他留下來，我搬了進去。

對每一個人來說，這樣的結局最好，我們很幸福——亞當與我。我們依然很幸福，也許程度不如以往，但我會進行修補。這個週末應該可以發揮效果，但我現在發現大錯特錯。不重要，我相信對付他的瘋狂前妻只會讓我與亞當變得更加親近。她是瘋子，以前我也許會懷疑，但現在我十分確定。

當我們站在階梯頂端，看著他們在牆上的那一張結婚日照片，我告訴自己的就是這一段話。他們都對相機面露微笑。一如往常，我不知道我丈夫看到了什麼，他看到了他思念之人的臉孔嗎？或者只是他無法辨識的一團糊影？他覺得她漂亮嗎？他看到照片，覺得他們兩人在一起很美好？期盼他們沒有分手？

他們一定也有過幸福時光，剛開始的時候，就像我們一樣。

與把水變成酒相比，將愛轉為恨的技巧還容易多了。

當我剛搬入他們以前共居的那棟房子時，亞當對於我們之間沒有什麼共通處似乎不在意。我不像他那麼愛書愛電影，他似乎並沒有放在心上，而且一開始那幾個月的性愛很美妙。我比蘿蘋更注重保養自己與維持身材——我去健身房運動，我找到了值得讓我好好打扮的對象，我花更多心力打理外貌。我們在他前妻親手裝潢的每一個美麗房間裡做愛——這一直是我的想法——是某種驅趕他們婚姻鬼魂的除魔儀式。而且，我們與許多夫妻不一樣，亞當和我似乎總是有聊不完的話題。他的世界讓我著迷——前往洛杉磯的旅程，還有在讀書會遇到的名流，一切聽起來都非常……刺激。亞當喜歡講自己與他的工作，與我愛聽的程度不相上下，所以這是很好的互補。他才一辦完離婚，我們就立刻成婚。一場很簡單的活動，非常秘密，我不介意當天在登記處只有我們兩個人，我不覺得我們還需要別人，我依然這麼認為。

如果這一切的幕後主使者是蘿蘋，一直在密謀什麼復仇計畫，那麼我就不會像先前那麼害怕了。我比她聰明，也更強壯，心理狀態與體型都是。如果她想要以這種方式贏回她老公，不可能成功。沒有人想要和瘋女人在一起，而且我很篤定，她現在就是瘋子無誤。

我說道：「我們應該要直接離開。」

「她劃破了輪胎。」

「那我們就走到下一個城鎮，或是看到其他車輛的時候搭便車。」

「好……」亞當的回答有氣無力，彷彿依然處於驚嚇狀態。

「來吧，幫我打包行李。」

我回到梯台，但不小心開錯了房門——昨天我們到來的時候，全部都是鎖住的，鐘樓、兒童房——現在我看到的一定是主臥——亨利的房間。正中央放置了一張大床，不意外，但我沒想到會看見這種前所未見的臥室，所有牆面都是玻璃展示櫃，而這裡跟其他房間不一樣，櫃架裡沒有書，反而塞滿了木雕小鳥。我湊前細看，才發現全部都是知更鳥。想必有數百隻吧，全都是知更鳥，但形態各有不同。

我再次說道：「這地方越看越詭異，我們走吧。」

亞當跟我回到了梯台，然後進入我們昨晚睡的臥房。真希望他沒跟我進去，蘿蘋顯然也來過這裡，白色床被上面，整齊放置了一件紅色真絲和服外套。

我問道：「這是什麼意思？」但這是愚蠢問題，我們兩個都已經知道答案，亞當惡夢不斷的主角是身穿紅色和服外套的女子，起因就是他母親遭遇事故的那一段過往。某個晚上，當她幫他遛狗的時候被車意外撞死，駕駛逃逸無蹤，當時的她就是這身打扮。

他低聲說道：「蘿蘋為什麼要這麼做？」

「我不知道，我也不在乎，我們得走了，就是現在。」

他再次問道：「要怎麼離開？」

「我已經告訴過你了，如果有必要我們可以走路……」

他別開目光，我順著他的視線看過去，有人拿口紅在梳妝台前的鏡子上寫了三個字詞：

絲婚

年度詞彙：

愛的交互作用。名詞。愛著某個也深愛你的人，百分百回報的愛。

二〇二〇年二月二十九日——本來是我們的十二週年結婚紀念日

親愛的亞當：

自從我們結婚之後，我一直會在我們的結婚紀念日那一天寫信給你，不過這是第一封我打算要讓你看的信，而且我強烈建議你看這一封就好，看完之後再把內容告訴另一個人。能夠完全坦承的感覺真好。首先，我希望你知道，我從來沒有停止愛你，即便是我不喜歡你的時候；即便是我恨你入骨希望你死掉的時候，我依然愛你。我必須承認，這個念頭佔據我心好一陣子，你傷我傷得好重。

我們結婚已經整整過了十二年，大喜之日就是二〇〇八年那個閏年的閏日。你現在一定知道亨利．溫特是我的爸爸，我一直沒有告訴你，其實有很多原因，都是基於善意。在我們的婚姻之中，他經常出現，潛藏在幕後，甚至就連我們結婚那一天也一樣。你只是永遠沒有辦法認得他的臉，就像是你永遠認不得我的臉一樣。但是我之所以會對你撒謊，是為了要保護你。我爸爸不只書寫令人痛苦不安的黑色小說，在真實生活當中，他也是一個陰沉危險的人。

我和我爸爸之間的關係很複雜，尤其是在我母親過世、他把我送到寄宿學校之後。我知道你是他小說的超級粉絲，但我一直不希望你和我的共同生活受到他的污染：我希望你對我的愛完全是因為我，我萬萬不希望他掌控我、你，或是我們。不過，多年前我的確請他讓你為他的小說改編劇本，雖然請求他幫忙就那麼一次而已，但是卻讓我覺得自己以百般不願的方式虧欠了他，我不期待你能夠理解，但是你一定要知道我愛你愛得有多深切才會做出這種事，後見之明通常很殘酷，而不是慈悲，現在回顧過往，也許要是你一開始就知道我的真正身分，我們的婚姻依然可以存續，此刻正在慶祝我們的十二週年結婚紀念日，不過，有太多事情我真的沒有辦法告訴你。

在公眾面前，亨利．溫特是個才華洋溢的小說家，但是在真實生活中，他是未竟之句的收集者。他一直霸凌我母親，一直逼到她受不了，當她死掉之後，他開始霸凌我。在我小時候，他經常讓我覺得我根本不存在，宛若隱形人，對他來說，他腦海中的角色總是過度喧譁，害他聽不見別人的聲音。他在我童年時期對我缺乏信心，導致我長大之後也一直缺乏自信。他對我沒有任何興趣，讓我覺得根本沒有人對我有興趣。他欠缺了愛，也就是說我一直不擅長戀愛，遇到你除外。有時候我覺得要是他有辦法的話，就會把我關在籠子裡，宛如他的兔子一樣，宛若我母親一樣，黑水小教堂是她的牢籠，我不希望它成為我的監獄。

亨利的書就是他的子嗣，而我只是會害他分神的多餘之物。他不止一次把我稱之為「不幸的意外」——通常是他喝多的時候——甚至某次在生日卡也出現這種話。

祝福「不幸的意外」：

十歲生日快樂！

亨利

卡片是在我生日兩個禮拜後才收到，而且我那一年才九歲。他從來不曾自稱為爸爸，我也沒這麼喊過他。

我小時候不論做什麼就是不夠好。我們是自己父母的回音，有時候他們並不喜歡他們聽到的聲音。我發現我能夠自己過生活的唯一方式，就是讓我父親從中消失。但亨利不只是超級注意隱私，有一點怪癖，他也有很強的控制欲，針對的是我。我覺得我的整個人生都被他監控，因為的確如此。我在十八歲的時候離家出走，改了姓氏，換成我母親的娘家姓氏，而且，一直等到他垂死之際打電話給我，我才回到這裡。

自此之後，我所做的一切都是為了你，為了我們。

我寫了一本小說，其實，現在是兩本，都是亨利的名字。沒有其他人知道他死了，也不需要知道。這是最新作品的文案：

《剪刀石頭布》是關於某對結縭十年夫妻的故事。每逢結婚紀念日，他們會交換傳統禮物──紙、銅、錫──每一年妻子都會寫一封信給她的丈夫，絕對不會給他看。這是他們婚姻的秘密紀錄，也包括了醜惡的部分。到了十週年結婚紀念日的時候，他們的關係陷入危機，有時候，只需要週末外出度個假，就可讓夫妻互動回到正軌，不過，狀況似乎並非如此，他們似乎也不是對方認識的那個人。

聽起來是不是很熟悉？

這是一本混合之作，包括了你的劇本，還有自從我們在一起之後我每年寫給你的秘密信。當然，我換了許多名字，而且將虛構與真實揉合在一起，但是我覺得你會欣賞它的結局，我自己是很愛。當亨利把它寄給他的經紀人的時候，他會附上一封信，表明希望由你立刻展開寫劇本的工作。到時候，你就終於能夠把自己寫下的故事搬上銀幕，正如同我們一直所懷抱的夢想。

不過，你必須和艾蜜莉亞切斷一切。

我的計畫乍聽之下很瘋狂，其實不然，對你來說應該很美好，對我們也是，我想念我們在一起的每一天，我不知道你是否也是如此？你還記得我們以前住過的那間地下室小套房嗎？當時我們依然在摸索是否能夠住在一起，某些夫妻沒有辦法分辨箇中差異。我最想念的是你當時的版本，而且我期盼我們可以回到我們當時的版本。當時的我們覺得自己擁有的太少，但其實我們早就擁有了一切，當時只是太傻太年輕，還不明白這個道理。

當我們年輕的時候，成長的速度有時超過了我們的夢想，發現它們變得太渺小，我們覺得開心；發現它們太遙不可及，我們覺得悲傷。有的時候我們再次找到了夢想，發覺它們其實一直完美貼合自我，懊悔沒有隨身攜行。我覺得這是我們的機會，可以重新開始，過著我們一直想望的那種生活。

有關亨利，還有一些你完全不知情的秘密，除了是我爸爸的身分之外，他多年來還雇用了一名私家偵探監視我、監視你，還有我們的生活。

比我先知道你有婚外情的某名私家偵探。

他知道我不知情的一切，而你依然不知道那些事。

這名私家偵探名叫山姆．史密斯。他依然覺得我爸爸還健在——就跟這世界的其他人一樣——不過，除了這個重大失誤之外，他的表現似乎相當稱職，從頭到尾皆然。多年來，他會把我們的狀況彙整為月報寄給我爸爸——我一直不知道——讓我看得津津有味，卻也傷悲。他不只是跟蹤我們，而且還跟蹤與我們親近的每一個人，包括了十月．歐布萊恩，還有艾蜜莉亞。他甚至還把我們家的照片寄給我爸爸，在我離開之前與之後都有（我不喜歡你把這地方搞成那樣）。山姆．史密斯這位私家偵探對我們的了解程度還超過了我們對彼此的認識。我思考許久，不知道是不是應該要把這個消息告訴你。引發你的痛苦，只會讓我不開心。不過就像我一開始所說的一樣，我愛你。一直如此，而且會永遠繼續下去，永遠永遠，不像是我們常掛在嘴邊的幾乎一向如此。這就是我為什麼要告訴你實情的原因，所有的一切。

艾蜜莉亞在巴特錫開始工作，與我當朋友，老是對你的事問東問西，絕非巧合。你一直是她密謀計畫中的一部分，三十年前，你們的生命軌跡曾經有過交疊，但你不認得她的臉。在你背著我偷吃的時候，山姆．史密斯挖出了他自己也沒料到的秘密，這是沒有人想要詢問或回答的問題，不過，你到底有多了解自己的妻子？

艾蜜莉亞．瓊斯——這是她在你們婚前所自稱的名字——打從你們認識的那一刻起就在說謊，她也對我撒謊。艾蜜莉亞有前科，而且從十幾歲開始就不斷進出監獄。她自小在不同寄養家庭長大，幾乎一直在惹是生非。她曾經與你住在同一個國宅區，甚至還與你同校過好幾個月，當時你們都十三歲，她的技術已經從商店行竊進化到偷車兜風。艾蜜莉亞因為危險駕駛撞死人而遭到逮捕之前，曾經有疑似偷過七台車的紀錄。警方曾詢問她某起肇事逃逸案件，不過她當時未成年，而且她的寄養家庭媽媽挺身作證女兒有不在場證明——這女人後來自己坦承其實當初作偽證——所以當時警方沒有足夠證據能夠將她定罪。

他們逮到她坐在裡面時的那一台車，就是撞死你母親的犯案車輛。

唯一的證人——也就是你——無法在嫌犯排排站隊伍中認出她，因為你無法辨識開車的那個人的臉，但是她認識你。

艾蜜莉亞．瓊斯搬到了新的寄養家庭，很遠的地方。她改頭換面，重新開始。也許她對於自己的所作所為感到真心懊悔？或者她覺得自己逍遙法外而心生歉疚？也許那就是她跟蹤你多年，想辦法透過我接近你的原因？也許她想要透過某種詭譎的方式補償你，這就得靠你自己問她了。

我知道我沒有把我爸爸的事誠實告訴你，但至少我的謊言是為了要保護你，還有保護我們。

你對於艾蜜莉亞的所有認知都不是真相，你母親在你小時候過世，應該要怪罪你的妻子，我認為在你做出決定之前，必須要讓你知道才符合正義。不相信我嗎？也許你可以試著告訴艾蜜莉亞，你知道真相，但你要小心，她不是你想的那個人。

我知道要沉澱這一切很困難，遑論相信這種事了，不過，追根究柢，難道你不覺得艾蜜莉亞一直怪怪的嗎？你第一次遇到她的時候，她不請自來我們家，宣稱她遇人不淑，你說她其實是女演員。結果你的第一印象是正確的。我發現她留在床邊的筆記本，裡面寫有你惡夢的一切細節，難道你不曾懷疑她為什麼會做出那種舉動嗎？我想她一定會說這是為了要幫助你想起殺母兇手的面孔，不過，也許她是為了要確定你永遠想不起來？難怪她需要安眠藥幫助入眠，只要是承受她所背負的那種罪惡感，想必沒有人睡得著吧。

你現在知道了真相——我有私家偵探的所有電郵與文件作為佐證——你還愛她嗎？你真的還能夠繼續信任她嗎？就像是以前我們在玩剪刀石頭布一樣。

第一個選擇——石頭：你要想辦法離開這個殺死你母親的女人。

第二個選擇——布：你一個人走出來，到農舍裡找我和鮑伯，我們會在這裡等你，我別無所求，只希望我們可以重新在一起。我會搬回倫敦，我們可以利用亨利的名字出版《剪刀石頭布》——不需要讓任何人知道——然後，我會答應你，你自己的劇本終將搬上銀幕，你再也不需要改編別人的作品，可以在下半輩子盡情寫你自己的創作。

第三個選擇——剪刀：你不會想要知道第三個選擇是什麼。

要如何選擇，就看你自己了。我知道我要求你做出決定似乎很困難。不過，要是你記得怎麼玩剪刀石頭布的話，其實易如反掌。

你的蘿蘋

親親

艾蜜莉亞

我們站在模仿我們倫敦住家房間的這間臥室裡，也就是蘿蘋搬出去之後我重新裝潢的那一間。只不過現在狀況比之前更來得詭異，與我期盼的這一次週末之旅完全不一樣。我早已下定決心，要是這趟旅程不順利，那麼就要結束婚姻——我已經找了律師還有財務顧問，對方建議保壽險也許可以幫助我在進行離婚協議的時候拿到我應得的部分。我想要最後一搏，但我已經開始期盼自己可以一走了之。我已經找到一間可以立刻搬進去的公寓——很漂亮，可以看到泰晤士河——但我不希望看到那種結局。我期盼的是，這個週末可以修復我們的關係。仲介會為我保留那個公寓到下個禮拜，還說要是我願意的話，可以立刻搬進去，所以我一直心裡有底，我們當中只有一個人能夠回到曾經是家的那棟房子。

最近我的心中不斷循環播放自己的悲慘一生，而且我似乎找不到關閉鍵。我雖然吃了安眠藥，卻整晚躺在床上無法入睡，渴望可以刪除那些我不願留下的記憶，所有的錯誤。我不是在找藉口，但我的童年過得辛苦，我知道不是只有我如此，但那些寂寞歲月塑造出今日的我。對於演奏者來說，微小版的小提琴的聲響永遠最吵鬧。我被寄養家庭不斷丟棄，就像是大家不要的東西一樣，這也讓我學到了日子絕對不能過得太舒服，而且不能相信任何人，包括了我自己。每一個新的家，都意味著一個全新的家庭、全新的學校，以及全新的朋友，所以我也努力要當一個全新版本的自己。

父母雙亡一直是我心頭的陰影，因為那是我的錯。要不是因為我媽媽懷了我，也不會坐進那台車，而我爸爸也不會開車載她去醫院，然後被卡車撞上。要是亞當從來沒有遇見我，狀況也會變得截然不同。我們有好多的相似之處，但是我們卻覺得彼此之間漸行漸遠，再也不若以往。多年來，我一直緊盯亞當，他的成功——再加上網路——這一點並不難。我想要當他的好妻子，但她似乎依然把我當成討厭鬼，而把她當成了幸運星。我努力要讓他過得幸福，想要彌補許久之前曾經發生的事。我為了取悅他人，已經衍生出許多不同版本的自我，再也不知道自己是誰。我現在必須要專注未來，我自己的未來。贖罪就像是彩虹末端的金桶，永遠不會有人找得到。

我問道：「為什麼蘿蘋要用紅色唇膏在鏡子上面寫下剪刀石頭布？」我不知道亞當的前妻是否有我不知道的精神問題。我盯著他在房內來回踱步，他自己似乎有些困惑。「為什麼她要設計我們來到蘇格蘭？為什麼她要隱瞞她父親身分長達十年之久？為什麼不讓別人知道他死掉的消息？還有為什麼要偷走我們的狗——」

亞當打斷我的一連串問題。「其實，鮑伯算是她的狗……」

「沒錯：以前是她的狗，但她就直接一走了之，沒留下任何一句話就人間蒸發。自從發生木蘭樹事件之後，你就再也沒有聽到她的消息，只有透過律師——」

「好，我想在結婚紀念日那一天提早回家，卻抓到她老公與她最要好的朋友在床上，應該相當痛苦才是。」

「早在我介入之前，你們的婚姻就已經完蛋了。」

「我一直不想要傷害她……」

「我覺得看來已經是太遲了。你可能想要在這裡懷念你的可愛前妻，不過，無論蘿蘋之前是怎麼樣的人，我覺得現在事實很清楚，她已經完全瘋了。我想我們可以斷定昨晚透過窗戶偷看的人就是她。自從我們到了這裡之後所遇到的一切怪事，想必都是她在幕後搞鬼，想要嚇唬我們。她很可能故意關掉發電機，想要把我們冷死……」

亞當說道：「是我關掉了發電機……」

一開始的時候，我聽不懂他在說什麼，彷彿他在做舌音祈禱一樣。

「什麼？」

他聳肩。「我只想要盡快回去倫敦，我覺得要是斷電的話，妳就會同意回家。」

這樣的真相讓我很惱怒。但是我提醒自己，我的敵人是蘿蘋，不是亞當，我不能讓她得逞。我們回倫敦之後怎麼樣再說，更重要的是亞當與我要站在同一陣線，我們要一起對抗她。

「當初你在這條路上的茅草屋看到的人應該就是蘿蘋吧？我猜她現在還待在那裡，我想我們也該去找她攤牌了。你可能害怕你的前妻，但我不怕。」

「我很怕……」這是我先生最不討喜的部分，我甚至還一度動念應該要成全他們——什麼鍋配什麼蓋。

「那是蘿蘋，記得嗎？你那個連殺蜘蛛都下不了手的第一任可愛妻子？」

「但在這過去兩年當中，她如果一直住在這裡……人是會改變的。」

「人，永遠不會，改變。」

我們聽到樓下傳來三聲巨響的時候，兩人都陷入停格狀態。好大聲，感覺整個小教堂，甚至是我們，都一直在晃動。

我低聲問道：「那是什麼？」

他還沒回答，又出現了，巨大的敲門聲，彷彿有哪個巨人想要闖入那哥德式教堂大門。亞當的恐懼表情讓我的臉轉為怒容，我不怕她。

我離開臥室，奔跑下樓，穿過了圖書館客廳，匆忙之間還弄翻了一些書。我現在全身腎上腺素大爆發，雖然在過去這二十四個小時當中發生了這些怪事，但是我想起了自己交手的對象到底是誰，現在我確定一切都有合理解釋。沒有鬼魂，沒有巫婆，只有一個瘋狂前妻，我要讓她後悔對我們做出這種舉動。

我到了靴室，看到教堂長椅依然堵住了門。我想要把它移開，但卻動不了它。亞當出現在我的背後，他的面目距離我當初嫁的那個男人越來越遠，反而更加貼近我打算離開的那個人。

我說道：「快幫我。」

「妳確定這樣做好嗎？」

「你有更好的對策嗎？」

我們搬開那個沉重家具的時候，我才想起來我的老公有多幼稚。只要生活變得太過紛擾、不再那麼可愛的時候，他就會退化成他的男孩版本。這一點讓我很想要保護他，他破碎的心佈滿了我的指紋，我想要擦拭乾淨，重新開始。現在，我只希望他能夠像個男子漢。

小教堂的大門在震晃，因為有人在另一頭緩緩敲了三次門，又來了。那聲響在我們周邊發出回音，我們兩人都退後一步。那面掛滿小鏡的牆吸引了我的目光，我看到我先生面孔的諸多微型映影，他簡直像是在……微笑。當我望向站在我身邊的他，確認真正的版本，發現那笑臉已經轉為純然的恐懼神情。

我已經快要失去理智了。

我遲疑了一會兒，伸手試門把，發現是鎖住的，微微鬆了一口氣。

「鑰匙在哪裡？」我伸出了手，我知道我們兩個都發現我的手在顫抖。

亞當從口袋裡拿出一把古董鐵鑰匙，交給了我。他太害怕，不敢自己開門。我把鑰匙插入鎖孔，但是怎麼轉也動不了，另一頭有東西卡住了，我又試了一下，還是沒有任何動靜，我對著木門喪氣捶拳，屋內的彩繪玻璃窗都沒有辦法打開，這是唯一的出入口。

然後，我看到門後閃過一道幽影。

「她在那裡，那個瘋女人媽的把我們鎖在裡頭。」

我拚命捶門，她置之不理，然後，我應該是發飆了，對她破口大罵，所有送給她的髒話都只是剛好而已。

蘿蘋不說話，但我知道她還在那裡，她的影子一直不曾離開。

然後，有一只信封從門下塞了進來，上面註明收件人是亞當。

亞當

我撿起那個信封，艾蜜莉亞想要搶過去。

「收件人是我。」我把它舉高，讓她根本拿不到。然後，我走進廚房，坐在餐桌旁的某張老舊教堂長椅，打開了那封信。長達好幾頁，全都是蘿蘋的字跡。我可能不記得別人的面孔，但我不管到哪裡都認得她的字跡。我在讀信的時候，盡量不動聲色，但裡面的字句讓我很難維持平靜。

你到底有多了解自己的妻子？

我把信稍微舉高，讓她看不到。

艾蜜莉亞在巴特錫開始工作……絕非巧合……

當我看到第二頁的時候，我的手指開始顫抖。

三十年前，你們的生命軌跡曾經有過交疊，但你不認得她的臉。

「上面寫什麼？」艾蜜莉亞的手從桌子另一頭伸過來，握住我的手。

我把手抽回來，沒有理會她。

警方曾詢問她某起肇事逃逸案件……

我感到一陣噁心。

他們逮到她坐在裡面時的那一台車，就是撞死你母親的犯案車輛。

當你讀到關於自己娶的那個女人的這些文字時，很難沒有反應，艾蜜莉亞似乎察覺到狀況真的不對勁。

她湊過來。「怎樣？她寫了什麼？」

「某些部分很難懂……」這樣的回答不能算是謊言。

等到我讀完之後，我把它摺好，放入口袋。然後，我起身，走向某扇彩繪玻璃窗的前面，我現在沒辦法看艾蜜莉亞的臉，我很怕，不知道會看到什麼景象。

打從一開始，我就知道這場婚外情錯了，不過，有時候小小的失誤會引發更嚴重的錯誤。蘿蘋不只是我的妻子，她是我一生的摯愛，我最好的朋友。當我背著她偷吃的時候，不只讓她心碎，也讓我自己心碎。自此之後，判斷的連串失誤宛若骨牌，逐一倒下。當大家說墜入愛河的時候，我覺得他們的說法很正確，那的確就像是墜落一樣，有時候可能會傷得很重。與艾蜜莉亞在一起，從來就不是真正的愛，純粹就是以愛為包裝的慾望。我把事情越搞越糟，居然還娶了一個我們根本沒有任何相同之處的女子。

也許這是中年危機？我記得自己對於工作好灰心，職涯停滯不前，我沒辦法寫作，我覺得……空虛。我妻子跟我在一起的時候似乎對我大失所望，就像是我獨處時的情景一樣。不過這個漂亮的陌生人的舉動，卻像是讓我脫離中年狗屁倒灶狀態的陽光，讓我無法自拔。她主動接近我，我受寵若驚與可悲的程度，讓我完全無法說不。我的自負之心有了外遇，我理智昏頭，不知道應該就此打住，根本就不該發生。

當蘿蘋搬出去的時候，想要立刻搬進來的人是艾蜜莉亞。她發現蘿蘋留下的那枚訂婚戒，不斷暗示她有多麼想戴上它，但戒圍明明不合她的手指，永遠都是太緊。離婚文件一到來，她立刻逼我簽署，然後她預約了註冊處的時段——找的還是我與蘿蘋結婚的那一間——沒有先告訴我的一場閃婚。這女人就像是煞費苦心的郵差，送來情感勒索的黑函，第二段婚姻是我根本就不該付的贖金。

狀況不對勁，打從一開始就這樣，但我誤以為自己的行為對大家都好：切斷可能會破壞新關係的藕斷絲連。我太愚蠢也太自負，沒有注意到我腦中不斷迴盪的警鐘。也就是我們即將犯錯時會聽到的那一種，但有時候我們就是假裝沒聽到。

我對蘿蘋的愛從來不曾休止，而且我一直很想念她。其實我已經詢問過律師如果要離開艾蜜莉亞有哪些選項。不過，這封信提到了她坐在那台撞死我母親的車子裡，然後這些年一直在監視我們，想要接近我……不可能，艾蜜莉亞當然不會做這種事吧？

我依然盯著窗外。「妳是不是有惹過麻煩上警局？」

「亞當，那封信裡面寫什麼？」

「妳十幾歲的時候跟我住同一個國宅？跟我念同一所學校？」

她沒回話，我好想吐。

那一晚的記憶又在我心底陰魂不散，一如以往，多次上演。我記得那場雨，簡直像是那段過往中的某個主角，擔綱演出了某個段落，我想的確是如此。結果，雨水子彈敲打柏油路面的聲響，就此深植在我的腦中。我母親走過的那一條路宛若蜿蜒的黑河，映照出夜空與街燈的詭異光暈，宛若城市的人造星光。一切發生得太快，結束得也超快。輪胎的恐怖尖嘯，我母親大叫，她的身體撞向擋風玻璃的淒厲碰響，還有車子輾過狗兒的聲音。那場車禍是我聽過最刺耳的噪音。它只持續了幾秒鐘，但似乎不斷在重複播放，然後，只剩下恐怖的寂靜，我所見到的那一場慘劇，彷彿已經把我的人生音量降至為零。

我還是沒辦法看艾蜜莉亞，我的心正忙著填補她的話無法給出答案的空白地帶。

「妳以前是不是常偷車？」我現在講話已經不像是我自己的聲音了。

艾蜜莉亞沒說話，但是我後頭傳來的呼吸聲越來越大。我聽到她略微明顯的吸氣聲，因為她越來越靠近我，我希望她不要這樣，但我還是轉身面對她。

「當我們都十三歲的那一年，妳是不是因為危險駕駛致人於死而遭到逮捕？」

「我覺得你需要冷靜。」她發出氣喘聲，不停轉動我母親的戒指，某種緊張的習慣，露出了馬腳。我盯著那顆藍寶石，在微光中閃爍不已，彷彿在嘲笑我一樣，小顆但美麗的藍寶石，那枚戒指根本不該出現在艾蜜莉亞的手上。

我問道：「妳是不是在某個雨夜偷車兜風？」

「我們兩個都需要冷靜下來……好好談一談。」

她開始啜泣又氣喘，但我依然沒辦法看她的雙眼，只盯著她手指頭上的戒指。

「那台車是不是上了人行道？」

「亞當，拜託……」

「那台車是不是撞到某個身穿紅色和服外套的女子？她正在遛狗？妳是不是棄她不顧任她斷氣，立刻逃逸？」

「亞當，我……」

「妳覺得妳可以永遠逍遙法外嗎？」

我抬頭，盯著艾蜜莉亞的臉孔。這是有史以來我第一次產生熟悉的感覺。她從自己的口袋裡拿出吸入器，當她發現裡面的藥劑已經用完的時候，她開始恐慌。

她低聲說道：「幫我……」

我必須強忍淚水。「我母親遇害的那一晚，待在那台車裡的人是不是妳？」

「我愛……你。」

「是妳嗎？」艾蜜莉亞點頭，也開始哭了。「妳怎麼可以對我隱瞞這種事？為什麼妳一開始的時候不讓我知道妳是誰？這……太噁心了，妳好噁心。已經沒有其他字詞可以形容，有關妳、我們之間的一切，只是……謊言。」

她無法呼吸。我盯著她，已經再也不知道該做什麼，說什麼，或是該做何反應，這感覺就像我的某一場惡夢：不可能是真的。儘管發生這一切，我的本能卻是要幫助她，不過，當她再次開口，我只想做一件事：讓，她，閉嘴。

「我……不是唯一……說謊的人，」當艾蜜莉亞說出這句話的時候，我不知道自己是什麼表情，但她往後退了一步。「很抱歉，我一直只想要……讓你……過得幸福……」她氣若游絲，拚命大口吸氣。

「好，並沒有，我和妳在一起的時候從來沒有開心過。」

然後，這是我第一次看到艾蜜莉亞的臉龐。我才剛看清楚，它就發生了變化，瞬間變得陰鬱，轉為醜陋又陌生的神情，她的雙眼突然睜得好大，狂暴目光在廚房裡迅速四處游移。一切發生得好快，太快了。她把手中的吸入器丟掉，反而把手伸向刀座。

她朝我走來的時候，帶了一把閃亮的刀。不過，有另外一張臉出現在我妻子的後方，我看到一道金屬閃光，這次是一把看起來極度銳利的剪刀。

剪刀

年度詞彙：
幸災樂禍。名詞。來自於別人受難而產生的歡欣、喜悅，或是自我滿足。

二〇二〇年九月十六日

親愛的亞當：

這不是我們的結婚紀念日，不過，自從我回家之後，已經過了六個月，我忍不住提筆寫信給你。我們好不容易放下了過往，我們又是一家人了：你、我、鮑伯，還有兔兔奧斯卡。有時候，當你放下了什麼之後，它會自己回歸。沒有人知道蘇格蘭發生了什麼事，也沒有任何人需要知道真相。

一開始的時候，對我們兩個來說都很痛苦，回到倫敦之後，在我們的家中發現她留下的這麼多跡痕。不過，靠著垃圾袋、附近的垃圾場，還有油漆，什麼問題都可以迎刃而解。我們回到了原廠設定，一切都恢復到了原貌，幾乎吧。回到「巴特錫流浪犬之家」工作似乎是不可能的了——太多事物會讓我想起我寧可忘卻的一切——不過，沒關係，我現在有了一份新工作，因為我現在是全職作家。

除了你之外，根本沒有人知道這件事。

這是忙碌的六個月。《剪刀石頭布》明年就要出版了，封面也許不是我的名字，但這是我的書，而且，一想到大家都會看，說不焦慮是很難的。畢竟我們真實生活中有許多段落都寫入了這部小說之中，影視版權已經賣出——對象是某間你一直夢想共事的公司——合約中還有一個嚴密的附帶條件，你將會是這項製片計畫的唯一編劇。亨利自己簽署了合約，或者，至少是我簽的。有時候，我覺得是擔心掉落的恐懼而讓大家不敢跳躍。我們生下來的時候，並不懼怕，當我們年輕時，我們奔跑，或是攀爬，或是跳躍，從來不會有任何遲疑，而且我們不擔心受傷，也不會因為失敗而滿面愁容。拒絕與真實生活教會我們要恐懼，但如果你極為渴望什麼，你必須要選擇跳躍。

當作者試讀版的包裹在今天抵達的時候，我哭了。大部分都是歡喜的淚水。我拿出從蘇格蘭家中帶來的古董鸛狀剪刀，打開了它。我從小時候就開始用這剪刀，我母親買了兩把——其中一把給我，一把給她自己。它們幾乎就等於是我懷念她的所有遺物，而且把它們放入洗碗機清洗之後就像新的一樣漂亮讓我得到了額外的獨特體驗。我留了一把，然後刻意把另一把留在黑水小教堂，因為該往前走的時刻到了，某些東西最好還是留在過去。這剪刀象徵的是我們生活當中某個不快女子章節就此終結，今天，它打開書盒，協助展露我們的新未來。這本小說已經賣到了全世界——目前有二十種語言翻譯版本。我不在乎上面的名字是誰，我們知道那是我們的故事，對我來說，那才是真正的重點。

沒有人需要知道亨利．溫特是我的父親。

或是，他已經死了。

或是，你的第二任妻子出了什麼事。

一想到她還是做過你的妻子，依然會讓我動怒。當我們還在蘇格蘭的時候，你立刻就脫下婚戒，把它丟入湖裡，這舉動讓我好開心，彷彿你也想要把過往拋諸我們腦後。在我們離開之前，我本來想要把你母親的藍寶石訂婚戒指從艾蜜莉亞動也不動的手中取下來。並不是因為我想要拿回來，而是因為她打從一開始就不配戴上這個戒指。怎麼脫就是脫不下來，不論我怎麼扭拉那東西，依然完全不為所動，我沒想到它會把我惹得這麼毛，某些人的固執程度就是跟死前一模一樣。

我並沒有說一切完美，沒有這種事。有時候，婚姻是艱辛的任務，也有的時候會令人心碎、悲傷，不過，任何一段值得擁有的關係，都值得要努力奮戰。大家都忘了要如何在不完美之中發現美感。我珍惜我們現在所擁有的一切，雖然真的血跡斑斑，而且邊緣有些磨損，至少我們所擁有的很真實。

我們還是有秘密，但已經不再是對彼此隱瞞的那一種。

我一直覺得最好的是往前看，而不是回頭顧盼。不過，要是我們沒有離婚，明年就是我們結婚的第十三年。傳統的禮物應該是蕾絲，我已經知道我要送什麼給你了，雖然穿上全新結婚禮服的人是我，但這都是為你，我所做的一切一直都是為了你。

你的蘿蘋

親親

亞當

書本有時候就像是持書者的鏡子，大家未必喜歡看到自己所看到的一切。

過去這六個月很順利，我覺得自己的生活彷彿又回到了軌道。蘿蘋又回到家中，重新裝潢了我們屋子的每一吋空間，簡直彷彿艾蜜莉亞從來不曾出現過在這裡一樣。蘿蘋回來，我真是開心，鮑伯也是，我覺得我們對她的需要其實遠超過了我的想像。我也許沒辦法看清楚她的外在，但是我的妻子是美人，內在的美。這才是重點，無論她做了什麼，都不會改變我對眼前這個人的觀感。《剪刀石頭布》劇本終於賣出去了，雖然標題頁出現「根據亨利．溫特的小說所改編」字樣，但我可以接受。與難纏的作者交手，等到他們死掉的時候就變得容易多了。結果我妻子寫驚悚恐怖故事的功夫就與她爸爸一樣厲害。也許，不能說意外吧，如果你自己是鬼，那麼你所居住的地方永遠就是最駭人的鬼屋。

我覺得，每一個人的人生都會到達只需從事己心所願的階段，追逐夢想成了不由自主的舉動，你必須如此，因為我們都知道時間有限。我已經追夢追了這麼久，難道不該看到自己終於圓夢嗎？我是喜歡這麼想，我擁有全世界最棒的工作。但是想要過著輕鬆的生活，靠寫作將會是一條艱難之路。如果我覺得自己做別的事會得到幸福，我當然會改弦易轍。

雖然發生了這一切，我卻得到了從所未有的睡眠品質。我們從蘇格蘭回來之後，我就再也沒有做過惡夢，宛若幾乎已經放下了過往的苦痛。也許是因為我對於自己當年還是小男孩時的那場遭遇，得到了某種終結感。

我每天還是會想到我的母親，還有她的死因。雖然惡夢已經結束，但是罪惡感從來沒有消失。這是我的錯，而且永遠不會有任何改變。要是我自己遛狗——就像是她所要求我的一樣——她就不需要在那天晚上出門，那台車也不會撞到她。但十三歲的那個我很憤怒，因為他看到我母親弄頭髮、噴香水、化妝，穿上那件紅色和服外套，把自己搞得像是免費的禮物。她只有在男人待在我們家過夜的時候才會穿那件衣服，她說他們是朋友，但是公寓裡的牆壁薄如紙，我的朋友們絕對不會發出那種噪音。

不同的男人經常在我們家過夜。我，不，喜歡。所以，當那晚的朋友敲門的時候——又一張我不認識，但我確定以前從沒看過的臉孔——我奪門而出。那一晚，十三歲的我在公園認識了一個女孩，就在我住的那棟大樓的後面。我們坐在破爛的鞦韆上面，共喝大瓶熱蘋果酒。那是我第一次喝酒，第一次抽菸，第一次親吻女孩。我不急著回家，我不禁在想，在生命給予人們第二次體驗之前，我們能夠保有多少的初體驗？

那女孩的嘴嚐起來有香菸與泡泡糖的氣味，她說我們要是能夠找到別的地方的話，我還可以玩別的，不只是親她而已。她教我怎麼偷車——顯然她以前幹過這種事——然後，她在某間廢棄倉庫後面教我要怎麼開車。她也教了我要如何在汽車後座第一次體驗玩別的，我們發出了自己的噪音，十幾歲的我，以為自己談戀愛了。

所以當她要我開車在國宅區附近晃晃的時候，我就乖乖照辦了。我記得她的笑聲，還有雨滴在擋風玻璃上亂跳、害我視線不清的那場大雨。快一點，她說道，她調高汽車廣播電台音量，快一點！她把手放在我的褲襠上面，我低頭看。我轉彎速度太快，我們的車開始打轉，當我抬頭的時候，我看到了我母親。

然後，她看到了我。

一切發生得好快：煞車的刺耳聲響，車子撞上人行道，我母親的紅色和服外套在空中飄飛，她的身體撞到擋風玻璃的碰響，輪胎輾過狗兒的重擊聲，然後，一片死寂。

剛開始的時候，我動不了。

然後，那女孩對我尖叫。

我沒有反應，她把我推出車外，自己爬入駕駛座，把車開走了。過沒多久之後，某些鄰居衝出來，發現我斜靠在母親身上大哭，而且全身是血，大家都以為我和她遛狗的時候發生了意外。

我連那女孩的名字是什麼都不知道。而且自此之後我再也無法辨識人臉。警察懷疑某名青少女開那台贓車，當他們拿她的某些照片給我指認的時候，我真的幫不上忙。

我以為我再也不會看到她了，所以發現我們居然結了婚，讓我嚇了一大跳。

對於艾蜜莉亞的下場，我會感到難過嗎？

不會。

很遺憾，每天都有人死掉，就連好人也一樣，而且她並不是好人。沒有任何一個人會知道自己什麼時候要退房，人生不是那樣的飯店。我現在很開心，開心的程度超過了我對重新開始的想像。我只是想要放下一切，現在我終於等到了。有時候，謊言是一種可以透露給他人——也包括了自己——的最仁慈真相。

山姆

山姆・史密斯過得並不開心。

在他小時候，他對於恐怖與犯罪小說超級入迷，狂嗑史蒂芬・金與阿嘉莎・克莉絲蒂的所有作品，而且夢想將來能夠成為警探。成為私家偵探，已經是他盡量努力的成果了。當山姆獨自慶祝自己的四十歲生日，窩在自己的倫敦公寓裡喝溫啤酒吃冷披薩的時候，他向自己懺悔：這並不算是實踐了夢想。

不過，第二天——當山姆覺得心情更低落的時候——有某個老人打電話給他。他請求山姆提供專業協助，監視他關係疏遠的女兒。這老人一開始很抗拒透露真實姓名，不過，私家偵探是一種需要真相的行業，所以山姆必須有所堅持。最後，來電者招認自己是亨利・溫特，山姆的失意職涯突然變得有趣多了。

他起初覺得這一定是有人在鬧他，某個朋友的遲來生日玩笑，也許吧，不過，他後來想起他根本沒有朋友，山姆幾乎都是靠閱讀消磨夜晚。他最喜歡的是那些令人毛骨悚然至極的作品，而在山姆的眼中，亨利・溫特就是恐怖之王。他從十幾歲就開始讀這位作家的小說，山姆查核比對數筆資料無誤，確認找他幫忙的真的是亨利・溫特，就算讓他提供免費服務也會甘之如飴。

不過，人總是要吃飯的。

這位老作家並不窮，其實恰恰相反。但山姆對於自己的索價開始覺得心虛。跟蹤亨利的女兒、監聽她先生的通聯，這種錢讓他賺得很輕鬆。

山姆喜歡這麼想，在後續的歲月之中他與亨利成了朋友，就某些方面看來，的確如此。山姆甚至想辦法說服這老人買一台筆記型電腦，所以他們可以偶爾靠電子郵件聯絡。他通常是以一個禮拜一兩次的頻率跟蹤蘿蘋或是她先生——他們遛狗、去工作，或者有時候只是坐在他們位於漢普斯特德村的住家外頭——純粹找尋蛛絲馬跡。然後，他會寄月報給亨利。但他們聊的內容與工作完全無關，他們經常聊書或是政治，而不是蘿蘋與亞當。山姆非常驕傲，雖然兩人從來沒有見過面，但是亨利對他這麼信任，告訴他這麼多秘密。

他們通話的頻率至少是一週一次，所以，當山姆有好一陣子沒有亨利消息的時候，他開始有點擔心了。首先，再也沒有電話出現，而且亨利一直沒有應答，也不回電，但亨利還是偶爾會回電郵。突然之間，他突然出奇渴望想看那隻狗兒的照片，想要知道他女兒搬出去之後那間房子重新裝潢的所有細節。遇到這些狀況的時候，山姆的長鏡頭相機就變得非常好用。不過，這位作家以前的友善語氣再也沒有了，然後兩人之間的互動戛然而止，就連固定的薪酬也突然沒了。

山姆追蹤亨利女兒已經超過了十年之久，當他與這位作家的關係突然切斷而且沒有任何解釋的時候，讓他很傷心。他喝了更多的啤酒，吃了更多披薩，也沒有立刻買亨利．溫特的最新作品，直到出版後的第二天才購入，以示抗議。自從蘿蘋嫁給亞當之後，山姆就一直是這個家庭當中的無聲成員。當她先生開始外遇的時候，他目睹了一切，而當他們離婚之際，他自己的心情也有些低落。挖掘他們的婚姻不堪之處，是很簡單的任務，但這並不是他努力一直做下去的唯一原因，他們是值得追蹤的有趣夫妻：他與他的作品，以及有個名人老爸的她，充滿秘密的過往。山姆甚至越來越喜歡他們的狗兒，在鮑伯還是幼犬的時候就一路盯著他。所以，當他發現萊特先生與萊特太太之間出狀況的時候，他真的很傷心。

在地表神秘失蹤兩年之久的女兒，在幾個月前搬回前夫住處的時候，山姆決定開車到蘇格蘭，親自告訴亨利這個消息。這位作家煞費苦心保護自己的隱私，拒絕向任何人透露他的住家地址，不過，山姆當然知道他住在哪裡。他也許沒有辦法當警探，不過他還是知道要如何挖出大多數人的基本資料。

亨利．溫特接受報紙訪問的次數少之又少，但是山姆留有幾年前的某份資料。裡面提到了這位作家喜歡在哪裡寫作，還有一張亨利待在書房的照片，他坐在阿嘉莎．克莉絲蒂的古董書桌後面。山姆過沒多久之後就找到這張書桌是來自哪一家拍賣公司，當然，賄賂送貨司機給他當初寄送的地址，也不需要太久的時間。

亨利的蘇格蘭隱蔽住所還是比山姆想像中的難找。從倫敦開車出發的這趟旅程超級緩慢又漫長，而且，沒有任何指引，他先前拿到的那個郵遞區號幾乎毫無用武之地。他一直在繞圈尋找那個神秘兮兮的——很可能根本不存在——黑水小教堂，不斷經過已經看起來長得都一模一樣的無數山脈湖泊，山姆決定必須要回到山谷果林，也就是方圓數英里之內看到的唯一小鎮。

鎮上只有一間商店，天色漸暗，山姆注意到店裡的女子一看到他下車，立刻就在窗前掛上

「已打烊」的招牌。他不管三七二十一還是敲門，那女子的臉更臭了。

她開了門。山姆注意到她的名牌：派蒂。

她有張鯉魚臉，皮膚顏色就與她圍裙一樣紅。她的一雙小眼怒氣沖沖瞪著他，而且對他兇巴巴大吼「幹什麼」的時候，還噴出了宛若毒汁的口沫，顯然她的專長就是破壞別人心情。山姆本想因為派蒂妹妹的事慰問一下派蒂，但還是忍住了，他很確定有個名叫桃樂西的女孩在快要到達富裕之路的時候慘遭殺害。不過，派蒂不友善的特質反而幫了大忙。

「這兩年來都沒有任何人看過亨利．溫特，我說啊，擺脫了他還真是可喜可賀。他毫無預警就開除了他的老管家——她是我朋友。新的管家偶爾會來這裡買生活用品——口味嗜甜的奇怪女人，愛吃焗豆罐頭，經常買嬰兒食品——不過，就連她也好幾個月沒進入這座城鎮。我不知道我是否應該告訴你如何前往黑水小教堂，要是你遇到恐怖的事，我可不希望你回來這裡怪我，那地方不只是鬧鬼而已，還受到詛咒，問大家都知道。」

山姆買了一瓶超貴的威士忌——他不想要空手拜訪朋友——而那個老女人還是給了他指引。山姆給了她一張十英鎊的鈔票，道謝，她畫了張地圖給他。

山姆繼續上路的時候，覺得自己像是他鍾愛的某部偵探小說裡的角色。兩年前左右，亨利就再也沒有打過電話——與店內那女人提到作家再也不曾進入城鎮的時間點一樣。山姆不知道管家的事，舊的或新的都一樣，亨利從來沒有提到她們。亨利唯一真正想聊的只有一個人，他的女兒，蘿蘋。他們之間的疏離關係依然讓山姆百思不解，因為顯然這位老作家因此而相當悲傷。

蘿蘋是個難搞的小孩。她的母親——當初亨利在某個文學節認識的某名羅曼史小說家——在這小女孩不過八歲的時候就死了，淹死在浴缸裡。蘿蘋的雙親都是作家，所以她一直很難分辨虛實，自然也就不令人意外了。亨利說她老是喜歡編故事，這一點讓她在家時就惹了很多麻煩，到住宿學校的時候也一樣。她一度被停學，因為她告訴寢室的女同學有關巫婆的故事，殺死受害人之前會呼喚對方的名字三次。這純粹就是過於活躍的想像力所引發的結果——老實說，這是她的遺傳——但當亨利想要處罰她的時候，蘿蘋卻在某個晚上拿剪刀剪下自己的頭髮，最後他在她枕頭上找到兩條金髮長辮。

亨利怪罪悲傷，怪罪自己，但他想方設法幫助這孩子都徒勞無功，她逃離黑水小教堂的次數已經多到數不清了。她十八歲那一年離家，從此就再也不回來，亨利多年來都不知道她的下落。直到有一天，蘿蘋主動聯絡他，請他幫助她先生，狀況才為之改觀。亨利一開始的時候很喜歡亞當，當他提到蘿蘋嫁的這個男人的時候，那語氣聽起來總像是在微笑。他不喜歡自己的小說被改編之後的影視版本。不過，他繼續同意接受改編，證明了他有多麼喜歡亞當。顯然亨利越來越覺得他的秘密女婿就是他一直沒機會擁有的兒子。他覺得亞當對他女兒的生活產生了正面影響力，只要她幸福，那麼他也樂得當局外人。

當他請山姆跟蹤他們的時候，這就是他唯一的想望。

她幸福嗎？

蘿蘋還是像小時候一樣愛寫信，也會編故事惹麻煩。她逃往倫敦時寫給亨利最後一封信，是道謝，也是道別。她說她真心喜愛他所給的唯一的東西就是她的名字，她母親堅持他們要為她取名為亞歷珊卓拉，但亨利一直不喜歡，所以一直喊女兒的中名，也就是他所選的那一個：蘿蘋。他說她好喜歡這名字，因為那讓她覺得自己像隻小鳥，而且鳥兒一直可以展翅高飛。當蘿蘋飛走之後，就再也不回來了。

山姆緊盯蜿蜒的高地路面——就算沒天黑也是很難走。他的目光也不斷下瞄那個商店女子給他的手繪地圖，努力搞懂是怎麼一回事。他發現派蒂也草草寫下了她自己的電話號碼，不禁讓山姆開始打哆嗦。如果在沒有女人的沙漠迷路多時，他寧可渴死，也不願意喝那口井的水。他駛離幹道，發現那裡本來有個「黑水湖」路牌，其實他先前已經經過這裡好幾次，但一直沒發現，因為，看來是之前有人把路牌砍斷，應該拿的是斧頭。

顯然，這是某人不希望大家找到的地方。

他沿著某條小泥道前進，小心翼翼閃避某些綿羊，還在右側看到了某間茅草小農舍，似乎是已經荒棄了。當山姆正打算放棄，決定也許去找間飯店過夜的時候，他的車頭燈照亮了遠方的某座老舊白色小教堂。

山姆的油表指針很低，但是當他把自己的三手寶馬汽車停在外頭的時候，心中懷抱的期待卻很高昂。他的樂觀心情並沒有持續太久。小教堂一片漆黑，他已經可以看出無人在家，巨大的雙開式木門不只是關上而已，還以掛鎖拴鏈在一起。亨利顯然不在那裡，而且從門口佈滿的厚厚蜘蛛絲看來，顯然不在那已經有好長一段時間了。

山姆一想到自己白跑了這一趟，大失所望，但還不打算放棄，他從車子置物箱取出手電筒，在小教堂附近繞了一下，希望可以找到別的入口，然而除了無盡的彩繪玻璃之外，根本沒有別的門。但他倒是在一片漆黑之中意外看到了好幾個木雕像。那些以老舊殘根雕刻出的詭奇兔子與貓頭鷹，被重重幽影掩蓋得實在太好了，所以山姆碰到第一個的時候還自動自發道歉，才往後退了一步。它們如鬼怪的半圓雙眼不禁讓他打冷顫，但他隨後就冒出一股不可思議的釋然感——亨利曾經講過自己有多麼熱愛木雕，構思了一整天的殺人細節之後，雕刻可以讓人心情平靜——山姆知道至少自己來到了正確的地方。

然後，他在小教堂後面發現了墓地。

乍看之下，花崗岩墓碑與漆黑景色的其他部分融為一體，不過，當山姆湊前細看，他的手電筒卻照出了真相。大部分都是年代久遠的墓石，許多都已經傾斜崩塌，不然就是長滿了青苔，但並非所有的墓碑都歷史悠遠或無法判讀。最新的那一個，矗立在遠處，在一堆傾圮的鄰居之中顯得格外突出，應該最多是一兩年的新墳吧，吸引了他的目光。他朝那方向走去，但是卻被某個意外的墳塚絆倒，手電筒從手中掉落。山姆平常算是天不怕地不怕的人——他看過亨利．溫特所有的小說，而且是兩次——不過，在深夜時分，四肢匍匐在墓地裡努力找尋手電筒的時候，他還是嚇到了。從那土堆看來，應該是剛有人被埋在那裡，而且野草還沒有足夠時間長高，無法覆蓋不平的土面。那裡沒有標誌，沒有名字，讓他想到了窮人的墳塚。不過，他後來卻發現有個東西從地面冒出來……某個老舊的吸入器。

突然之間，山姆渾身不自在。商店老闆對於小教堂被詛咒的警告又開始纏據他的心頭，然後，他聽到自己背後的幽暗處、有人在低聲呼喊他的名字，足足三次。

山姆，山姆，山姆。

不過當他轉身的時候，根本沒有人。

想必是風吧。恐懼與幻想很可能會造成最開朗的人走入陰暗之路。他想到亨利提過蘿蘋編造的那些故事，自小生長在這裡的孩子，會想出這麼多虛實不分的可怕離奇故事，也就不令人意外了。等他找到這位老先生之後，他打算再問個清楚。他剛剛在山谷果林看到了一間小派出所，心中默記回程的時候要在那裡停一下，盼望他們也許知道他朋友現在住在哪裡。一定有人知道的，全球知名的作家不會就這麼人間蒸發。而且，亨利有一本名為《剪刀石頭布》的新書要在明年出版，山姆之所以會知道，是因為他已經預購了這本書。

他站起來，拿起掉在泥巴地裡的手電筒，走向墓園裡看起來最新的那一塊墓碑。他看著上頭的刻字多次之後，終於可以開始慢慢沉澱那些字句。

亨利・溫特

某人的父親加害者，許多書的作者

生於一九三七年

卒於二〇一八年

一開始的時候，他不敢相信亨利已經死了。

墳墓上有一個小玻璃盒，可能會有人拿來存放小飾品的那一種盒子。山姆手持電筒照過去，遲疑了一會兒之後才蹲身看個仔細。他定睛一看，發現盒內有三個東西。藍寶石戒指、紙鶴，還有一把古董剪刀，形狀宛若鸛。吸引他目光的是那枚戒指，不只是因為那晶瑩的藍寶石光芒，而且，它還卡在某截狀似人類的斷指裡面。風勢再起，山姆覺得自己聽到有人在低喊他的名字，一共三次。他不相信有鬼，但他全速衝回自己的停車處，再也不敢回頭。

致謝

一如往常，非常感謝強尼・蓋勒與卡利・史都華，不只因為你們是這個所知宇宙之中最好的經紀人，而且，也是我有幸遇過最棒、最聰明、最仁慈的人當中的其中兩位。同樣深深感謝凱特・庫柏與納蒂亞・默克達德，把我的故事推銷到全世界，還要感謝喬西・弗烈德曼與庫克・史畢德將我的小說改編為影視版本。感謝Curtis Brown與ICM公司的每一位可愛夥伴，特別感謝薇歐拉・海頓與席亞拉・芬南。

感謝Flatiron出版社的優秀團隊，尤其是我的編輯克里斯汀・可普拉施。面對寫作的時候，我這個人相當迷信，除非寫出來，不然我不會向任何人提到我的書，就連我最愛的狗兒也一樣。我很久以前就想寫有關臉盲症的故事，所以，當我的經紀人把這本書寄給克里斯汀，她吐露自己有此症狀的時候，可以想見我有多麼驚訝。謝謝妳，克里斯汀，感謝妳對書本的真誠熱愛、持續不輟的慈悲，還有讓這本書更臻完善的付出。感謝西西莉・艾斯皮納爾，以及哈潑柯林斯的英國團隊，還有我在全球各地的其他各大出版社，為我的書如此盡心盡力。

感謝蘇格蘭給了我這本書的莫大啟發。如果這世界上還有比那更美的地方，我想我還沒找到吧。我所有的作品都是在蘇格蘭高地完成了部分的撰寫以及／或是編輯工作，而且我每一年造訪的時間越來越長。特別感謝我在二〇一八年「東方巨獸」暴風雪期間我承租房屋的窗景，還有促發我靈感的那間改建小教堂。我想出這故事的那一天的所有細節，我記得一清二楚。

謝謝你，丹尼爾，感謝你當我的第一個讀者、最好的朋友，也是所有女子在封城期間的最佳夢幻隊友。基於這些與諸此種種的理由，這本書要獻給你。

感謝每一位對我的作品如此厚愛的經銷商、圖書館員、記者、書評家、書評部落客，以及IG書迷們，還有替我把書本送交到讀者手中的每一個人。我最後，也是最隆重的感謝就是要送給諸位。你們對這些書所拍攝的美麗照片，還有善心話語，對我來說一直就代表了一切，尤其今年更是如此。回首二〇二〇年，我知道是讀者的好意讓我撐過了最黑暗的時光。對於大家的支持，我永遠感念在心，希望各位可以繼續在我的作品中享受閱讀之樂。

Storytella 167

剪刀石頭布

Rock Paper Scissors

剪刀石頭布/愛麗絲.芬妮作；吳宗璘譯. -- 初版. -- 臺北市：春天出版國際文化有限公司, 2023.10

面； 公分. -- (storytella；167)

譯自：Rock Paper Scissors

ISBN 978-957-741-727-5(平裝)

873.57　　112011870

版權所有・翻印必究

本書如有缺頁破損，敬請寄回更換，謝謝。

ISBN 978-957-741-727-5

Printed in Taiwan

ROCK PAPER SCISSORS by ALICE FEENEY

Copyright:© 2021 BY ALICE FEENEY

This edition arranged with CURTIS BROWN - U.K.

through Big Apple Agency, Inc., Labuan, Malaysia.

Traditional Chinese edition copyright:

2023 SPRING INTERNATIONAL PUBLISHERS, CO., LTD

All rights reserved.

作　者　愛麗絲・芬妮

譯　者　吳宗璘

總編輯　莊宜勳

主　編　鍾靈

出版者　春天出版國際文化有限公司

地　址　台北市大安區忠孝東路四段303號4樓之1

電　話　02-7733-4070

傳　眞　02-7733-4069

E－mail　bookspring@bookspring.com.tw

網　址　http://www.bookspring.com.tw

部落格　http://blog.pixnet.net/bookspring

郵政帳號　19705538

戶　名　春天出版國際文化有限公司

法律顧問　蕭顯忠律師事務所

出版日期　二〇二三年十月初版

定　價　380元

總經銷　楨德圖書事業有限公司

地　址　新北市新店區中興路二段196號8樓

電　話　02-8919-3186

傳　眞　02-8914-5524

香港總代理　一代匯集

地　址　九龍旺角塘尾道64號 龍駒企業大廈10 B&D室

電　話　852-2783-8102

傳　眞　852-2396-0050